Couvent de Presentation

Notre-Dame au Saint-Cordon

HISTOIRE & CULTE

DE

Notre-Dame du Saint-Cordon

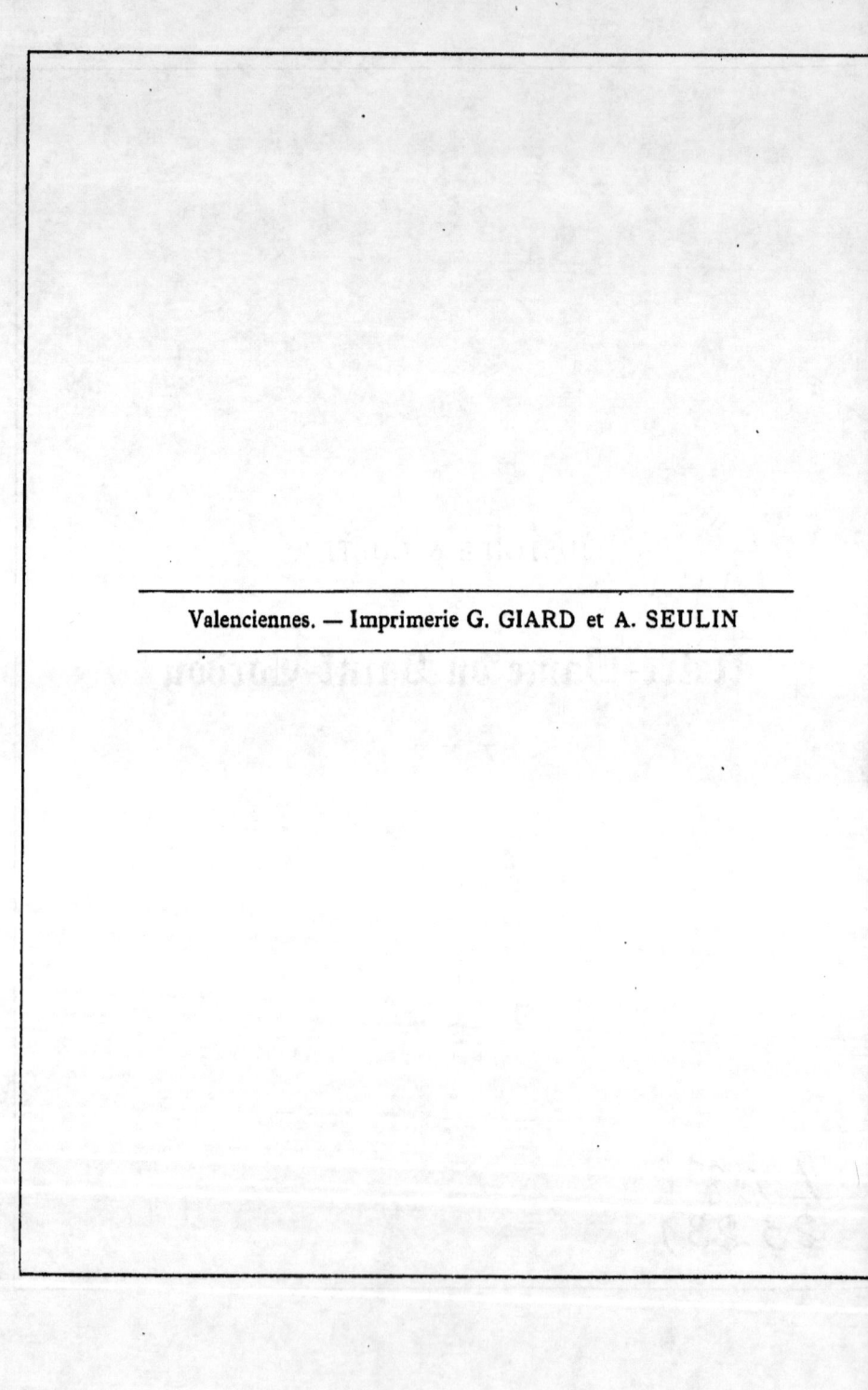

Valenciennes. — Imprimerie G. GIARD et A. SEULIN

Histoire et Culte

DE

NOTRE-DAME

du Saint-Cordon

PATRONNE DE VALENCIENNES

PAR

L'Abbé A. JULIEN

VALENCIENNES

George GIARD, Libraire-Éditeur

1886

IMPRIMATUR

Cameraci, die 3 julii 1886.

H. MORTIER.

VIC. GÉN.

HOMMAGE

A

LA REINE DU CIEL

d'après un dessin de Van Werden. Gravé par A. Boel vers 1656.

STATUE DE NOTRE-DAME DU SAINT-CORDON

HISTOIRE & CULTE

DE

Notre-Dame du Saint-Cordon

PATRONNE DE VALENCIENNES

CHAPITRE I

Le Val des Sens

N jour, c'était au IVe siècle avant J.-C., le gaulois Brennus (1), guerroyant contre les Nerviens, aperçut au pied d'une colline en pente douce une plaine fertile et de vaste étendue. L'Escaut, grossi du tribut de quelques rivières, semblait en sortir à regret, car diverses branches échappées de son lit y formaient plusieurs petites îles dans leurs capricieux détours. Le barbare, trouvant la position admirable, résolut d'en faire le centre de ses opérations militaires, et de s'y ménager une retraite en cas de revers. La nature du lieu se prêtait à la défense ; le fleuve navigable facilitait les transports; on pouvait y attendre l'opportunité de conquérir Bavai, « la seconde Troie (2) ».

---

(1) J. de Guise, *Annales Hannoniæ*, Ed. Fortia, III, 25.
(2) Bavai était la capitale des Nerviens. Très puissante à cette époque sous le nom de Belgis, d'après les annalistes Lucius de Tongres, J. de Guise, etc., elle

Il y bâtit donc un castel, protégea l'enceinte des îlots par d'épaisses murailles flanquées de tours, et, lui donnant le nom du peuple qui suivait sa fortune, il l'appela le fort des Sénonais ou *le Val des Sens* (1).

Lentement, avec les siècles, des demeures s'établirent, et des habitants vinrent se grouper autour de la place de guerre. Les Romains ne dédaignèrent pas de s'en emparer (2),et Valentinien, vers 367, comprenant l'importance de ce boulevard pour arrêter les incursions des peuplades du Nord, restaura la forteresse de Brennus (3), renversa les idoles qui avaient là leur culte, fit d'un temple de Vestales un sanctuaire au vrai Dieu, et, comme souvenir de tant de bienfaits, il donna son nom à la cité nouvelle : *le Val des Sens* devint *Valenciennes* (4).

Mais les Huns (5),et après eux les Vandales,étouffèrent ces premiers

fut ruinée dans la conquête de la Gaule par Jules César, mais se releva de ses ruines et acquit une grande importance sous la domination romaine. Sa décadence était accomplie au commencement du v⁰ siècle de notre ère. (V. J. de Guise, *Annales Hannoniæ*, 1 ; H. d'Oultreman, *Histoire de Valenciennes* (1639), I, 1; Vinchant et Ruteau, *Annales de la province et comté d'Haynau* (1648),II, 5; A. Dubois, *Recherches sur Bavai*).

(1) V. Appendice A.

(2) J. de Guise, *Ann.*, IV, 37.

(3) H. d'Oultreman, *Hist. de Val.*, I, 2.

(4) L'étymologie du mot Valenciennes est très controversée. Voici les principales origines qu'on lui assigne :

Valens, nom d'un chef du pays (A. de Valois).

Valens, frère de Valentinien (G. Lejeal).

Valentinien, empereur romain (d'Oultreman, Mabillon).

Vallis Senonum, val des Senonais (J. de Guise).

Vallis Saxonum, val des Saxons (Annalistes).

Vallis cycnorum, val des cygnes (Annalistes).

Vallis cincta, val ceint (Annalistes).

Wall-ant-chine, rempart contre la rivière (Guilmot).

Valen-cen-ai, marais — partage — rivière; au bord d'un marais sur une rivière partagée (Bullet).

Wall-cyned-énès, fort de l'île des cygnes (d'Aoust, Duthillœul).

Wallen-schwanen, val des cygnes (E. Carlier).

Vallis insignis, val insigne :

Valentienne, *val doux, val insigne* et floury. (Épitaphe de Molinet).

(5) Les Huns envahirent le pays des Nerviens vers 383, sous l'empereur Gratien, et les Vandales y exercèrent leurs ravages aux environs de 406. C'est à cette dernière époque que la contrée prit le nom de Hainaut.

germes de civilisation et couvrirent le pays tout entier de sang et de ruines. Ce ne fut que sous les rois de la première race que les enseignements de la foi trouvèrent dans cette contrée des apôtres et des prosélytes. Saint Vaast vint alors prêcher la bonne nouvelle dans la *forêt charbonnière* (1), et adoucir par sa parole évangélique l'âpre nature des farouches Nerviens.

Des temples s'élevèrent bientôt auprès de la cité gauloise. Les princes Francs la regardèrent avec prédilection, et plusieurs y bâtirent des églises (2). Pépin agrandit son enceinte, Charlemagne y tint deux fois sa cour plénière (3), et, quand l'héritage de la monarchie se trouva morcelé par de désastreux partages, on vit Lothaire et Charles le Chauve s'y rencontrer comme dans une place limitrophe pour y régler leurs différends (4).

Dès lors, Valenciennes a sa page dans l'histoire. Partie intégrante de l'empire germanique comme comprise dans la Lorraine Ripuaire,

---

(1) « Du temps de César, on la nommoit (la province de Hainaut) la *Forest charbonnière*, non pour les carrières de houille qui s'y trouvent en quantité, de laquelle on ne s'est servi que longtemps après (n'estant croyable qu'on cherchoit lors ès entrailles de la terre de quoy se chauffer, toute la contrée estant remplie de bois), mais bien pour le charbon de bois qu'on y faisoit dans aucuns endroits. » (Vinchant, *Annales*).

(2) Clovis III y tint un plaid solennel en 663. Mabillon, *de re diplomaticâ*, p. 475, nous a conservé la charte d'un des jugements prononcés dans cette auguste assemblée. C'est le plus ancien titre connu mentionnant le nom de Valenciennes. En voici le début : *Chlodovius nos in Dei nomine Valencianis in palatio nostro una cum apostolicis viris in Christo patribus nostris Ansoaldo, Godino, etc.* Childebert III (698) et Thierry II (723) signèrent en cette même ville des diplômes de donations.

(3) La première assemblée des Etats eut lieu en 771, à la mort de Carloman. Charlemagne, seul maître des Francs désormais y reçut le serment de fidélité des prélats et principaux seigneurs austrasiens : *Peracto secundum morem generali conventu juxta fluvium Scaldim in villâ Valencianâ, rex Karolus ad hiemandum proficiscitur.* (Eginhard). La seconde cour plénière eut lieu en 801, peu après le couronnement de l'empereur. C'est pendant ces solennelles assises que Charlemagne punit les meurtriers de S. Saulve et de son compagnon, et fonda au village de Brena une église et un monastère en l'honneur des deux martyrs. (V. D. Buvry, *Vita SS. Salvii et Superii ; C. C., S. Saulve, Episode de l'histoire ecclésiastique de Valenciennes.* Valenciennes, Prignet (1865).

(4) Au mois de novembre 853 les deux princes y ont dicté quelques capitulaires conservés par les historiens.

dont l'Escaut faisait la limite (1), elle tient cependant à la France par une portion de son territoire (2). Elle a ses comtes qui la rendent fière (3), ses guerriers que les Normands n'ont pu vaincre (4), ses privilèges dout elle est jalouse (5). Déjà son souvenir peut se reposer avec complaisance sur les illustrations de son passé, et sa situation riche et prospère lui fait bien augurer de l'avenir.

(1) « Adont clamoit-on Loheraine toute la terre jusques à la rivière d'Escaut de là où elle sourt jusques à là où elle pert son nom. » (Chron. mns. Bibl. de Cambrai, n° 623).

(2) *Castrum Valentianas situm in Marchia Franciæ et Lotharingiæ.* (Sigeb. Chron).

(3) Voici la série des comtes de Valenciennes :

I. Henri, fils de Gislebert; II. Regnier au long col; III. Garnier, parent de Henri; IV et V. Godefroy et Arnould conjointement; VI. Baudouin le Barbu; VII. Herman Heczilon, fils de Godefroy; VIII. Régnier, gendre d'Herman; IX. Baudouin de Mons, époux de Richilde, fille de Régnier — ensuite tous les comtes de Hainaut, les ducs de Bourgogne, les archiducs d'Autriche et les rois d'Espagne. En 1677, Valenciennes devint définitivement terre française.

(4) En 881, ils tentèrent de s'emparer de Valenciennes, mais ils furent repoussés par les bourgeois, et « les barbares, dit H. d'Oultreman, après avoir bruslé les faubourgs, troussèrent bagage et tournèrent ailleurs. »

(5) Ces privilèges remontent pour la plupart à Valentinien, d'après nos vieux chroniqueurs. Voici les principaux :

1° Le *droit d'asile* pour les malfaiteurs, accusés de crimes, moyennant certaines formalités.

2° L'*arsin* ou incendie judiciaire. On brûlait la maison du coupable.

3° L'*adjour* ou *abattis de maison.* C'était à Valenciennes le châtiment des *forains* ou étrangers qui avaient blessé ou battu un bourgeois. On y procédait avec le plus grand appareil, comme l'attestent nos chroniqueurs, et une peinture du xve siècle (Musée de Val. n° 162) qui représente le départ de la milice d'exécution. (V. Cellier, *Une commune flamande*, XVI ; Caffiaux, *Abattis de maisons à Gommegnies*, etc.)

4° Le *duel judiciaire.* Le dernier eut lieu en 1453, entre Mahuot Coquiel et Jacotin Plouvier. Les annalistes nous en ont transmis les horribles détails. (V. H. d'Oultreman, *H. de Val.*, II, 9).

5° Le droit de porter armes de guerre en tout temps. On cite le frère de Thomas Foriel qui, sommé par le prévôt de Maubeuge de mettre bas sa dague, pour se conformer aux ordonnances du comte, répondit : « Ni pour seigneur, ni ni pour dame ne l'osterai, estant bourgeois de Valenciennes. »

CHAPITRE II

Valenciennes au XIᵉ siècle

'EST dans ces circonstances que s'ouvre le xɪᵉ siècle.
Le Val des Sens est devenu une ville forte qui a dou-
blé son enceinte primitive (1) et qui défend par de
redoutables travaux les abords de ses remparts.

De vastes marais, qui couvrent au loin la plaine,
baignent au nord le pied de ses murs et la base de ses
hautes tours. A l'orient et au midi, des campagnes fertiles lui offrent
chaque année le tribut de leurs fructueuses moissons. Au couchant,
de profondes forêts lui fournissent à la fois une protection et une
richesse.

Deux grandes chaussées militaires, l'une partant de Bavai, antique
capitale des Nerviens, et l'autre, de la colline de Famars (2), où les
Romains avaient bâti une forteresse, viennent y faire leur jonction.
L'Escaut la divise en deux parts inégales et sert de frontière aux
possessions impériales et au patrimoine de la couronne de France.

Elle a cinq portes : celle d'Ansaing (3), une autre qu'on appellera
bientôt Notre-Dame, les portes Cambrésienne et Montoise, et une

(1) V. *Précis historique et statistique sur la ville de Valenciennes*. Valencien-
nes, Henry (1825).

(2) Un temple du Dieu de la guerre élevé en ce lieu lui a donné son nom,
Fanum Martis, d'où *Fanmars* et *Famars*.

(3) Ce nom vient d'Ansénorix ou Ansanorix, roi saxon qui, vers le temps de
César, bataillant dans la Gaule Belgique, s'empara de Valenciennes, et y pénétra
par la porte qui depuis lors, en souvenir du vainqueur, fut nommée d'Ansaing.
(V. J. de Guise, *Ann.*, III, 72).

dernière nommée Cardon (1). Non loin de la première est situé le château des Comtes, formidable *donjon* qui se dresse à la fois contre la convoitise des conquérants et les exigences de la bourgeoisie.

Déjà plusieurs temples bâtis au Seigneur témoignent des sentiments religieux de la population. C'est, dans la ville, l'église de l'Hôtellerie, construite par Valentinien (2) et réparée après le passage des Vandales (3), l'église de Saint-Jean, vieille déjà de plus de trois siècles, et l'oratoire élevé en 771, par Charlemagne, à la Mère de Dieu, et qu'il se plaisait à nommer sa chapelle. Hors des murs, autour de la cité, comme une défense contre l'invasion de l'erreur et le règne du mal, on a érigé à saint Vaast, apôtre du pays, un splendide sanctuaire (4). L'église de Saint-Géry, achevée par Pépin le Bref (5), et les chapelles

(1) La porte Cardon, selon l'interprétation commune, doit son nom à Caradocus, prince de Cornouaille, qui vint guerroyer dans le pays. (V. J. de Guise, *Ann.*, VIII, 14 et 19).

(2) « Comme il trouva ung lieu où se trouvoient des vestales, il les feit retirer nonobstant qu'icelles assistoient fort le publicque en y recevant et alimentant les povres bleşchez, malades et impotens, de façon que c'estoit ung vray hospital; ce qu'iceluy noble empereur feit aussy continuer, mais tout d'une aultre façon. Car, y bannissant l'idolatrie, il y fait bastir une chapelle, laquelle il fait dédier et consacrer à l'honneur de Dieu et de l'incomparable Vierge, donnant beaucoup de ses biens pour y entretenir le sainct service divin, comme aussi pour y continuer l'hospitalité et y sustenter povres gens, malades, débilles et anciens, ordonnant aussy pour mémoire perpétuelle que ledict lieu porteroit pour marcque: *D'argent à une croix de gueules*, afin qu'à l'advenir on auroit mémoire que d'infidèles, mécréans et idolâtres, les habitants du lieu avoient esté par lui faictz chrestiens. » (S. le Boucq, *Histoire ecclésiastique de Valenciennes* (1650), ch. 71).

(3) « Après le ravage des Vandales qui ne laissa aucun édifice sacré ni profane en son entier, elle fut rebastie et dédiée à l'honneur de St-Gilles, que ceste ville prit dès lors pour son patron, après la B. V. Mère de Dieu. » (H. d'Oultreman, *H. de Val.*, III, 14). L'œuvre de bienfaisance continua ; des maisonnettes furent bâties pour y loger de pauvres ménages, et les secours en nature distribués aux nécessiteux sous le nom de *grand pain, petit pain et surcroît*. Actuellement, l'hôtellerie loge une cinquantaine de vieilles femmes et fait une aumône mensuelle à des vieillards des deux sexes.

(4) L'église de Saint-Vaast-hors-les-murs fut bâtie par Thierry, roi d'Austrasie, vers 680, « sur un petit terrain esloigné d'un traict de mousquet de la ville. » Pour des raisons stratégiques, elle fut démolie en 1527, par ordre de Marguerite, gouvernante des Pays-Bas.

(5) Pépin y installa des religieux bénédictins. Ceux-ci y préposèrent un curé quand ils vinrent s'établir à Saint-Saulve (1119). Saint-Géry devint collégiale en 1269, sous la juridiction des chanoines de la Salle-le-Comte. Ils se déchargèrent

de Saint-Nicolas (1) et de Notre-Dame-la-Chaussée (2) sont ouvertes au dévot empressement des nombreux fidèles.

De florissants monastères (3) reçoivent dans leurs asiles ceux qui, pour consacrer leur vie aux exercices de la pénitence, cherchent le repos loin des bruits du monde. L'abbaye de Saint-Jean (4), dans la ville, et aux alentours, les abbayes d'Hasnon (5),de Crespin (6) et de

du service religieux en 1582 sur un curé pourvu d'une prébende canoniale, mais ils furent réinstallés à partir de 1649. L'église, qui occupait l'emplacement de la place Froissart, fut démolie à la Révolution, et son vocable fut, au rétablissement du culte, transféré à l'ancienne église de Saint-François.(V.H. d'Oultreman, *H. de Val.*, III, 3; S. le Boucq, *H. eccl. de Val.*, 15-17, et 24-26; le Glay, *Cameracum Christianum*, p. 130).

(1) Cette chapelle, desservie par les religieux de Saint-Saulve, fut « enclose dans le pourpris de la ville » en 1170 par Baudouin l'Edifieur, comme celle de Notre-Dame-la-Chaussée, et érigée en paroisse l'an 1186. On en fit alors une belle église qui fut encore agrandie en 1433. Elle était située en un lieu dit *la Cousture*, actuellement la petite place Verte. Tombée sous le marteau des démolisseurs, elle n'a pas été relevée, et son titre a passé à l'ancienne chapelle des Jésuites. (V. H. d'Oultreman, *H. de Val.* III, 6 ; S. le Boucq, *H. eccl. de Val.* 27-28).

(2) Notre-Dame-la-Chaussée, « ainsi appelée à raison qu'elle est bastie sur l'ancien pavé ou chemin militaire que les Romains dressèrent d'icy à Fanmars. » (H. d'Oultreman), édifiée,ainsi que la chapelle de Saint-Nicolas,par Pépin-le-Bref, fut érigée en paroisse en 1186. Dans les chartes elle est intitulée *Sancta Maria in Calceia*.(V.H. d'Oultreman, *H. de Val.*, III, 6; S. le Boucq, *H. eccl.de Val.* 26).

(3) V. Ph. Brasseur, *Origines omnium Hannoniæ cænobiorum octo libris breviter digestæ*. Mons, Waudray (1650).

(4) L'église et l'abbaye de Saint-Jean furent commencées par le roi Thierry et achevées par Pépin d'Héristal vers 687. A partir du xiie siècle, l'abbaye fut confiée à des chanoines réguliers. (V. L. le Mercier, *Abrégé de la naissance et progrez de la maison et abbaye de Sainct-Jan*. Douai (1635); H. d'Oultreman, *H. de Val.*, III. 1 (1639); S. le Boucq, *H. eccl. de Val.*, 10-14; Ant. d'Oultreman, *Chron. S. Joan.* (Mns Bibl. Val.); Ph. Brasseur, *Historiale speculum ecclesiæ et monasterii S. Joannis Valencenensis nova et vetera ob oculos exhibens*. Mons, Havart (1612) ; le Glay, *Camer. chr.*, p. 265. Raissius, *Auctarium ad natales SS. Belgii*, p. 170; S. le Boucq, *Antidote contre l'Abrégé et progrez de l'abbaye Saint-Jean*. (Mns).

(5) L'abbaye d'Hasnon, fondée en 670 par Jean d'Hasnon et sa sœur Eulalie, fut ruinée par les Normands vers 880, restaurée et donnée aux Bénédictins en 1065 par Baudouin VI de Mons.(V. H. d'Oultreman, *H.de Val.*, III, 4; S. le Boucq, *H. eccl. de Val.*, 3, 8; Thomellus, *Hist. Abb. Hasn*; J. de Guise, Ed. Fortia, XI, p. 31; D. Martène, *Thesaurus Anecdot.*, III, 777. Ph. Brasseur, *Par martyrum*; le Glay, *Camer. Christ.*, p. 212).

(6) L'abbaye de Crespin, fondée en 760 par S. Landelin, fut offerte aux

Denain (1), la prévôté d'Haspres (2) et le prieuré de Saint-Saulve (3),
ayant réparé les désastres que les Vandales leur ont fait subir, forment
autant de demeures pieuses d'où montent vers le Ciel la bonne
odeur de la sainteté, et le parfum des vertus les plus pures.

Le commencement du XIe siècle fut pour Valenciennes une époque
de guerre funeste (4). Arnould, qui en était comte, se vit attaqué et
chassé de la ville par Baudouin IV de Flandre, irrité contre l'empereur
de Germanie, au sujet de la Lorraine. Henri II, qui était alors à la
tête des affaires de l'Allemagne, indigné de l'audace du comte flamand
et désireux de délivrer ses sujets d'une pareille oppression, vint
l'assiéger dans Valenciennes, avec Robert le Pieux et Richard de
Normandie. Baudouin le Barbu se défendit avec tant de talent et
d'énergie que les trois illustres assaillants échouèrent contre les
murs de la ville, et se virent réduits à lever leur camp. Ceci se
passait en 1007.

Baudouin ne se laissa pas éblouir par ce premier exploit. Quand il vit
sa province pillée et ravagée par le souverain de Germanie, trop faible
pour résister à ce puissant monarque, dont les états formaient autour
des siens comme une ceinture formidable, il crut prudent de ne pas
pousser plus loin la querelle, et vint trouver Henri II à Aix, où il lui

Bénédictins en 1080 par Baudouin de Jérusalem. (V. Ph. Brasseur, *Iconismus
S. Landelini abbatis, ejusdemque in cænobio Crispiniensi successores monosticis
distincti* (1636;; Raissius, *Cænobiarchia Crispiniana.* Douai, Bardou (1642);
le Glay, *Camer. Christ.* p. 132 ; Cellier, *Crespin*).

(1) L'abbaye de Denain, fondée en 764 par S. Aldebert, seigneur d'Ostrevant,
et par Ste Reine, son épouse, fut saccagée par les Normands, et devint plus
tard un collège de filles nobles ou chanoinesses séculières dont l'abbesse seule
faisait des vœux. (V. Ducas, *Les chapitres nobles de Dames*, (1843), p. 78;
le Glay, *Camer. Christ.*, p. 248 ; S. le Boucq, *H. eccl. de Val.*, 115).

(2) La prévôté d'Haspres, fondée par Pépin d'Héristal en 760, reçut à son origine des disciples de S. Benoît. (V. S. le Boucq, *H. eccl. de Val.*, 114;
le Glay, *Camer. Christ.*, p. 342).

(3) Le prieuré de S. Saulve, établi par Charlemagne, devint successivement
abbaye, prieuré et enfin abbaye au XVIIe siècle. (V. S. le Boucq, *H. eccl. de
Val.*, 113; le Glay, *Camer. Christ.*, p. 152).

(4) V. J. de Guise, *Ann. Hann.*; Meier, *Compendium chronicorum Flandriæ.*
Nuremberg (1538); Gislebert, *Chronicon Hanoniense* (vers 1200) ; Vinchant,
Annales ; Hossart, *Hist. eccl. et profane du Hainaut*, Mons, (1792); le Glay,
Hist. des comtes de Flandre, etc.

remit les clefs de la place si bien défendue par sa valeur. L'empereur, satisfait de son côté d'en avoir fini avec ce rude combattant, et heureux de s'en faire un allié dans les difficultés qu'il voyait prêtes à surgir, laissa à Baudouin le titre de comte de Valenciennes, avec la souveraineté sur la partie française de la ville située au delà de l'Escaut et sur laquelle d'ailleurs ses droits semblaient assez légitimes. Hermon Heczilon, parent et héritier d'Arnould, n'obtint que la portion du comté de Valenciennes relevant de l'empire. Les deux seigneurs s'accommodèrent de leurs possessions réciproques sans chercher à recommencer des luttes toujours si funestes au bonheur des peuples. D'ailleurs un ennemi plus redoutable que la guerre se préparait à les assaillir.

SCEL ET CONTRE-SCEL DE VALENCIENNES EN 1296

(Ce Scel se trouve reproduit sur le dallage du chœur de l'église actuelle)

CHAPELLE DE NOTRE-DAME DES PIERRES

LIEU DE L'APPARITION DE LA SAINTE VIERGE   *(État actuel)*.

CHAPITRE III

La Peste de l'an 1008 [1]

'ANNÉE 1006 fut signalée par une grande famine, suite inévitable de ces collisions sanglantes dans lesquelles rien n'est épargné, et où le pillage et l'incendie s'unissent pour la dévastation et la ruine. Quand Henri II entra dans la Flandre pour punir Baudouin, il mit à sac les villages, rançonna les nobles, enleva le bétail, brûla les denrées et les moissons. « Ses hommes d'armes, dit un auteur contemporain, s'avançaient nombreux et impitoyables comme les sauterelles d'Egypte, détruisant tout par le feu et la rapine (2) ».

---

(1) Voici les principaux auteurs qui racontent le fait miraculeux que nous allons décrire : L. de la Fontaine, dit Wicart, *Antiquités de la ville de Valenciennes* (1552). Mns; P. G. Marc, *La dévote et solennelle procession* (1614); Raissius, *Auctarium ad nat. SS. Belgii* (1626) et *Hierogaz. Belg.* (1628) ; P. Poirée, *Triple couronne* (1630); G. Colvenère, *Kalendarium Mariæ* (1638) ; H. d'Oultreman, *Histoire de Valenciennes* (1639); Ph. Brasseur, *Par martyrum etc.,* (1643); S. le Boucq, *Histoire ecclésiastique de Valenciennes* (1650); P. d'Oultreman, *La cour sainte* (1653); P. Willot, *Hagiologe belg.* (1658) ; P. Jean de Ste-Barbe, *Livres des annotations* (1660) ; P. Courcier, *Negotium sæculorum Maria* (1662); Ph. d'Oultreman, *Le pédagogue chrestien* (1666) ; P. de Balinghem, *Calendarium B. M. V.;* P. G. Gumppenberg, *Trias atlantis Mariani* (1672) ; Vincent Charron, *Calendrier historial;* J. Despretz, *Abrégé de l'hist. de Val.* (1688), etc. Nous donnons à l'appendice B plusieurs de ces récits.

(2) *Rex cum magno militum tumultu, quasi locustæ in Ægypto, incendiis et rapinis omnia dissipavit.* (*Act. SS. Belg.*, III, 131).

La misère, succédant à une longue prospérité (1), et le carnage engendrèrent bientôt une contagion terrible dont les ravages s'étendirent au loin (2). Le Hainaut et la Flandre en furent rudement châtiés. Les marais fangeux qui couvraient ce pays, l'agglomération des habitants dans des cités étroites et trop voisines expliquent assez la marche rapide et les progrès du fléau. « La mortalité fut si grande en l'an 1008, dit Sigebert de Gembloux, qu'on jetait pêle-mêle dans les fosses communes les mourants avec les cadavres. »

Valenciennes perdit en quelques jours 8000 de ses enfants sans que l'épidémie parut rien diminuer de sa fureur. Nulle famille ne trouvait grâce devant elle; l'art était impuissant à combattre le mal. Aussi l'effroi se répandit dans la cité. Le spectacle de la mort, l'avenir avec sa terrible menace, firent sur les esprits une impression profonde. On n'espérait plus rien des hommes, on se tourna vers le ciel (3). Nuit et jour les églises et l'antique chapelle dédiée à Marie par un empereur chrétien regorgeaient de suppliants qui entouraient avec des larmes les autels de la Mère de Dieu. Ils la conjuraient au milieu des angoisses de leur douleur de mettre en oubli leurs offenses passées, et de se souvenir que la miséricorde est le plus beau fleuron de sa couronne. Ils cherchaient à l'attendrir en lui rappelant qu'eux et leurs ancêtres avaient toujours conservé l'honneur de son culte et le respect de son nom.

Cependant non loin de Valenciennes, au village de Pont, aujourd'hui disparu (4), vivait en ce temps-là un saint ermite à qui la tradition

(1) « Nous ne sçavons pas bien au vray quels vices régnoient en ce temps là à Valentiennes, pour la punition et expiation desquels la divine Justice lança ces trois fléaux, la guerre, la famine et la peste. Mais il nous est aysé de conjecturer par l'estat politique où elle se retrouvoit un peu auparavant que ces calamités vinssent fondre sur elle, que l'abondance produite par la prospérité l'avoit esloignée de Dieu, et destraquée du droict sentier de la raison et de son devoir.» (P. d'Oultreman, *Cour sainte*, I, 4).

(2) *Fames et mortalitas graviter per totum penè orbem invaluit. (Sigeb. Chron.).*

(3) V. à l'appendice C des stances de P. d'Oultreman sur la peste.

(4) « Le village de Pont vis-à-vis duquel est celui de Tricht. Ce village prend son nom du pont qui estoit jadis sur l'Escaut, et celui de Tricht est ainsi appelé à raison du traject, et est la même chose que *trajectum ad Scaldim*, en la langue du pays, *Tricht* ou *Trecht*. » (H. d'Oultr. *Hist. de Val.* II. 2).

donne le nom de Bertholin ou Bertelain. Il habitait une pauvre cabane bâtie près d'une fontaine qui prit depuis le nom de *Notre-Dame-aux-Pierres*. Deux siècles plus tard, Jeanne et Agnès, filles du chevalier Hellin, seigneur d'Aulnoit, devaient construire sur le même emplacement un petit oratoire et un modeste logis qui fut le berceau de la célèbre abbaye des Dames de Fontenelles (1). Le pieux solitaire avait voué sa vie à la méditation et aux bonnes œuvres. Il passait de longues heures aux pieds de la statue de Marie pour laquelle il avait une dévotion toute filiale. Sa sainteté lui attirait souvent de nombreux visiteurs qui venaient chercher auprès de lui des encouragements et des consolations, et qui en retour lui fournissaient tout ce qui était nécessaire à sa subsistance. Quand la peste fit invasion à Valenciennes, et commença sans pitié à sévir, Bertholin redoubla d'austérités et de prières. Il conjura la Reine du Ciel de faire tomber sur lui seul le courroux de Dieu et d'épargner la ville coupable : « Exclurez-vous de vos faveurs, ô Marie, lui disait-il, cette cité dont les habitants se glorifient de vous avoir pour mère ; et n'étendrez-vous pas sur vos enfants ce bras protecteur qui porte secours au reste du monde ? ».

La Sainte Vierge est enfin touchée de ses supplications et de ses larmes ; et un jour qu'il lui ouvre son cœur avec plus d'abandon, sa cabane s'illumine soudain par l'éclat d'une lumière inconnue. Une femme toute rayonnante de gloire se présente à ses yeux. Ses traits respirent la douceur et la tendresse. La majesté de son regard et le sourire de ses lèvres découvrent en elle une reine et une mère : « Va trouver mon peuple de Valenciennes, lui dit-elle : annonce-lui que j'ai désarmé mon fils. La nuit qui précédera la fête de ma Nativité, mon peuple saura que ses vœux sont montés jusqu'à moi et que j'ai écouté le cri de sa détresse. Que mes serviteurs se rendent alors sur les murailles de la ville, là ils verront des merveilles. »

C'était le dernier jour du mois d'août de l'an 1008. Le saint ermite

---

(1) « Cette maison se fit connaître pour une fontaine de toute saincteté dont les eaux vives n'ont cessé d'arroser le jardin de l'Eglise et ont rejailli jusques à la vie éternelle. » (H. d'Oultr. *Hist. de Val.*, III, 13). (V. J. de Guise, *Ann. Han.*; S. le Boucq, *Hist. eccl. de Val.*, 116.; l'Olivier et Bourdier, *Recueil de l'origine et de la foudation de l'abbaye de Fontenelles*. Mns.; Dinaux, *Archives du Nord*, 2° s., I, *L'abbaye de Fontenelles* ; le Glay, *Cam. chr.*, p. 307). Cette abbaye fut détruite à la révolution. Au lieu de l'apparition s'élève actuellement une modeste chapelle. (V. Planche 2).

se lève en toute hâte pour remplir une mission si consolante et si douce. Il s'adresse au comte Herman (1), lui fait part de la faveur insigne dont il a été l'objet, et de la promesse de Marie. Toute la ville apprend bientôt cette heureuse nouvelle. Bertholin, animé du zèle de Dieu, parcourt la croix à la main les rues où se traînent, au milieu des morts, les malades chancelants et livides. Il prêche la pénitence, et ramène dans tous les cœurs l'espoir avec le repentir. Tous, riches ou pauvres, grands ou petits, accourent en gémissant à l'autel de Marie : les rangs sont confondus par une commune infortune : on n'entend plus que des sanglots et les accents émus d'une immense douleur et d'une invocation fervente.

« Ils jettent les yeux au Ciel, baignés de larmes, les sanglots au cœur, les soupirs à la bouche, se plombans la poictrine de coups, et prosternés aux pieds des prestres, confessent leur faute et en demandent très humblement pardon. Ils ne manquèrent pas d'y adjouter le jeûne et l'aumône, comme deux esles pour empenner leur oraison, et la guinder aux Cieux. On n'y oublia pas les processions générales et autres pièces de batterie pour faire bresche au cœur de Dieu (2). »

Le 7 du mois de septembre, à la tombée de la nuit, le comte, le magistrat et une foule considérable se pressent sur les remparts, au sommet des tours, dans les lieux les plus élevés, impatients de voir l'effet des promesses célestes. Les yeux sont fixés vers le Ciel d'où doit venir l'assistance et tous les cœurs palpitent comme dans l'attente d'une grande chose. Soudain les ténèbres s'écoulent pour faire place à un jour resplendissant ; et au milieu de cet éclat, à la vue de plus de quinze mille témoins, apparaît, au-dessus de l'antique oratoire bâti par Charlemagne, une reine entourée d'une auréole étincelante, mais si douce qu'elle fortifie le regard sans l'éblouir. Une troupe d'anges et de bienheureux formaient son cortège (3). Elle tenait à la main un

---

(1) « Nos annales ne nomment pas le comte à qui cette vision fut intimée : mais je tiens pour asseuré que c'estoit Herman d'Ardenne, fils de Godefroy. Car encore que Baudouin, comte de Flandres, possédast en mesme temps une partie de ce comté : si est-ce qu'il s'y trouvoit rarement, ayant sa résidence ordinaire en Flandres. »   (H. d'Oultr.)

(2) P. d'Oultreman, *Cour sainte*, II, 1.

(3) Plusieurs gravures anciennes représentent l'Enfant-Jésus sur les genoux de la Ste Vierge, et tenant en main le globe du monde, ou laissant glisser entre ses

immense cordon (1) écarlate (2). Un ange en prit une extrémité, et d'un vol rapide fit le tour de la ville dans la circonférence de deux lieues, en laissant tomber sur son passage le précieux cordon qui bientôt environna la cité comme d'une ceinture protectrice. Le céleste messager rejoignit alors le cortège de la Mère de Dieu et la vision s'évanouit.

« Qui nous expliquera, dit un ancien historien du miracle (3), le sentiment de toute l'assistance, la joye de leurs cœurs, l'extase de leurs esprits, les douces larmes de dévotion qui rouloient sur leurs joues, les soupirs et les sanglots qui sortoient de leurs bouches ! C'est en vain que nous nous efforcerions de les décrire, puisqu'eux-mêmes n'ont pas trouvé de paroles pour s'entretenir pendant ce mystère, mais l'ont révéré d'un chaste silence. Aussi de vray fut-ce une faveur qui est sans exemple. Car où lirez-vous qu'un peuple tout entier ait jouy de l'apparition et de la contemplation de la Mère de Dieu ? »

De sa cellule, où il suppliait le ciel de jeter sur tant d'infortunés un regard favorable, le bon ermite fut témoin du miracle et de la ravissante vision. Mais ce qui mit le comble à sa joie fut d'être honoré d'une seconde visite de Notre-Dame. Elle le chargea de dire aux habitants de Valenciennes que, chaque année, au jour de sa Nativité, ils devaient faire une procession solennelle, en suivant la trace du filet descendu des cieux, qu'il fallait commencer dès le lendemain, et qu'au retour la peste cesserait de sévir.

Bertholin rendit compte au peuple de son heureuse missive. Tous s'empressèrent d'accomplir la volonté de Marie. On sortit de la ville en chantant les louanges de la Vierge-Mère : le recueillement et la confiance se lisaient sur tous les visages. On releva dévotement la sainte relique, « cordon céleste filé et tyssu de la main des anges. » Bertholin sans doute fut chargé de ce pieux office. C'était l'ambassadeur de Marie et le messager de sa parole : il convenait que ses mains

---

doigts le Saint-Cordon. Despretz s'en est autorisé pour introduire ce détail dans son récit; mais les premiers annalistes ne signalent pas cette particularité de l'apparition.

(1) Les annalistes l'appellent indifféremment *fil, filet, cordeau* ou *cordon*.

(2) D'après S. le Boucq, le Saint-Cordon était rouge. D'autres prétendent qu'il avait encore plusieurs autres nuances, ce qui explique les couleurs diverses que les *Royés* portaient sur leurs habits.

(3) P. d'Oultreman, *Cour sainte*, II, 2.

touchassent les premières le gage béni d'une protection si salutaire.

Aussitôt que l'on eut achevé la procession, et renfermé le Saint-Cordon dans la petite chapelle du Neufbourg (1), la contagion disparut, les malades recouvrèrent instantanément la santé et l'allégresse la plus vive remplaça la consternation et le deuil. Le magistrat, au nom de la cité, et en reconnaissance de ce grand bienfait, s'engagea par vœu à faire, chaque année, le 8 septembre, d'après le désir de Marie, une procession, autour de la ville, sur la route marquée par le cordon protecteur. Depuis 876 ans Valenciennes n'a pas failli à sa promesse. Le pieux pèlerinage s'est toujours accompli avec pompe et solennité, excepté en 1566 ; les huguenots, alors maîtres de la ville, rendirent impossible cette religieuse cérémonie. Pendant l'époque révolutionnaire, comme les plus légères manifestations du culte étaient rangées parmi les crimes et punies de mort, on n'osa pas non plus célébrer le souvenir de la délivrance. Et néanmoins, dans ces jours si honteux pour nos annales, des groupes de fidèles, bravant le péril pour contenter leur dévotion, firent à chaque anniversaire de la Nativité le *tour* du Saint-Cordon (2).

« Quant à l'antiquité et vérité de ceste histoire, dit P. d'Oultreman (3), il s'en trouve peu de plus vieille date et de plus authentique. Elle est ancienne de six cens et quarante ans et plus (l'auteur écrivait en 1653) ; asseurée par la tradition commune, receue de père en fils depuis ce temps-là dans ceste ville, confirmée par le témoignage de nos plus vieux escrivains (4), fortifiée par la continuation de la Procession annuelle (5), par les confrères tant des Royés (6), que des Damoi-

(1) « Baudouin, en la donation de l'église de Notre-Dame-la-Grande, dit que ladite église est bâtie *secus castrum oppidi*, c'est-à-dire près du chasteau de la ville de Valenciennes. Les maisons d'alentour font *Novum burgum*, le *Neufbourg*, à la distinction du reste de la ville qui s'appelle en nos anciens papiers le *Vieil* ou *Grand bourg*. » (H. d'Oultreman).

(2) Le miracle de l'an 1008 a inspiré diverses poésies ; nous en citons quelques-unes à l'appendice D.

(3) *Cour sainte : Au lecteur.*

(4) Notamment par les *Registres et Mémoires des Royés*, qui ont existé jusqu'à la Révolution. Ils sont aujourd'hui perdus.

(5) Les plus anciens comptes communaux existant aux archives (XIVe s.) constatent l'existence de la procession qui est toujours appelée *procession de la ville*, et la présence du magistrat à cette religieuse cérémonie. Les membres reçoivent après le tour une indemnité pour *compaigner ensaulle*.

(6) La châsse des Royés seule était portée nu-pieds, marque de vénération qui implique la croyance constante à la présence du Saint-Cordon.

seaux, par les baguettes qu'on y porte, et par quantité d'autres cérémonies qui toutes preschent la même chose, et nous asseurent la créance que nous avons de la grâce que la glorieuse Vierge fit à la ville de Valentiennes, la délivrant de la peste, et la prenant en sa particulière protection. »

MARIE
Entoure Valenciennes
D'un Celeste Cordon
et la Deliure de la Peste
L'AN 1008

L.aludipe   fecit

CHAPITRE IV

Les Royés et le St-Cordon [1]

ENDANT l'année mémorable qui avait été témoin de tant de merveilles, plusieurs gentilshommes et bourgeois, guidés par leur zèle pour la gloire de Marie, instituèrent en son honneur une confrérie destinée à perpétuer le souvenir du miracle, et à prendre soin du cordon précieux. Ce fut en l'an 1012 que, définitivement organisés, ils s'appelèrent les *Royés*. Ce nom leur vient du costume primitif qu'ils adoptèrent alors. Il consistait en une robe dont « la moitié estoit toute ample, et l'autre billebarrée et royée de diverses bandes de haut en bas. » L'étrangeté de cet habit, qui avait du moins le mérite de rappeler le Saint-Cordon, le fit rejeter en 1540. A cette époque les *Royés* adoptèrent comme costume de cérémonie trois robes de drap, une noire, une grise, une tannée, pour varier d'année à autre. Sur ces robes il y avait dans le sens de la longueur une large raie de diverses nuances [1]. Au XVIIIe siècle ils portaient en public une robe noire bordée de haut en bas d'un galon aurore, avec un large ruban bleu posé en écharpe. Cette confrérie,

---

(1) V. H. d'Oultr. *H. de V.* III, 5 ; S. le Boucq, *H. eccl. de V.* 1 ; P. d'Oultr. *Cour sainte*, IV, 3. Nous donnons à l'appendice E les vers de Ph. Brasseur sur les Royés.

(2) « Ont anno XVC.XL ostez ladite coustume et portent seulement robes de trois couleurs, cambgeantz par année, de noir, gris et tannet avec une roye large de deux doigts de plusieurs couleurs avec deux franges noires aux deux costés. » (J. de la Fontaine : *Ant. de Val.*). V. Planche 3.

qui comprenait originairement vingt-six membres choisis parmi les principaux de la cité, reçut l'approbation de l'autorité épiscopale : depuis, Benoît XII, dans sa bulle du 10 juin 1335, Urbain VIII, dans celle du 13 avril 1637, et Clément XIII, en date du 3 février 1763, la confirmèrent et l'enrichirent de nombreuses faveurs spirituelles (1).

Les confrères avaient la garde du Saint-Cordon ; ils en ornaient la châsse au moyen des offrandes des fidèles, et tenaient à honneur de la porter quatre par quatre, et nu-pieds (2), à la procession commémorative (3).

La vénérable relique donnée par Marie fut d'abord, comme nous l'avons dit, renfermée dans l'oratoire du Neufbourg. On la mit avec plusieurs reliques dans une fierte (4) de bois doré enrichi de ciselures en argent.

Quand on eut remplacé la chapelle de Charlemagne par la somptueuse église de Notre-Dame-la-Grande, on mit le trésor des Royés au-dessus du maître-autel dans un enfoncement pratiqué à cet effet, et orné de figures en bois qui rappelaient le miracle.

En 1392, le jour de la procession solennelle, l'abbé d'Hasnon, Dom

(1) V. Appendice F.

(2) Cette marque particulière de déférence envers le Saint-Cordon était obligatoire, et ceux qui obtenaient la faveur de remplacer les confrères dans les processions devaient s'y conformer. « L'an 1656, la ville et l'Université de Douay envoièrent des députés à Valenciennes, pour remercier la Sainte-Vierge d'une faveur qu'ils avoient obtenue de Dieu par son intercession. Le sieur de Lalaing, docteur en théologie, étoit à la tête de cette députation avec quelques autres ecclésiastiques de marque. Après l'office solennel qu'ils avoient fait célébrer, comme on alloit commencer la procession qui se faisoit à ce sujet, le sieur de Lalaing vint se présenter avec les prêtres de sa suite, pour se charger de ce saint fardeau ; mais on leur représenta que c'étoit un usage de tems immémorial, de ne le porter que pieds nuds, et que s'ils vouloient satisfaire leur piété en ce genre, ils devoient se conformer à la pratique usitée. » (*Abrégé historique de la procession de Valenciennes. Mns.* de 1768.)

(3) Hors des murs, pendant le trajet appelé le *grand tour*, les fidèles portaient la précieuse châsse sur leurs épaules. « La foule de ceux qui veulent avoir part à cet honneur est si grande que, lorsqu'on porte cette châsse autour de la ville, à peine peut-on faire trente pas sans renouveler les porteurs. Leur confiance en ce saint dépôt est telle qu'ils sont intimement persuadés qu'il ne peut leur arriver aucun fâcheux accident pendant tout le cours de l'année, quand ils ont eu le bonheur de porter la châsse du Saint-Cordon. » (*Abrégé historique.*)

(4) Mot formé du latin *feretrum*, bière. Ce nom vient de ce que les châsses étaient des coffres dont l'apparence rappelait assez bien un cercueil.

COSTUMES DES ROYÉS AU XIᶜ, AU XVIᵉ ET AU XVIIIᵉ SIÈCLE

Nicaise Horions en présence de plusieurs prélats, des notables de la ville et des confrères, fit la translation du Saint-Cordon dans une châsse plus belle.

Parmi les reliques ajoutées (1) ou authentiquées une seconde fois, on comptait quelques parcelles du corps de saint Barthélemi, de saint Thomas, de saint Géry, de saint Etton et de saint Gilles. Le vénérable abbé signa le procès-verbal avec les personnes présentes à la cérémonie.

Le 2 septembre 1531, avec la permission de Mgr Robert de Croy, évêque de Cambrai, sous la prélature de Dom Jean Thierry, trente-sixième abbé d'Hasnon, le précieux gage de la protection de Marie fut placé dans une nouvelle châsse par Dom Jean Bar, trésorier de Notre-Dame-la-Grande, en présence de plusieurs personnages notables qui signèrent avec lui l'acte de cette translation. La fierte avait la forme de l'église Notre-Dame ; elle était embellie par des sujets en relief reproduisant les faits principaux de la délivrance de l'an 1008 ; les Royés d'alors y firent graver leurs noms. C'est la première liste de confrères qui soit parvenue jusqu'à nous, aussi nous a-t-il paru intéressant de la transcrire :

Jean Vivien, Jacques Vivien, Martin de Laderrière, Nicolas Saumon, Jean le Boucq, Jean de Marquette, Pierre le Boucq, Jean Wicart, Noël le Boucq, Louis Largent, Thomas Laumosnier, Nicolas Laumosnier, Jacques le Boucq, Jean Delecroix, Louis Wicart, Jacques le Boucq, Gilles le Moyne, Jean d'Aloes, Jean de Laderrière, Augustin Fauqué, Jean d'Audregnies, Gobert Royer, Gilles d'Oisy, Thomas Watene (2).

Lorsque les Huguenots en 1566 s'emparèrent de la ville pour y exercer leurs déprédations et leurs ravages, le Saint-Cordon faillit devenir la proie de leur fureur (3). Déjà, le 24 août, ils avaient envahi l'église, et, ayant entamé la fierte, ils en allaient profaner les reliques,

---

(1) Les unes venaient de la munificence de l'Empereur Baudouin de Constantinople, les autres avaient été rapportées par divers prélats ou seigneurs flamands au retour de la première croisade.

(2) V. à l'appendice G trois autres listes de confrères.

(3) « La fierte tomba le 24 d'août de l'an 1566 dans les griffes des Gueux Brise-images, mais l'on tient que les pièces et les reliques furent recouvertes par quelques gens de bien, et portées en la maison de ville. » (P. d'Oultr. *Cour sainte*, V. 3).

quand une troupe de généreux citoyens, à la tête desquels se trouvait Noël le Boucq, se dévouant pour sauver de la destruction le présent de la Sainte Vierge, entrèrent dans l'église et arrachèrent des mains de ces iconoclastes les débris de la châsse et le trésor qui y était contenu. On porta le tout à la Maison de Ville où les bourgeois, qui avaient là des pièces d'artillerie, firent bonne garde autour du vénéré cordon.

Quand le calme fut rétabli l'année suivante, et le danger disparu, les Royés confièrent à des mains habiles la tâche de rétablir la fierte mutilée ; et le 3 septembre 1567, Dom Michel du Quesnoy, quarantième abbé d'Hasnon, fut délégué par Mgr Maximilien de Berghes pour les formalités de la translation.. Il s'acquitta de sa mission en présence de plusieurs religieux et des confrères qui avaient survécu aux dangers de la guerre.

Sur les parois de la châsse étaient inscrits les vers suivants :

> En l'an mil et huict en septembre,
> Fut faict, ainsy que m'en remembre,
> D'un Ermite incitation
> Qu'on fist une Procession
> Le jour de la Nativité
> De la Mère de Vérité.
> Pour ce qu'alors la pestilence
> Regnoit en très grande affluence
> En Valentienne, bonne ville
> (Laquelle estoit chose très vile),
> Pour l'ire de Dieu appaiser,
> Et pour sa Mère auctorizer.
> Des confrères s'y sont trouvez
> Vingt et six par fraternité
> A tousjours, sans eux desroyez,
> Confrères nommés des Royez.

En 1661, la veille de la procession, les reliques furent encore une fois visitées par Dom Mathias le Roulx, quarante-septième abbé d'Hasnon, et renfermées, avec le procès-verbal de l'examen, dans une nouvelle châsse qui dura jusqu'à la révolution (1).

---

(1) « Cette pièce est un des beaux morceaux que l'on puisse voir en ce genre, soit pour sa grandeur, soit pour la délicatesse de l'ouvrage. Sa forme est celle de l'église même où elle repose, et ses ornements représentent toute l'histoire du premier miracle. » (Abrégé de l'histoire du miracle arrivé l'an mil huit. Douai, Derbaix, 1768). Ph. Brasseur parle de cette fierte. V. Appendice H.

On ne put malheureusement, à cause de sa grandeur, la placer dans l'ancienne niche. Il fallut la reléguer derrière l'autel, à hauteur de l'emplacement d'autrefois, où on l'enferma dans une sorte d'armoire. « Ce nouvel arrangement, dit un manuscrit, ne s'accordoit guère avec la décence et l'honneur dû à ce saint dépôt. Il étoit même très incommode pour ceux qui venoient lui rendre leurs hommages. Il resta néantmoins dans cet état jusques en 1755. La niche primitive resta vide, et lorsque les figures en bois peint qui en formoient l'ornement parurent trop dégradées, on plaça en cet endroit un grand tableau, l'an 1696. »

L'illustre Fénelon, archevêque de Cambrai, vint plusieurs fois embellir par sa présence la fête commémorative. La première fois qu'il assista à la procession solennelle, ce fut en 1695 (1), il voulut se rendre compte de l'état du précieux reliquaire. On l'ouvrit devant lui, et il y trouva, au milieu des procès-verbaux couverts de nombreuses signatures, la boîte qui renfermait le Saint-Cordon. Plusieurs de ses prédécesseurs y avaient apposé leurs sceaux encore intacts et bien conservés. Afin de ne pas fournir par son exemple de prétexte à une curiosité indiscrète, il ne poussa pas plus loin ses investigations. Et comme on le pressait de s'éclairer jusqu'au bout : « Non, dit-il, respectons ce qu'ont respecté nos pères (2). »

(1) La correspondance de Fénelon signale sa présence à la procession en 1701 et en 1712. « *Cambrai, 7 septembre* 1701. Je reviendrai ici après la procession de Valenciennes. »—« *Valenciennes, 9 septembre* 1701. Je n'ai qu'un moment pour vous remercier. Je pars d'ici quand la bonne compagnie doit arriver. »— « *Cambrai, 6 septembre* 1712. Je pars pour Valenciennes avec M. le Doyen et M. Provenchères. » Pendant ce dernier séjour, le P. Quesnel, dont les *Réflexions morales* venaient d'être condamnées par Clément XI comme entachées d'hérésie, et qui vivait proscrit en Hollande, voulut contempler les traits de l'illustre prélat qui avait écrit contre sa doctrine. Il se rendit dans la ville incognito et regarda le cortège par une fenêtre de la rue de Famars. Il reprit alors le chemin de l'exil en disant qu'il mourrait content puisqu'il avait vu Fénelon. Ce dernier, ayant appris la venue de l'ex-oratorien, alla pour le voir dans la maison où il s'était arrêté. Le P. Quesnel était déjà parti : « Je le regrette bien, dit Fénelon en soupirant ; j'aurais peut-être plus avancé les choses en conversant un quart d'heure avec lui, qu'en faisant imprimer dix volumes. »

(2) Fénelon a écrit une curieuse relation latine de la procession du Saint-Cordon (V. Appendice I.) pour le duc de Bourgogne, dont il dirigeait encore les études à distance pendant les premières années de son épiscopat. Cette pièce a dû être composée presque en même temps que le *In Fontani mortem*, petit éloge funèbre de la Fontaine, mort au mois d'avril 1695.

En 1755, les Royés obtinrent pour leur châsse un nouvel emplacement. Après avoir célébré la messe de clôture de la neuvaine, Dom Théodore Crespin, abbé d'Hasnon, accompagné du magistrat en corps, l'installa dans la chapelle située au chevet de l'église (1), où elle devait désormais reposer. Elle s'y trouvait encore quand la Révolution éclata, et n'obtint point grâce devant les destructeurs. Des mains impies, achevant l'œuvre des brise-images du XVIe siècle, mutilèrent la fierte, et jetèrent au vent ou au bûcher le filet apporté par les anges (2).

Au rétablissement du culte, en souvenir du miracle, on fit faire une statue de la Sainte Vierge tenant un cordon que des anges, prêts à prendre l'essor, reçoivent de ses mains maternelles. A ses pieds est l'ermite, en prière. C'est cette statue vénérée que l'on porte à la procession annuelle.

Quant à la confrérie, elle s'est transformée au siècle dernier sans cesser d'être florissante. Depuis lors, toutes les personnes désireuses d'honorer Marie d'une manière spéciale, et de participer aux faveurs spirituelles de l'association pieuse, peuvent s'y agréger sous le nom de confrères et de consœurs de Notre-Dame du Saint-Cordon (3).

---

(1) « Les abbés d'Hasnon ont fait pendant plusieurs siècles de cette chapelle particulière le lieu de leurs saints sacrifices ordinaires lorsqu'ils se trouvoient dans la ville. C'est ce lieu qui, pour cette raison, porte depuis ce temps le nom de la chapelle du Saint-Cordon et qui s'appelle aussi aujourd'hui la chapelle de la Confrérie des Royés. » (Abrégé de l'histoire du Cordon miraculeux qui se conserve dans l'église de N.-D.-la-Grande. Mns. de 1768).

(2) V. à l'appendice J des stances de P. d'Oultreman sur le Saint-Cordon.

3) V. à l'appendice K les statuts de la confrérie.

CHAPITRE V

ℭe brigand Van Een

N jour le Saint-Cordon courut un grand danger et faillit être ravi à la vénération des habitants de Valenciennes. C'était au moyen-âge. Un chef de bandes, sorti du pays de Flandre, le féroce Van Een, venait depuis quelque temps ravager les campagnes qui avoisinent la cité, détroussant les voyageurs, pillant les fermes, enlevant les bestiaux et répandant la terreur sur son passage. Le jour de la procession, il s'embusqua avec ses hommes dans les lieux boisés que le cortège devait suivre, et, au moment où passa la riche fierte des Royés, il se précipita sur elle ; et malgré l'énergique résistance des confrères, les réclamations du clergé et les cris des fidèles qui n'avaient d'autres armes que la prière à opposer à une telle furie, les brigands s'emparèrent du Saint-Cordon. L'affreuse nouvelle circule avec rapidité. Les habitants des faubourgs en sont les premiers instruits ; ils savent qu'il faut se hâter, sans quoi le malheur est irréparable. Ils saisissent leurs fourches, montent sur les robustes chevaux qui les aident dans leur travail des champs, galopent sur les traces du bandit, culbutent sous leur choc impétueux sa troupe surprise d'une pareille attaque, tuent le chef Van Een, et, emportant en triomphe le reliquaire échappé au péril, le ramènent dans la ville au moment où les compagnies bourgeoises armées en guerre se disposaient à se mettre en campagne.

La joie la plus vive succède à de mortelles alarmes. Le magistrat vient en corps féliciter les braves paysans de leur noble conduite ; et, pour perpétuer le souvenir de cet exploit si glorieux, il ordonne la

4

formation d'une compagnie à cheval, composée des norretiers (1) habitant les faubourgs. Ils furent appelés les *Puchots* (Puceaux), par allusion à leur costume qui était rouge et ressemblait assez à l'uniforme des chevau-légers (2). Ils avaient le privilège d'escorter tous les ans le Saint-Cordon, de visiter les ponts et d'explorer les routes pour découvrir les embûches et prévenir tout danger.

On institua aussi, pour le lendemain de la procession annuelle, des courses de bagues auxquelles les *Puchots* seuls prenaient part. Dans la suite, on installa sur l'Esplanade une statue colossale en bois, sculptée par Gilis, et représentant Van Een (3). Elle était mobile sur un pivot ; elle tenait de la main droite un écusson au sommet duquel étaient suspendues les bagues (4) ; la gauche était armée d'un fouet qui frappait les tireurs maladroits, quand, au lieu d'enlever l'anneau, ils heurtaient violemment le bouclier du géant, et lui imprimaient par là une rotation rapide. A l'époque de la révolution, on abolit le tir à l'*Anéen*, et on brûla même le colosse blasonné, innocent et bien peu redoutable emblème de la féodalité.

(1) Norretiers, cultivateurs qui nourrissent des vaches pour en vendre le lait.

(2) Ils furent réorganisés sous ce dernier titre en 1702. La compagnie fut dès lors ainsi composée : un capitaine, un lieutenant, un cornette, un maréchal-des-logis, quatre brigadiers et vingt-trois hommes au moins à prendre parmi les habitants des huit faubourgs de la ville. (V. *Règlement pour la Compagnie des chevau-légers des faubourgs de la ville de Valenciennes*).

(3) On l'appelait par corruption l'*Anéen*.

(4) Le prix destiné au vainqueur était une tasse d'argent de vingt-quatre livres.

CHAPITRE VI

Les Damoiseaux [1]

U commencement du XIVᵉ siècle, quand les armoiries et les blasons devinrent la marque distinctive de l'aristocratie, il se fit une scission dans la confrérie des Royés. Les gentilshommes « se séparèrent du gros » et formèrent une nouvelle agrégation qui s'appela confrérie de *Notre-Dame-des-Miracles* ou des *Damoiseaux* (2). Ce dernier titre se donnait jadis aux nobles qui n'étaient pas chevaliers. Ainsi Froissart (3) appelle *jeune damoisel* l'héritier du comte de Flandre. Les chroniques de Saint-Denis qualifient Louis, fils de Philippe de France, de *noble damoiseau* ; et, dans l'historien Jean de Becke, Guillaume de Hollande, élu roi des Romains, est désigné sous le nom de *Domicellus Hollandiœ* (4).

(1) V. H. d'Oultreman, *H. de V.*, III, 5 ; S. le Boucq, *H. eccl. de V.*, 4 ; *Reglement de la Confrerie des Damoisseaux en Vallenciennes*. (Mns. Bibl. Val.)

(2) « Nonobstant diverses recherches, je n'ai sceu trouver l'an que cette séparation se feit. » (S. le Boucq, *loc. cit.*).

(3) *Chronique*, I, 116. Froissart est à la fois un chroniqueur et un poète. Il naquit en 1333, à Valenciennes, car le manuscrit autographe de sa *Chronique* renferme ces mots dans la préface : « Et si aucun quiert sçavoir qui est l'acteres de ce livre : Je m'appelle sire Jehan Froissart, natif de la bonne et franke ville de Valentiennes. » Sa statue en marbre, due au ciseau d'H. Lemaire, son compatriote, décore une des places de sa ville natale.

(4) « Dans la suite on a donné ce nom par raillerie à de jeunes gens qui tranchoient du petit seigneur, sans en avoir les prérogatives, et l'usage en a tellement prévalu qu'il ne se dit plus guère qu'en cette dernière signification ; ce qui ne préjudicie en rien à ce qu'il a d'honorable pour ceux à qui l'antiquité l'a attribué. » (*Abrégé historique de la procession de Valenciennes*).

Leurs premiers revenus datent de 1311. Le seigneur Etienne de Douchy leur donna plus de vingt mille livres de rente, et de nouvelles fondations leur permirent bientôt de déployer dans les cérémonies une grande magnificence. En 1333, ils décidèrent qu'ils ne seraient jamais plus de trente membres, en souvenir des trente deniers de Judas (1) ; et, pour remplacer un confrère défunt, le postulant devait justifier de ses titres de noblesse. Plus tard ils admirent dans leurs rangs les princes et les seigneurs étrangers. Les marquis de Berghes et de Renty et les comtes de Lalaing se crurent honorés de la qualité de confrères Damoiseaux. Dans le siècle suivant, Charles de Croy, duc d'Arschot ; Philippe, duc d'Aremberg ; Florent de Ligne, prince d'Anthoing et marquis de Roubaix ; Ernest de Mérode, comte de Thiant, et d'autres gentilshommes des meilleures familles imitèrent ce noble exemple.

L'abbé d'Hasnon, de qui dépendait l'église de Notre-Dame-la-Grande, présidait la confrérie. Les prélats et abbés de Valenciennes y étaient inscrits (2) ; les prévôts de la ville (3), comme les le Poivre, les Rasoir, les Pittepan de Montauban, les le Boucq, et plus tard les gouverneurs de la cité eurent leur nom sur les registres de l'association. Le dernier état de la confrérie conservé aux archives municipales mentionne l'illustre Fénelon, les ducs de Luxembourg-Montmorency et de Boufflers, et le comte de Sarsfield comme affiliés aux Damoiseaux.

Les confrères autrefois portaient un lis en perles sur la manche de leur robe avec ces mots en broderie : *Ave Maria*. Plus tard ils ornèrent leur manteau d'une plaque d'argent doré où l'on voyait l'image de Notre-Dame.

Comme la fierte du Saint-Cordon appartenait aux Royés, ils en firent faire une autre d'une somptueuse richesse qui leur était parti-

---

(1) « Et ce à l'honneur des xxx deniers que nostre benoist Rédempteur fut vendu. » (S. le Boucq, *loc. cit.*).

(2) Il n'est pas rare de voir les abbés inscrits sur la liste des Royés et sur celle des Damoiseaux.

(3) Valenciennes avait jadis simultanément deux prévôts : le premier appelé prévôt le comte était l'officier principal du seigneur de la cité; l'autre, le prévôt la ville, était le chef des magistrats. Depuis 1301, le conseil municipal se composa d'un *prévôt* et de douze officiers nommés *échevins*, mais prenant le titre de *jurés* dans les affaires criminelles ou de police.

NOTRE-DAME DÉLIVRANT VALENCIENNES DE LA PESTE

D'APRÈS UN CUIVRE ANCIEN COMMUNIQUÉ PAR M. C. RATEL.

culière (1). Elle avait sa place derrière le chœur de Notre-Dame-la-Grande, dans la chapelle dite des Damoiseaux ou de Notre-Dame-des-Miracles.

En 1310, le jour de la procession annuelle, on déposa dans la fierte plus de quarante belles reliques dont les principales étaient quelques ossements des saints Innocents, de sainte Anne, de saint Antoine, du pape saint Grégoire, de saint Pierre apôtre, de saint Joseph d'Arimathie, de saint André, de saint Martin, de saint Etienne, de saint Eloi et d'une foule d'autres personnages que l'église met sur ses autels.

Pierre de Mirepoix, évêque de Cambrai, et Bernard, évêque d'Arras, après avoir authentiqué les reliques, apposèrent leurs sceaux sur la châsse en présence de plusieurs prélats et abbés, ainsi que de Guillaume le Bon, comte de Hainaut, accompagné de son épouse Jeanne de Valois, de ses deux frères, Jean de Beaumont et Wallerand de Luxembourg, seigneur de Ligny, et de sa sœur Marguerite d'Artois. Béatrix d'Avesnes, fondatrice du monastère de Beaumont (2) s'y trouvait aussi avec un certain nombre de dames illustres.

La châsse des Damoiseaux fut réparée et ornée de soieries précieuses en 1333. L'abbé de Saint-Jean, Jacquemon le Noir, ajouta encore plusieurs restes des saints à ceux qu'on y vénérait déjà.

En 1492, Dom Etienne de Ploich, trente-cinquième abbé d'Hasnon, après la messe solennelle, ouvrit le coffre et constata la fidélité des premiers rapports auxquels il ajouta le sien en présence de Messire

(1) « L'an 1230, la ville de Tournay estant affligée de peste, les principaux et plus notables bourgeois ne treuvèrent pas de plus esseuré remède à ce mal qu'en instituant une pareille confrairie que celle de Valenciennes, dédiée à la glorieuse Vierge Mère de Dieu et à la S. Croix, à quelle fin ils dressèrent une belle et riche fierte toute pleine de sainctes reliques, que l'on porteroit en la procession autour de la ville tous les ans le jour de l'Exaltation de la S. Croix ; et ceste confrairie fut semblablement appelée la Confrairie des Damoiseaux. » (H. d'Oultr. loc. cit.). Cf. Cousin, *Hist. de Tournai*. Nous voyons ici une nouvelle preuve de l'antiquité de la procession *extra muros*.

(2) Ce couvent, situé jadis dans la rue qui porte son nom, était d'abord un hôtel splendide où naquit en 1262 Henri VII, empereur d'Allemagne. Béatrix, sa mère, voyant son fils au faîte des grandeurs, voulut, par reconnaissance envers le Ciel, transformer son palais de Beaumont en un monastère où elle installa des religieuses de Saint-Dominique. Beaucoup de filles nobles y consacrèrent leurs jours au Seigneur. (V. H. d'Oultr. *H. de Val.* III, 13; S. le Boucq, *H. eccl. de Val.*, 63-66).

Jehan le Lièvre, abbé de Saint-Jean, des nobles dames de Maingoval et de Famars, de plusieurs notables et des confrères Damoiseaux.

Quand les calvinistes, en 1566, saccagèrent la ville, et signalèrent par des actes d'un vandalisme inoui l'emportement de leur fureur, ils profanèrent les saintes reliques et les brûlèrent publiquement, Cepen·dant on parvint à leur arracher la châsse, objet de leur convoitise. On l'enfouit dans le jardin de Jehan le Poivre, situé près de la porte N.-D., où elle resta durant six années. Un traître découvrit la cachette aux pillards en 1572 : elle fut déterrée et devint la proie des ravisseurs.

Lorsque les troubles furent apaisés, les confréries se réorgani-sèrent, et les Damoiseaux firent faire une nouvelle fierte qui fut bénite en 1588 par Dom Pierre Blondeau, quarante-deuxième abbé d'Hasnon, le jour de l'Assomption après la grand'messe. Il y déposa une foule de reliques provenant des abbayes d'Haspres et de Fontenelle, et de la générosité de Louis de Berlaimont, archevêque de Cambrai. Les principales étaient une partie de la vraie Croix et quelques ossements de saint Luc, de saint Pierre et de saint Paul, de saint Laurent, de saint Marc, de saint Nicolas, de sainte Anne et de saint Landelin, fondateur du monastère de Crespin.

Parmi les signatures de la déposition on remarque celle d'Antoine le Poivre, prévôt de la ville ; de François du Pire, abbé de Saint-Jean ; du docteur Grégoire Leduc et de Bernard Leduc, l'un archidiacre de Notre-Dame, l'autre chanoine de Saint-Géry, à Cambrai ; de Godefroy Centurion, chevalier de l'ordre de Saint-Jean ; du R. P. Bernard Olivier, de la Compagnie de Jésus, et d'autres prélats et ecclésias-tiques de grand renom.

Les Damoiseaux firent faire une autre fierte en 1707 par H. Gérard, orfèvre de Douai, qui, d'après les conventions, y employa 550 onces d'argent et 400 onces de cuivre doré. Le reliquaire, long de trois pieds, était large et haut en proportion. On y voyait six bas-reliefs représentant les mystères de la Sainte Vierge et vingt écussons aux armes des confrères actuels ; le tout était surmonté d'une statue de Marie. Dom Rupert de Los, cinquantième abbé d'Hasnon, fit la translation le 14 août, assisté de Jérôme Thumerelle, abbé de Saint-Jean et de Jean Gaisse, curé de Saint-Nicolas et doyen de chrétienté, député par Fénelon, archevêque de Cambrai. Parmi les confrères présents à la cérémonie, le procès-verbal cite M. de Champerreux, gouverneur de Valenciennes, Antoine de Pittepan, Tordreau de

Belleverge, Charles le Hardy, seigneur de Famars, Antoine du Gardin, Philippe Wéry (1) etc.

Les confrères avaient la charge spéciale de veiller à la décoration de leur fierte. Ils l'escortaient à la procession annuelle, et la portaient sur leurs épaules pendant le parcours. Devant eux, de droit immémorial, marchait, revêtu de ses insignes, le héraut de la cité.

L'institution des hérauts remonte fort loin dans l'histoire. En France, ils formaient trois catégories distinctes : le chef s'appelait *Roi d'armes* ; il jouissait de grands privilèges ; les simples hérauts constituaient la seconde classe ; il y avait après eux les poursuivants d'armes, sortes de candidats à la dignité précédente.

Les hérauts devaient connaître à fond l'art héraldique. C'était à eux d'ordonner les tournois, de porter les cartels et les déclarations de guerre ; ils réglaient le cérémonial des mariages, des entrevues, du couronnement et de la sépulture des princes. Chacun d'eux avait un surnom souvent assez bizarre qui lui était imposé par son seigneur (2). Les chroniques citent *Toison d'Or, Bonne Querelle, Vrai Désir, Peu Parler*, etc. Le héraut d'armes s'appelait en France *Montjoie*, en Bretagne *Hermine*, en Hainaut *Ostrevant*, à Valenciennes, *Franquevie*, altération populaire de *Frankeville*. Ce dernier portait une cotte d'armes en satin cramoisi sur laquelle se détachait le lion d'or de la cité.

Les Morel ont longtemps exercé cet emploi. Le premier qui en fut revêtu, Cornil Morel, reçut en présent de Philippe le Bon, auprès duquel il avait rempli un message, une robe de drap d'or fourrée de martre. Il la mit tant qu'il vécut aux cérémonies solennelles, et se fit représenter dans ce costume par Otelin, peintre célèbre du temps, sur un des panneaux de la chapelle St-Luc, à Notre-Dame-la-Grande (3).

---

(1) V. *Registre de la Confrérie de MM. les Damoiseaux dits de Notre-Dame-de-Miracle*. Arch. de Val.

(2) « Son nom était imposé avec une cérémonie non seulement ridicule, mais qui seroit réputée profane et sacrilège, si la simplicité du temps passé n'excusoit les auteurs. C'estoit que les princes renversoient une coupe de vin sur la teste du poursuivant d'armes, lui donnant le nom qu'ils vouloient : ce qui s'appelloit baptiser. » (H. d'Oultreman, *loc. cit.*).

(3) Voici quelques noms de hérauts d'armes que nous relevons dans les archives : Engherant le Franc (XVe s.) ; Jean de Liège (1473), introducteur de l'imprimerie à Valenciennes ; Cornil Morel, Gobert Morel, son fils (1515 à 1569), auteur d'un *Traité du blason*, enterré à St-Jean près de son père ; Cornil Morel ; Pierre Morel ; Philippe Boully (1611) ; Jacques Morel (1613) ; Mio (vers 1698).

Les Damoiseaux avaient le privilège, quand un héraut venait à mourir, de lui choisir un successeur. Ils conduisaient le nouvel « esleu à ce, pardevers Messieurs du Magistrat qui, après l'avoir establi audit office, si avant que à eulx compete et regarde aux drois et prérogatives, honneurs et prouffitz qui y doibvent appartenir, » lui faisaient prêter serment de « soy conduire bien et léallement » et de toujours servir en digne officier la ville et la noble confrérie.

Dans la seconde moitié du XVIIIᵉ siècle, la congrégation des Damoiseaux tomba en décadence. Les procès-verbaux ne vont pas au-delà de 1780 : on n'inscrivait plus de nouveaux membres. Le banquet annuel avait déjà cessé, et quand en 1790 la confrérie fut dissoute, on ne lisait plus sur les registres, que les noms de Dom Buvry, dernier abbé du monastère de Saint-Saulve, et des abbés de Saint-Jean, de Crespin et de Vicoigne.

Ces illustres prélats prirent à cœur de continuer jusqu'à la fin les traditions séculaires d'une société pieuse qui, pendant près de 600 ans, avait donné l'exemple de la dévotion à la Reine du Ciel.

CHAPITRE VII

Notre-Dame-la-Grande

'ORATOIRE élevé par Charlemagne près du château de Valenciennes, au Neufbourg, devint bientôt insuffisant pour contenir la foule des nombreux visiteurs que la dévotion à Marie y attirait de toute part. Il fallut songer à agrandir le sanctuaire, et à renfermer le St-Cordon dans un temple plus digne de le recevoir.

Les Valenciennois, témoins et objets d'une protection si maternelle, comptant sur la Providence, et ne prenant conseil que de leur piété, jetèrent, quelques années à peine après le miracle, les fondements d'une vaste et somptueuse église capable de perpétuer leur reconnaissance et leur foi. Chacun s'associa à cette œuvre : on s'imposa suivant ses moyens, et les riches donnèrent l'exemple de généreux sacrifices. Mais les temps étaient durs : la contagion avait porté un rude coup à la prospérité du pays ; les ressources vinrent bientôt à manquer, et avec l'argent recueilli on ne put achever qu'une chapelle où on déposa le Saint-Cordon.

Les travaux furent interrompus pendant plus de trente ans. Sur ces entrefaites, Herman Heczilon, comte de Valenciennes, se retira du monde. Les prodiges dont il avait été le spectateur le déterminèrent sans doute à consacrer à son salut les dernières années de sa vie. Il se fit moine dans un cloître à Verdun, où il mourut en odeur de sainteté (1).

---

(1) Sigeb. de Gembloux, Anselme de Liège, etc.

Richilde, sa petite-fille, gouverna le pays peu de temps après lui. Cette habile princesse réunit sous son sceptre le Hainaut, le comté de Valenciennes et le marquisat de Flandre. Son existence se partage en deux périodes bien différentes. Dans la première, elle s'attire l'exécration publique par sa tyrannie. Elle allume la guerre civile, accable ses vassaux sous le lourd fardeau d'impositions arbitraires. massacre, au mépris du droit des gens, soixante députés venus pour présenter leurs doléances, et, dans un transport de fureur, livre aux flammes la ville et le monastère de Messines (1). Dans la seconde, revenue avec l'âge et les revers à des sentiments meilleurs, elle se voue aux austères pratiques de la pénitence et aux exercices les plus pénibles de la charité. Elle se retire pour prier et gémir dans le cloître dont elle a fait jadis un monceau de ruines. Celle que le chroniqueur Gislebert (2) qualifie de *mulier astuta*, « femme astucieuse, » et le moine Thomellus (3) d'*animosa mulier*, « personne vindicative, » que H. d'Oultreman nomme « impérieuse et peu obligeante, » restaure des couvents, érige des églises et devient la *pia Richildis*, « la pieuse Richilde. »

Touchée de voir le zèle des Valenciennois pour le culte de Marie entravé par le manque de ressources, elle résolut de continuer à ses frais l'édifice commencé au moyen des souscriptions populaires, et d'en faire le chef-d'œuvre architectural du comté et de tout le pays. L'entreprise marcha lentement. Les préoccupations de la politique, la double défaite qu'essuya Richilde à Cassel et à Brocqueroie, et dont le résultat fut de faire passer la Flandre aux mains de Robert le Frison, retardèrent la besogne; de sorte que, de 1040 à l'époque où la princesse se démit de son gouvernement en faveur de son fils Baudouin, c'est-à-dire pendant l'espace d'environ quarante ans, il n'y eut d'achevé que le chœur, le transept et les chapelles latérales. Mais Baudouin II de Jérusalem mit le couronnement à l'œuvre de sa mère ; il fit construire les nefs, les clochers et les vastes dépendances de l'église (4).

(1) En Flandre.
(2) Gislebert, *Chronicon Hanoniense.*
(3) Secrétaire et conseiller de Baudouin VI de Mons. (V. D. Martène : *Thes. Anecd.*, III, 777, et J. de Guise, XI, 48).
(4) L'église Notre-Dame-la-Grande était située sur un des côtés de la rue actuelle de Paris : le portail s'ouvrait vis-à-vis du couvent des Sœurs de Saint-François, dans le rue Notre-Dame. Le logis du prélat et des moines donnait sur les Viviers.

Le nouveau temple fut inauguré en 1086. Monseigneur Gérard II, évêque de Cambrai et d'Arras, le consacra solennellement à Marie et à sainte Foy. Baudouin, se souvenant des bienfaits dont son père avait comblé les Bénédictins d'Hasnon, donna à ce monastère, en 1086, le somptueux édifice avec des revenus suffisants pour les besoins des desservants et les frais du culte (1).

L'amour des Valenciennois pour la Vierge Marie ne fit que s'accroître, et chacun regarda comme un devoir de venir lui offrir ses vœux et ses hommages dans la belle basilique de Notre-Dame-la-Grande.

(1) La charte de donation de Baudouin se trouve dans H.d'Oultreman, *H.deVal.* (Appendice), la lettre d'approbation de Gérard, dans Miræus, *Dipl. Belg.* II, 32 et l'approbation du métropolitain, Rodolphe, archevêque de Reims, dans S. le Boucq, *Hist. eccl. de Val.*, 10. Ph. Brasseur, a traduit en vers les deux premiers documents. Nous donnons un de ces deux essais poétiques à l'appendice L.

NOTRE-DAME LA-GRANDE

(D'après le dessin original de Simon Le Boucq)

CHAPITRE VIII

Description de l'Édifice[1]

À l'époque où fut commencée l'église de Richilde, l'architecture du moyen âge, jusqu'alors sans caractère bien défini, se transforme et se perfectionne. Les artistes chrétiens, inspirés à la fois par les monuments du peuple-roi échappés à l'invasion de la barbarie, et par les chefs-d'œuvre de l'Orient ouvert à nos armes avec les croisades, font prédominer dans l'art de bâtir cette forme mixte qu'on appelle communément le style romano-byzantin. Messire Jehan Hosson, architecte de Notre-Dame, suivit le goût de l'époque et exécuta son plan d'après les règles du genre nouveau alors en honneur.

Selon le modèle des basiliques latines, l'église offrait l'apparence d'une croix. Sa magnificence était au-dessus de tout éloge ; et, presque de nos jours, malgré les ravages du temps et les excès du vandalisme, on a pu admirer ses vastes proportions et l'imposante grandeur de sa superbe structure. On y entrait par un portail sculpté au-dessus duquel se trouvaient deux statues dont l'une figurait saint Michel terrassant l'esprit du mal. Les calvinistes, au XVIᵉ siècle, dans leur fureur de destruction, abattirent la tête de l'archange sans toucher au diable qu'il tenait sous ses pieds ; « témoignage évident, dit un chroniqueur, que ces sacrilèges sont les ministres de Satan, gagés de lui

(1) V.H. d'Oultr., *H. de V.* III, 61 ; S. le Boucq, *H. eccl. de V.* 2 *sq.*; Lessabæus, *Anacephalæosis* ; Guicchardin, *Totius Belgii descriptio* (1660) ; Raissius, *Belg. Christ.* p. 102.; Ph. Brasseur, *Par martyrum.* (V. Appendice M).

pour faire la guerre à Dieu et à ses saints (1). » Sur le portail même était gravée une courte et touchante invocation :

Olim fida, lubens natos Patrona tuere.
« Patronne jadis secourable, daigne protéger tes enfants (2)».

De nombreux et solides piliers, ornés de colonnettes qui s'en dégageaient à demi, et dont le couronnement ouvragé attestait les progrès de l'art sculptural, montaient du pavé jusqu'aux combles de la grande nef. Dans les bas-côtés trois voûtes superposées laissaient courir autour de l'édifice de spacieuses « caroles » ou galeries dans lesquelles circulait le peuple aux principales solennités (3).

Le transept ou *croisée* était peut-être la partie la plus admirable de ce monument. Richilde n'avait rien épargné pour en faire une merveille. La voûte en était d'une hauteur prodigieuse, et dans la partie centrale s'élevait une sorte de dôme ou de tour dont les vitraux, resplendissant de mille feux, laissaient tomber dans la nef une douce et ravissante lumière. On l'appelait pour cela le *Trou d'Or*. Il fut témoin au XIVe siècle d'un drame horrible dont l'esprit des habitants garda longtemps le souvenir.

En 1378, Daniel Dusse ou Dosse, accompagné de deux serviteurs, passant à Valenciennes, entra dans un bureau de change. Il se prit de querelle avec la femme qui y siégeait, et s'oublia jusqu'à lui donner un soufflet. Celle-ci, trop faible pour se venger elle-même d'un pareil affront, fit appel à ses concitoyens en s'écriant : *A la forain ! A la forain !* Elle indiquait par là qu'un étranger avait commis un outrage envers la cité. Le peuple, jaloux de ses privilèges, s'émut de cette insulte. Guidé par trois échevins : Jean du Bois, Thierry et Etienne Brochon, il courut sus aux agresseurs. Ceux-ci, serrés de près, entrè-

---

(1) Le même auteur raconte à ce sujet qu'en Angleterre un colporteur, qui vendait des images de saints et d'anges en taille douce, vit sa marchandise mise en pièces par les hérétiques furieux. Peu de temps après, il revint chargé de caricatures reproduisant des lutins horribles et des diables grimaçants. On l'accueillit avec plaisir et « sa denrée » eut un débit prodigieux.

(2) Ph. Brasseur a commenté cette prière. (V. Appendice N).

(3) « L'an 1549, en ceste mesme église de Nostre-Dame furent benelstes les sainctes huiles par Messire Robert de Croy, évesque et duc de Cambray. Ladicte église estoit toute remplie de gens tant par bas qu'en galleries d'en hault. » (S. le Boucq, *loc. cit.*).

rent dans Notre-Dame-la-Grande comme en une place de refuge, et gravirent à la hâte la galerie supérieure jusqu'à la voûte du dôme central. Les bourgeois de plus en plus furieux les rejoignirent bientôt dans leur dernière retraite, et, sans respect ni pour la sainteté du lieu, ni pour le droit d'asile dont jouissait la maison du Seigneur, ils les précipitèrent par le Trou d'Or sur les dalles du sanctuaire.

Quand la colère fut passée, on comprit l'énormité d'une pareille vengeance. Le remords suivit la faute et le châtiment atteignit les coupables. Les trois échevins furent dégradés : on fonda à perpétuité des cires ardentes devant la statue de saint Guislain, parce que le meurtre avait été commis le jour de sa fête, et l'église polluée et interdite dut être réconciliée par Mgr. Gérard III, évêque de Cambrai (1).

La ville de Valenciennes faillit payer cher cet acte de brutalité de ses bourgeois ; car un parent de D. Dusse, Thierry de Dixmude, que Froissart nomme Thierry Duquesne, à la nouvelle de ce forfait, leva cinq cents lances et entra en Hainaut pour châtier la cité. Guy de Beaumont, comte de Blois, rassembla promptement les compagnies sous leurs bannières et sortit à sa rencontre. Avant d'en venir aux mains, il eut une entrevue avec Thierry qui, satisfait de ses explications, se retira sans pousser plus loin sa menace.

Le chœur de Notre-Dame-la-Grande, fort étendu comme dans les églises du XIe siècle, contenait le maître-autel, riche en sculptures et en ornements. Au-dessus était un enfoncement où, comme nous l'avons dit, reposa longtemps le Saint-Cordon.

Non loin de cette niche on admirait cinq sujets en albâtre destinés à reproduire les miracles et le martyre des SS. Pierre et Marcelin, les deux patrons du monastère auquel appartenaient les desservants de Notre-Dame.

---

(1) Voici le récit naïf d'un chroniqueur : « Le jour Saint-Denis et Saint-Ghislain (18 oct.) advint que un appelé Daniau Dosse print estriuf et donna une baffe à une femme séante à son cambge, pour lequel mesus on cria à l'afforain, et s'enfuit ledit Daniau à Notre-Dame-la-Grande, pour illecq se sauver, monta aux voussures au plus haut d'icelles ; mais il fut de la communauté si rudement sieuvy que de la plus haulte voussure fut jecté au milieu de l'église et illecq occhis et deux de ses serviteurs ; dont pour chef advenu fut lors deffendu que de ce jour en avant femmes ne seroient plus seantz en cambge ; et le mardi après les Roys fut par l'Evesque de Cambray ceste église rebenye. » (V. aussi S. le Boucq, *H. eccl. de V.*, 9, et *Bref recueil des antiquitez de Val.*).

Un immense candélabre de cuivre doré était suspendu à la voûte du chœur. Ses trois étages, formés par autant de couronnes de dimension inégale, supportaient dans leur contour des branches destinés à recevoir des cierges. Il y avait au-dessus quatre têtes d'anges garnies d'ailes. Le tout se terminait par une sorte de timbre soutenant l'anneau accosté d'un cygne et du lion valenciennois. Ce candélabre fut acheté 725 florins à Mathieu du Moulin et placé en 1640 (1). Pendant la neuvaine du Saint-Cordon, on y brûlait journellement trente-deux livres de cire en l'honneur des saintes reliques qui reposaient dans l'église.

Parmi les statues qui décoraient l'édifice, deux surtout attiraient l'attention : celles de Baudouin de Mons et de la comtesse Richilde, son épouse. Sous la première on lisait ce distique latin :

Ille ego Balduinus, cui Flandria paruit olim,
Hasnonium reparans ultima fata tuli.

« Je suis Baudouin, jadis comte de Flandre ; la mort m'a saisi pendant que je réparais le monastère d'Hasnon. »

Deux autres vers étaient inscrits sur le piédestal de la seconde :

Sum pia Richildis templum hoc quæ sumptibus ingens
Struxi Balduini consociata toro.

« Je suis la pieuse Richilde, épouse de Baudouin ; j'ai élevé à mes dépens ce temple grandiose. »

Une des magnificences de cette église était le *doxal* ou jubé qui coûta en 1627 plus de vingt-cinq mille florins à Dom Deraisme, quarante-quatrième abbé d'Hasnon. C'était l'œuvre de l'habile sculpteur Adam Lottman. Les colonnes, les groupes et les voûtes étaient ou en albâtre ou en pierres de choix.

On y voyait d'abord six sujets en relief retraçant le miracle de l'an 1008.

Le premier offrait l'image de la contagion ; on y apercevait des moribonds, des fossoyeurs transportant des cadavres, et au-dessus des anges lançant la foudre de la colère de Dieu.

Le deuxième montrait l'ermite à genoux près de son oratoire, et Marie lui annonçant la prochaine délivrance : le fond laissait entrevoir la cité si cruellement punie.

(1) *V. Contract touchant le grand candelabre en cuyvre posé au milieu du chœur de Nostre-Dame-la-Grande* (Mns. Bibl. Val.).

Le troisième représentait le dévot solitaire exhortant à la pénitence un peuple qui l'écoutait avec foi et repentir.

Dans le quatrième apparaissaient Marie et l'ange entourant la ville du cordon préservateur. L'ermite, de sa cellule, contemplait ce spectacle avec ravissement.

Le cinquième reproduisait, au second plan, la nouvelle visite de Marie à Bertholin, et, en première perspective, la fierte des Royés. Un prélat y déposait le Saint-Cordon, tandis qu'un prêtre tenait sur un coussin des reliques prêtes à y être enfermées, et qu'un autre avait en main le procès-verbal cacheté de la religieuse cérémonie.

Enfin le sixième figurait la procession annuelle. La châsse était suivie du clergé, du magistrat et du peuple.

Entre ces divers groupes sont des statues en albâtre du meilleur effet. D'abord au milieu apparaît Marie implorant Jésus-Christ pour ses fils prévaricateurs. On lit au-dessous cette inscription :

Saxa sum, sed, si fertis pia vota precesque,
Mansuetum duro marmore numen ero.

« Je suis de pierre ; mais, si vous m'offrez vos prières et vos pieux désirs, vous trouverez, au lieu d'un marbre insensible, une protectrice toute-puissante et secourable. »

A droite un ange tient d'un côté une palme et de l'autre le cordon tutélaire. Un autre ange à gauche remet son épée au fourreau, et foule aux pieds des verges, symbole du courroux divin.

Plus bas on aperçoit quatre statues en albâtre, de grandeur naturelle, dont le visage est tourné vers l'image de Marie, placée au centre. Ce sont quatre docteurs bénédictins qui ont écrit des ouvrages à la gloire de la Reine du Ciel :

1º Saint Rupert, évêque de Salzbourg, mort en 623 ;

2º Saint Anselme de Cantorbéry, mort en 1109 ;

3º Saint Ildephonse, évêque de Tolède, vêtu de la chasuble blanche qu'il reçut de Marie pour avoir défendu sa virginité contre les hérétiques. Il mourut en 667 ;

4º Saint Bernard, premier abbé de Clervaux qui abandonna l'ordre de Saint-Benoît pour celui de Cîteaux. Sa mort date de 1153.

Les trois voûtes de ce superbe *doxal* ne sont pas moins riches que le frontispice. On y remarque un groupe représentant Notre Seigneur debout sur un tertre, entre deux palmiers. Le phénix, symbole de la résurrection, est perché sur une branche. Jésus-Christ donne à saint

6

Pierre et à saint Paul communication des éternelles vérités. Des agneaux, qui paissent aux pieds des deux apôtres, figurent les âmes converties et ramenées dans le sentier du bien. Au-dessus on lit ces mots :

Per me si quis introierit salvabitur (1).

« Si quelqu'un entre par moi, il sera sauvé. »

Une autre statue laisse voir Jésus-Christ ayant un agneau à ses pieds. Ces vers sont gravés snr le piédestal ;

Ad me ponderibus pressi recreabo venite :
Sum requies tranquilla Deus, sum vita salusque.

« Vous que la douleur accable, venez, je vous soulagerai. Je suis Dieu ; en moi on trouve le repos sans mélange, la vie et le salut. »

On y distingue encore dix-huit figures prises dans les catacombes, et symbolisant les mystères du christianisme ; et, de l'autre côté, pour faire pendant, dix-huit carrés d'albâtre représentent les péchés capitaux et les vices qui en dérivent (2).

Les chroniqueurs ne nous ont guère parlé des cloches de l'église. Tout ce que nous savons, c'est qu'on en fondit de nouvelles en 1400 « par congé de M. de Hasnon, » et qu'en 1623 on posa une horloge et un carillon au clocher de Notre-Dame-la-Grande (3).

(1) *Joan.* X, 9.

(2) S. le Boucq dans son précieux manuscrit nous a laissé un dessin du *doxal*, du candélabre, du chœur et une vue extérieure de Notre-Dame-la-Grande.

(3) « L'orloge fut faicte et fabricquée aux despens de la ville, par M. Henry Le Clercq, orloger résident à Cambray. » (S. le Boucq, *H. eccl. de V.* IX).
Ph. Brasseur vante le clocher et la sonnerie :

Insuper hæc turri perlustris et ære sonoro.

CHAPITRE IX

Notre-Dame-la-Grande : Chapelles et Confréries

QUAND le symbolisme chrétien présida aux constructions religieuses du moyen âge, on s'étudia à reproduire dans la forme des temples érigés à la gloire du vrai Dieu quelque chose du merveilleux instrument de notre délivrance. Le transept coupa la nef comme les bras d'une croix: le maître-autel figura la tête adorable du Sauveur ; alors on ouvrit dans l'abside de nombreuses chapelles qui simulèrent autour du chevet comme un nimbe lumineux et une gracieuse couronne. C'est ce que nous retrouvons dans Notre-Dame-la-Grande. Le désir de se conformer à cette pensée mystique, les demandes des confréries et des divers corps de métiers qui tenaient tous à posséder l'autel de leur patron, expliquent l'existence des chapelles latérales qui se rencontrent jusque dans les bas-côtés de l'édifice. Disons un mot des principales.

La plus célèbre était celle de Notre-Dame-des-Miracles, où les Damoiseaux avaient leur élégant et somptueux reliquaire. On la regardait comme le chef-d'œuvre de Jehan Hosson. Toutes les nervures de la voûte, par une habile disposition artistique, venaient aboutir sur deux colonnes qui leur servaient de supports. Il paraîtrait que le fils de l'architecte, jaloux du succès de son père dans la construction savante de cette chapelle, entreprit de le surpasser. Il en fit une autre au-dessus de la première, à la hauteur de la galerie, et la soutint tout entière sur un pilier si mince et si frêle, que c'était un prodige d'équilibre. La tradition ajoute que Jehan, loin d'être fier d'avoir un tel fils et un si brillant élève, eut honte de sa défaite et en mourut de chagrin.

Quelle que soit la valeur de cette anecdote, dont les annaliste sont loin de nous garantir l'authenticité, la chapelle de Notre-Dame-des-Miracles ne cessa jamais d'être un objet de vénération pour le peuple de Valenciennes. Les faveurs célestes et les grâces que Marie a obtenues de Dieu pour ceux qui l'ont invoquée dans ce sanctuaire, expliquent suffisamment le nom sous lequel il était connu. C'est là que, dans les dangers communs et dans les infortunes particulières, on allait chercher, aux pieds de la Reine des cieux, un peu de résignation et d'espoir. C'est là encore que l'on courait exprimer sa gratitude à l'auguste protectrice de la cité, après avoir mené à bonne fin une entreprise ou reçu quelque secours d'en haut.

Une autre chapelle absidale (1), celle de Saint-Luc, devint aussi très fréquentée à partir du moment où elle fut affectée à la confrérie de ce nom, datant de 1460. Le peintre et enlumineur Marmion se plut à l'embellir. « La table d'autel de ladite chapelle, dit un manuscrit de la bibliothèque de Cambrai, est de cet excellent ouvrier, digne de très grande admiration, singulière en la draperie, relèvement de platte peinture, que l'on jureroit que c'est pierre blanche, qui n'y prendroit garde de bien près, et surtout en la table d'autel dont la chandelle semble vraiment ardre. » Marmion fut enterré en 1489 dans cette chapelle. Son épitaphe composée par Molinet nous a été conservée. Le même oratoire s'enrichit en 1627 d'une belle relique de Saint-Philippe de Néri. Un chanoine de Gand, Juste Rickius, avait demandé à Rome, aux Oratoriens, quelques précieux restes de leur illustre fondateur, pour en faire présent à l'infante Isabelle. Sa demande fut accueillie; mais il mourut sur ces entrefaites, et sa famille offrit à l'église Notre-Dame le don primitivement destiné à la princesse.

En 1640, Philippe le Boucq, neveu du chroniqueur, voulant honorer son saint patron, fit enchâsser les ossements sacrés dans un chef d'argent massif pesant cent quatre-vingt-deux onces, richement travaillé et ancré sur un piétement d'ébène embelli de ciselures d'argent. Un orfèvre de Lille, François Wrans, est l'auteur de cet

---

(1) D'après Ph. Brasseur, la chapelle de Saint-Luc était située *a tergo principis aræ,* « derrière le maître-autel; » celle de Saint-Eloi, *secus sacristiam a dextris,* « près de la sacristie à droite; » et celle des Damoiseaux, *ad latus oppositum a sinistris,* « au côté opposé à gauche. »

admirable reliquaire qui fut mis dans la chapelle de Saint-Luc. Sept ans plus tard, Philippe le Boucq désira faire l'acquisition de cet oratoire, depuis très longtemps le lieu de sépulture de sa famille. Il l'obtint de l'abbé d'Hasnon, et s'occupa aussitôt de le réparer et de l'entretenir. Par ses soins un magnifique autel en albâtre s'éleva au milieu, paré de chandeliers d'argent. Une colonnade basse de marbre blanc en forma la clôture ; le carrelage blanc et noir fut fait de pierres choisies. Les vêtements sacerdotaux, les calices et autres objets du culte furent renouvelés, et le pieux paroissien obtint d'Innocent X, pour ceux qui visiteraient la chapelle au jour de la fête du bienheureux, de grandes indulgences. Saint Philippe de Néri en devint depuis lors le titulaire.

Le chroniqueur Simon le Boucq y fut inhumé. Un magnifique tombeau que lui éleva son fils Denis en 1659 contenait cette épitaphe :

LE CORPS DE CE NOBLE HOME ICY GIST EN DÉPOST,
AU BIEN DE SA PATRIE AYANT VOUÉ SA VIE,
SON MÉRITE EN SEPT ANS LE FIST TROIS FOIS PRÉVOST,
ET BIEN AYMÉ DU PEUPLE ET LOUÉ DE L'ENVIE,
SON ZÈLE FUST ARDENT POUR LE BIEN DE L'ESTAT.
L'ESTUDE ET LE TRAVAIL FURENT TOUT SON ESBAT :
SES LIVRES LE DIRONT ESTANT MIS EN LUMIÈRE,
C'EST LA QUE VALENTIENNE ÉCLATE EN SES EXPLOITS,
EN L'AMOUR DE SON PRINCE ET DANS SES BELLES LOIS.
PASSANT ! POUR SA BELLE AME ICI FAIS TA PRIÈRE.

Un buste en marbre blanc, que Simon avait commandé à Pierre Schleiff, sculpteur valenciennois, reproduisait les traits du bon prévôt. Lors de la démolition de l'église, il fut conservé et prit place dans le musée, où il est encore.

Quant à la confrérie de Saint-Luc, elle tomba en décadence au XVIIᵉ siècle. Elle avait dans un coffre en bois doré, enrichi de moulures d'argent, trois beaux reliquaires dont l'un représentait le patron des pieux associés, et les deux autres figuraient deux anges portant, l'un une parcelle de la vraie Croix, l'autre une épine de la sainte Couronne.

En 1566 la châsse fut sauvée du pillage et mise en lieu sûr, hors de l'atteinte des hérétiques (1).

D'autres confréries moins importantes (2), et diverses associations mécaniques (3), y avaient aussi leurs autels, dont l'ornementation était à leur charge, et où chaque année elles faisaient dire une messe solenelle en l'honneur de celui qu'elles avaient choisi pour leur intercesseur dans le Ciel.

Nous ne pouvons passer sous silence un oratoire qui dépendait de l'église qui nous occupe : c'est la chapelle de Notre-Dame-de-Hal. La dévotion à Marie connue sous ce titre prit naissance dans la petite ville de Hal, près Bruxelles. Elle doit sa célébrité à une image de la Vierge, provenant de sainte Elisabeth de Hongrie, et que la fille de Henri le Bon, duc de Brabant, Mathilde, qui la possédait, fit venir à Hal en 1267. C'est une petite statue en bois de deux coudées à peine, qui représente Marie portant dans ses bras l'Enfant Jésus, et tenant en main un lys, symbole d'innocence (4).

L'image vénérée fut bientôt placée dans un splendide sanctuaire. Le peuple y accourut en foule. Les princes les plus célèbres de l'époque : Philippe le Bon, Charles le Téméraire, Louis XI, Maximilien, Charles-Quint, Philippe II, Henri VIII, Jean-Casimir de Pologne et bon nombre d'autres hauts personnages vinrent y prier, et offrir

---

(1) Ph. Brasseur parle en ces termes de cette chapelle :

Eligii fraterna cohors sibi vindicat aram
Quam Crucis et Spinæ pars aliquanta beat.
Utraque distinctum capsa prædivite gaudet,
Et feretro ad cultum condecorata patet.
Nam solet exponi media reverenter in Æde
Dum Natæ redeunt Virginis octo dies.

La relique de la Sainte-Epine existe encore ; on la vénère dans la chapelle du Sacré-Cœur, de l'église actuelle.

(2) Celle de Saint-Maur, l'une des plus anciennes de la ville et disparue au XVIIe siècle, celle de la Conception de la T. S. Vierge, datant de 1491, celle de Saint-Ghislain, érigée en 1631 etc.

(3) « D'abondant ont encore chacun leurs chappelles les stilz et mestiers suivants : les tondeurs de grand forces, les chiriers, les sayteurs, les talandiers, les peintres, les armayeurs et les teinturiers. » (S. le Boucq, *H. eccl. de V.* 4).

(4) V. Juste Lipse, *Hist. de N.-D.-de-Hal* ; S. le Boucq, *H. eccl. de Val.*, 212 ; Raissius, *Auctarium ad natal. SS. Belgii* ; Fr. Fornerus, *Palma triumphalis* ; P. Willot, *Hagiologe Belgic.* ; P. Maillard, *Hist. de N.-D.-de-Hal*, etc.

à Marie les marques de leur munificence. « Il n'y a dans aucun lieu, dit Foppens, une si grande quantité de lampes, de cottes d'armes, d'étendards, de croix, de calices, et enfin de figures d'or et d'argent que dans cette église. » Des écrivains célèbres dédièrent à la madone de Hal leurs livres et leurs thèses ; et le savant Juste Lipse, une des gloires des Pays-Bas, suspendit devant son autel une plume d'argent, comme un gage de sa gratitude, parce qu'elle l'avait délivré d'une maladie qui avait failli le conduire à la tombe.

Les villes elles-mêmes, désireuses de montrer leur dévotion à Notre-Dame-de-Hal, lui élevèrent des oratoires et instituèrent des confréries en son honneur. Valenciennes ne resta pas en arrière de cette manifestation générale. Les notables de la cité fondèrent une association pieuse dans ce dessein, et résolurent d'ériger une chapelle où la Vierge de Hal fût particulièrement invoquée. Sur leurs instances, Dom Jacques Labours, trente et unième abbé d'Hasnon, leur céda en 1421, pour y bâtir le parvis ou vestibule (1) dont l'église ne tirait nul parti (2). Bientôt s'éleva, surmonté d'un clocheton, le gracieux sanctuaire. Des pèlerins de tous les pays d'alentour y venaient sans cesse invoquer la Mère de grâce. On y admirait une statue en argent de la Sainte Vierge et deux beaux reliquaires de même métal. L'autel était brillamment décoré : la table, en pierre de choix, avait coûté deux mille florins.

La fête de Notre-Dame-de-Hal tombe le premier dimanche de septembre. Le vendredi précédent, les confrères se rassemblaient dans leur chapelle. Après la messe basse, ils se rendaient en procession avec le prévôt et les religieux de Notre-Dame-la-Grande dans l'église de Saint-Géry où ils laissaient la statue. Puis ils allaient porter à Hal leur offrande annuelle.

Elle consistait en une robe précieuse portée dans un coffre par deux confrères et destinée à revêtir la sainte image, ainsi qu'en un cierge de six livres, décoré d'un écusson où l'on voyait Notre-Dame-de-Hal et les armes de Valenciennes. Un prêtre en surplis tenait dévotement ce flambeau. Au retour le cortège rentrait à St-Géry où le clergé l'attendait. De là on ramenait avec grande pompe la

---

(1) Ph. Brasseur dit que la chapelle de N.-D.-de-Hal était *navis in introitu.*

(2) « Se nos plaisir et consentement si pooit adonner li place du parvis deledite église qui estoit à ce temps vaghue et pau servant. » (J. Labours.)

statue de la madone dans la chapelle où on chantait le *Te Deum* pour l'heureux succès du pèlerinage.

En 1649, cinq jours après la levée du siège de Cambrai par les Français, les confrères se rendirent processionnellement à la ville épiscopale. Le lendemain 8 juillet ils firent chanter à l'autel de Notre-Dame-de-Grâce une messe en musique suivie du *Te Deum*. Ils ordonnèrent qu'on brûlât devant l'antique tableau peint par saint Luc une cire blanche du poids de vingt livres.

Cette même année, comme les Français avaient pris Condé et campaient aux environs, les confrères valenciennois crurent prudent de n'envoyer qu'un des leurs à la procession de Hal qui tombait le 4 septembre. Le député, Philippe Conradt, s'acquitta heureusement de sa pieuse mission.

LE CORDON MIRACULEUS DE LA
Raine des Anges

CHAPITRE X

Notre-Dame-la-Grande : Administration [1]

OMME nous l'avons dit précédemment, Notre-Dame-la-Grande fut donnée à l'abbaye d'Hasnon par Baudouin II. Le prélat du monastère eut à la fois juridiction sur cette église (1), sur celle de St-Vaast (2), et sur le couvent des sœurs pénitentes de Saint-François (3), avec droit de moyenne et basse justice sur le Neufbourg.

Jusqu'en 1202, les prélats d'Hasnon gouvernèrent par eux-mêmes cette importante église. Ce sont :

D. LOTBERT (1086)

D. Lotbert est le second abbé d'Hasnon depuis le rétablissement des religieux par Baudouin. Le premier abbé est D. Roland (vers 1070), qui est le dix-huitième, dans la série complète des abbés. Ph. Brasseur, qui a caractérisé en quelques vers chacun des prélats d'Hasnon, dit au sujet de D. Lotbert :

> *Lotbertus sequitur, qui, votis omnibus Abbas,*
> *Rexit eam cun laude Domum, Comitisque favore*
> *Accepit Sanctæ Majoris templa Mariæ.*

(1) V. H. d'Oultr., *H. de V.* III, 4; S. le Boucq, *H. eccl. de Val.*, 3 ; Ph. Brasseur, *Par martyrum.*

(2) Saint-Vaast-hors-les-Murs et les trois églises qui en furent détachées : Saint-Vaast-en-Glatignies, Saint-Jacques, et l'église d'Anzin appartenaient au diocèse d'Arras. L'abbé d'Hasnon était collateur de ces quatre cures. Les autres paroisses de Valenciennes dépendaient du diocèse de Cambrai.

(3) Ce couvent était situé vis-à-vis du portail de N.-D.-la-Grande. On en trouve le dessin dans le manuscrit de S. le Boucq.

« Lotbert vient ensuite, lequel, élu abbé par tous les suffrages, gouverna cette maison avec éloge, et reçut de la faveur du Comte l'église de N.-D.-la-Grande. »

D. ALBERT (1091)

D. Albert fut élu par le vote prépondérant des jeunes religieux contre l'avis des anciens, nous disent les chroniques ; mais la communauté n'eut pas à regretter ce choix.

« Les uns, dit Ph. Brasseur, désirent un jeune abbé,les autres un vieux ; mais Albert, grâce au vote des jeunes religieux, prend la houlette, et gouverne avec douceur et louange pendant quinze années. »

Pars juvenem, pars secta senem dum concupit Abbam,
Ex juvenum voto Albertus sibi sceptra capescit,
Quindenisque præest cum laude suaviter annis.

D. BONIFACE (1106)

G. Gazet, *Hist. eccl. du Pays-Bas*, lui attribue à tort l'entrée en possession de la prévôté à Notre–Dame-la-Grande ; elle remonte à D. Lotbert. Ph. Brasseur, ne pouvant placer le nom de Boniface dans ses hexamètres, s'en tire par un commentaire étymologique :

. Nescius iste metro includi bona norma suorum
Extitit, et cælo sua tunc benefacta recepit,
Cum bene gessisset duodenos munus in annos.

« Ce prélat, dont le nom est rebelle à la mesure du vers, fut la bonne règle des siens, et reçut dans le ciel la récompense de ses bonnes œuvres, quand il eut bien géré sa charge pendant douze années. »

D. LAMBERT (1118)

Sous sa prélature le monastère d'Hasnon et le village groupé autour devinrent la proie de flammes ; on ne sauva que le trésor et la bibliothèque. Ph. Brasseur le déclare *nulli virtute secundus,* « sans égal dans toutes les vertus. »

D. ROBERT (1126)

« Don Robert, dit S. le Boucq, mourut par ung septième de juing en que an ne se découvre. ». Sur cette lacune chronologique, Ph. Brasseur tourne trois jolis vers :

Robore Robertus valido moderamina gessit ;
Hinc cedro condignus erat, sed pigra vetustas
Præteriit, mortisque diem solummodo scripsit.

« Avec une force robuste Robert a exercé le pouvoir ; aussi était-il digne de mémoire, mais les siècles négligents l'ont mis en oubli et ont inscrit seulement le jour de sa mort. »

D. HUGUES I (vers 1129)

D. Hugues I (Hugues VII dans la série totale des abbés) n'est connu que par sa signature qui figure au bas de quelques chartes. Ph. Brasseur, dont l'indigence des documents à mettre en œuvre exaspérait parfois la muse, dit de lui :

Septimus Hugo subit, cujus vix nominis umbra
Permanet, in tenues ventos resoluta, proinde
Num bene, num multum rexit, ne quære doceri.

« Suit Hugo VII dont subsiste à peine l'ombre du nom dispersé au souffle du vent. A-t-il bien ou longtemps gouverné ? ne cherche pas à le savoir ; c'est impossible. »

D. FOULQUE (1139)

D. Foulque siégea quarante ans; il fit en 1149 consacrer solennellement l'église réédifiée de son monastère par Samson, archevêque de Reims. Nous le voyons en 1157 assister avec d'autres prélats aux fêtes solennelles de la translation de Sainte-Karisse, l'une des onze mille vierges, à l'abbaye de Vicoigne (1).

D. JEAN I (1179)

D. Jean I (Jean IX dans la série totale) n'est guère connu que par son nom, dit Ph. Brasseur :

Nam præter nomen nihil exhibet ipsius icon.

D. HUGUES II (1195)

« D. Hugues II, dit Ph. Brasseur, n'a rien fait qui soit digne d'occuper la postérité. »

Hugo secundus, et hic solo de nomine notus,
Non habet in gestis quod postera resciat ætas.

---

(1) *Quattuor hic decades summa cum laude peregit,*
Adfuit interea pompæ, dum Sancta Karissa
Viconiam suscepta fuit reverenter in ædem.
                                        PH. BRASSEUR.

V. A. David, *Thrésor sacré de Vicoigne,* 8.

Le *Gallia christiana* vante la sagesse de son administration: *Optima clarus administratione defunctus est.*

D. GUILLAUME (1196)

« O étranges lois de la destinée ! s'écrie Ph. Brasseur en parlant de ce prélat, à peine avait-il gouverné un an que, sous les coups de la maladie, il fut appelé au trépas; sans avoir mérité de mourir, il dut abandonner la vie et la houlette pastorale. »

> *O fati ambiguas leges ! vix circiter anno*
> *Rexerat, ad mortem morbo cogente vocatur,*
> *Immeritusque mori vitam pedumque reliquit.*

D. JEAN II (1197)

On ne sait rien de cet abbé (1) ; le *Gallia christiana* n'en parle pas, et Vinchant met à sa place Hugues III. Ph. Brasseur semble douter de son existence :

> *Imperii brevitas, necnon incuria Patrum*
> *Illius induxere sacris oblivia rebus:*
> *Exime nomen ei, minime reputaveris Abbas.*

« La briéveté de sa prélature et la négligence des Pères ont jeté l'oubli sur ses saintes œuvres. Son nom seul nous indique son existence et sa charge. »

D. MAYNIER (1198)

Ce prélat très célèbre, au témoignage de Ph. Brasseur, gouverna durant six années d'une façon digne des plus grands éloges :

> *Quid, Maynere, tibi tribuam ? Celeberrimus Abbas*
> *Diceris, et talem te scripta monostica signant.*
> *Sex annis regimen summa cum laude tulisti.*

En 1202, deux ans avant sa mort, il érigea en prévôté Notre-Dame-la-Grande. Il se fit remplacer dans le gouvernement de cette église par un religieux qui avait juridiction sur les autres desservants choisis par l'abbé. Voici quels sont les prévôts dont les chroniqueurs nous ont conservé le souvenir :

---

(1) Pour la nomenclature et les dates des quatre derniers abbés, le *Cameracum christianum*, extrait du *Gallia christiana*, diffère un peu des documents laissés par nos chroniqueurs, H. d'Oultreman et S. le Boucq.

Liste des prévôts de Notre-Dame de 1202 *à* 1485

D. BAUDOUIN (1202)
D. ALARD (vers 1215)
D. BARTHÉLEMI (vers 1231)
. . . .
D. JACQUES (vers 1274)
. . . .
D. BAUDOUIN DE GAND (vers 1311)
D ADAM PUSVIGNAGE (vers 1318)
D. JEAN DE QUIÉVRAIN (vers 1337)
. . . .
D. PIERRE JACOBIERS (vers 1353)
D. GILLES MIGNOTTE (vers 1371)
D. NICAISE HORRIONS (vers 1387)
D. JEAN AUVILLE (vers 1388)
D. JEAN CARLONS (vers 1402)
D. JACQUES DU JARDIN (vers 1415)
D. PIERRE MORINA (vers 1440)
D. BARTHÉLEMY (vers 1445)
. . . .
D. EUSTACHE D'ESCORNAIX (vers 1480)
D. JEAN ROLAND (1485)

A la mort de D. Roland, en 1485, la dignité prévôtale fut suppri-
mée. Cette abolition dura sous la prélature des sept abbés qui
suivirent.

D. ETIENNE DU PLOICH (1485)

Ce prélat, trente-cinquième abbé d'Hasnon, fit prendre au curé
de Notre-Dame le titre de Trésorier, et confia à un séculier
l'administration temporelle de l'église. Il fit faire d'importantes
réparations, comme le montre un distique de son épitaphe :

Hanc quoque nutantem stabilivit Virginis ædem
Quam studuit variis condecorare modis.

« Il consolida ce temple ébranlé de la Sainte Vierge et mit ses soins
à l'embellir. »

·Ph. Brasseur dit qu'accablé de vieillesse, il déposa (1517) la mître
et la crosse, pour échapper aux soucis et goûter un repos bien légiti-

me (1). Il est plus probable qu'il s'est adjoint un coadjuteur avec future succession (2). D. Etienne fut enterré près du maître-autel de Notre-Dame.

D. JEAN THÉRY OU THIERRY (1519)

Homme d'une piété exemplaire et d'une grande sagesse, il sut réformer les abus et rétablir la discipline. Il mourut à Valenciennes en 1534 et fut enterré dans une chapelle d'Hasnon qu'il avait restaurée (3) « avec la nef et clocq et clocher, » dit son épitaphe. Il y eut de son temps à Hasnon plusieurs religieux aussi distingués par leur vertu que par leur savoir, entr'autres Louis Hocedei, écrivain célèbre.

D. MAXIMILIEN DE FALLOIS (1534)

Cet abbé, arrière-neveu de Philippe-le-Bon, duc de Bourgogne, mourut après deux ans de prélature. Ph. Brasseur termine son épitaphe par ces mots qu'il met dans la bouche du défunt : « Lecteur, apprends par mon trépas rapide à user sagement des honneurs ; homme voyageur, apprends que cette vie est courte. »

Disce vel hinc, Lector, prudenter honoribus uti,
Disce quod hæc brevis est vita, viator homo.

D. NICAISE LE CLERCQ (1536)

Il était abbé d'Hautmont quand il fut appelé à Hasnon pour y exercer la même charge. D. Nicaise composa lui-même son épitaphe en distiques assez bien tournés :

Ille ego qui duri recubo sub tegmine saxi,
Hac quoque sacrata pastor in æde fui.
Præteriit falsi properantis gloria mundi.
Sum quod eris, lector, nam quod es, ipse fui.
Plange meos cineres, precibus succurre sepulto ;
Itaque dic lacrymans, molliter ossa cubent.
Corpus arena tenet, supplex rogitare memento,
Ut pateant animæ cælica regna meæ.

---

(1) *Munia longævos tulit hic prudenter in annos;*
Obsitus at senio, mitramque pedumque resignat,
Curarum impatiens, placidæque quietis amator. Ph. BRASSEUR.

(2) V. le Glay, *Cam. christ.*, p. 220.

(3) *Consilio sapiens, et præditus arte regundi,*
More Catonis erat morum corrector, eoque
Præside, structuris accrevit nobile Templum. Ph. BRASSEUR.

Le même poëte a composé pour D. Jean Théry et d'autres prélats des épitaphes en vers latins qu'on trouvera à l'appendice O.

« Moi, qui repose sous cette pierre, j'ai été le pasteur de cette sainte maison. La gloire fugitive de ce monde trompeur a passé pour moi. Je suis ce que tu seras, lecteur ; car j'ai été ce que tu es. Pleure sur mes restes, et viens prier sur ma sépulture. Pleure et dis : Qu'il repose en paix ! La terre recouvre mon corps ; n'oublie point de demander humblement que mon âme soit admise au royaume des cieux. »

D. JACQUES DE LATTRE (1540)

D'abord prieur du Val-des-Ecoliers, à Mons, il fut nommé par le Souverain Pontife, de concert avec Charles-Quint, premier inquisiteur de la foi dans le Hainaut. En récompense de son zèle à remplir cette fonction délicate, il fut élevé à la prélature d'Hasnon qu'il gouverna quelques années seulement. Son épitaphe par Brasseur se termine par cette prière :

Sis, precor, o cæli tam longo tempore civis
Hasnonio vivens quam brevis hospes eras.

« O citoyen du ciel pour un temps sans fin, sois, je t'en prie, pour Hasnon ce que vivant tu fus dans ton court passage. »

D. MICHEL DU QUESNOY (1543)

Ph. Brasseur lui consacre ces vers qui résument sa vie :

Natus Amandiaci fuit iste Michael, et istam
Relligione Domum tectis et censibus auxit,
Prudens œconomus, Pater optimus, utilis Abbas.

« Ce Michel, natif de Saint-Amand, augmenta la piété, les constructions et les revenus de cette demeure ; il fut prudent économe, père excellent, abbé utile. » « Iceluy, dit S. le Boucq, augmenta le nombre des religieux à Nostre-Dame jusques à six comprins les thresoriers. » Il fut emporté par une attaque d'apoplexie après 25 ans de prélature.

D. JACQUES FROYE (1569)

Ce prélat, ancien religieux de Liessies, était natif de Ramousies. Prédicateur éloquent et écrivain renommé, il composa la vie de L. de Blois, son maître, dont il traduisit les ouvrages ascétiques sous ce titre : *Cabinet de l'âme fidelle, où sont contenus le miroir spirituel, escrit par Loys de Blois, la bague, la couronne et le coffret spirituels.* Louvain, Jean Bogard, 1565. Le 11 décembre 1574, D. Jacques présida la procession générale qui eut lieu comme action de grâces de l'amnistie obtenue après les troubles et de la récupération des privilèges de la ville. Il porta le Saint-Sacrement dans le parcours. On le voit encore figurer en 1579 avec Ant. Vermand, abbé de Vicoigne, comme député du Hainaut aux Etats-Généraux convoqués à Mons et présidés par le duc d'Albe, gouverneur des Pays-Bas (1). Durant les troubles, Valenciennes « avoit esté fort gastée des hérétiques et le nombre d'iceulx étoit lors fort grand en icelle ; pour les remettre au droit chemin », D. Jacques Froye crut utile d'appeler les Jésuites « pour instruire la jeunesse et convertir les dévoyez. » Il donna asile à plusieurs Pères, chassés de Cambrai en 1580 par le baron d'Inchy, gouverneur, les installa provisoirement dans la prévôté, et les fit prêcher tant à Notre-Dame-la-Grande qu'à Saint-Géry ; ce qu'ils firent avec beaucoup de succès. Il multiplia les démarches pour leur assurer une résidence convenable et définitive. Grâce à ses instances, le Grand Conseil de la ville se chargea de leur fournir un logement et des secours. La première colonie de ces pieux missionnaires se composait de quatre religieux sous la direction du P. Eleuthère Dupont. Leur nombre s'accrut bientôt, et cinq ans après la mort de D. Jacques Froye, ils étaient vingt-quatre quand ils ouvrirent leurs écoles et fondèrent un collège qui devint bientôt florissant (2). D. Froye avait pour devise : *Bene qui latuit bene vixit*, « qui resté bien caché vit bien (3). »

Sous la prélature de D. Froye, le prieur d'Hasnon, André du Crocquet, se rendit célèbre comme théologien et comme prédicateur. Réfugié à Valenciennes avec tous ses confrères, lors des troubles religieux, il annonça la parole divine tous les dimanches avec un grand succès. Il prêchait en 1580 à Notre-Dame-la-Grande sur l'Apocalypse quand il fut atteint par la peste et emporté à la fleur de l'âge. C'est lui vraisemblablement le premier écrivain qui essaya la réforme orthographique de notre langue, en calquant les mots sur

(1) Ce prélat fit ancrer la lanterne ou *Trou d'or* à l'église Notre-Dame-la-Grande (1599).

(2) Le premier recteur fut le P. Bernard Olivier, natif de Péruwelz. Le collège des Jésuites devint communal à la dispersion des Pères en 1765, et lycée en 1875. Depuis le rétablissement du culte, la chapelle du collège est l'église paroissiale de Saint-Nicolas.

(3) V. à l'appendice P l'éloge que Ph. Brasseur fait de lui et de quelques autres gloires littéraires d'Hasnon.

MAISON DU PRÉVOT DE NOTRE-DAME LA GRANDE
D'APRÈS LE DESSIN DE SIMON LE BOUCQ.

la prononciation. Cette curieuse tentative apparaît dans le recueil de ses sermons imprimé à Douai chez Bogard, en 1579 : *Omilies trente-noef contenantes l'exposition des sept psalmes penitentielles, précées en la ville de Valencénes, en l'èglise et prévotée de Notre-Dame la Grande, par D. Andrieu Du Croquet, religiœ de l'abeie de Hasnon, doctœr en la S. Théo. Douisien.*

Rétablissement de la Prévôté

D. Pierre Blondeau successeur de D. Froye, en 1586, sur le conseil de ses religieux, rétablit, en 1588, la prévôté qui dura jusqu'à la Révolution. Voici les noms des pasteurs parvenus jusqu'à nous :

Liste des prévôts ou des curés de Notre-Dame de 1588 à 1793

D. PASQUIER DE LA VIGNE (1588)

D. JEAN LE PRÉVOST (1602)

Il est l'auteur d'un ouvrage imprimé en 1603, chez Kellam, à Valenciennes, et intitulé : *Prières en vers et rime, pour réciter durant le sacrifice de la messe.* Voici son commentaire du *Kyrie eleison* :

Dieu créateur,	Christ rédempteur	Esprit de paix
Par ta clémence	De tout le monde,	Et sans fallace,
L'humble pécheur	Des tiens le cœur	N'oste jamais
Purge d'offense.	De péché monde.	De nous ta grâce.
Dieu permanent,	Roi souverain,	Bon sonducteur,
Père amiable,	Christ salutaire,	Conduy nostre âme,
Sois-nous clément	Pardon soudain	Chasse malheur
Et favorable.	Daigne nous faire.	Et vice infâme.
Fay nous merci,	De nous, ô Christ,	Esprit tuteur,
Dieu débonnaire,	De Dieu le verbe,	Et sauve-garde,
Repousse aussi	Chasse l'esprit	L'âme d'erreur
Nostre adversaire.	Faulx et superbe.	En tout temps garde.

D. ANTOINE MOREL (1616)

D. CORNIL DE HERTAING (1617)

D. ROBERT LE BOURGEOIS (1622)

Sous les quatre derniers prévôts, tous nommés par le successeur de D. Pierre Blondeau, D. Leger Tison, ce prélat, dit S. le Boucq, « aiant emprins la réfection entière de Nostre-Dame-la-Grande, qui

8

estoit fort caducque en plusieurs endroits, en faict achever bonne partie. » L'abbé D. Michel de Raisme, qui vint après (1626-1630), acheva les constructions commencées, puis « entièrement affectionné à son église, print résolution de la faire orner aultant et plus qu'aucune église de pardeça. » Il fit poser le superbe *doxal* dont nous avons donné plus haut la description. « Ce bon prélat, dit S. le Boucq, fut prévenu de mort avant l'œuvre achevée, ayant neantmoins laissez l'argent pour le payer encore que de son vivant il en avoit payez la plus grande partie. » « Abbé illustre dans le peu de temps qu'il gouverna, il construisit un jubé remarquable à Notre-Dame-la-Grande ; il y repose sous ce beau *doxal*, son œuvre (1). »

D. JACQUES REGNAULT (1633)

Il fut nommé par D. Jacques Jappin, prélat d'Hasnon, qui acheva le *doxal* en y ajoutant sept chandeliers de cuivre sur les tympans et une porte de même métal donnant sur le chœur.

D. BENOIT DESFOSSEZ (1640)

. . . .

D. COLUMBAN (1718)
D. ISIDORE LERNOULD (1756)

Il fut nommé prieur de l'abbaye en 1758, succéda comme abbé à Th. de Montfort, et mourut en 1785.

D. DELCOURT (1759)

Trois ans après cette date, la prévôté Notre-Dame sortit des mains des abbés d'Hasnon. Les dames chanoinesses de Denain (2), qui avaient à Valenciennes un refuge près de l'église, achetèrent l'édifice et ses dépendances. Le marché fut conclu entre l'abbesse Marie du

(1) *Tempore permodico celebris dum præfuit Abbas,*
Percelebre odeium Majoris in æde Mariæ
Condidit, inque ipsa pulchra sub mole quiescit, Ph. BRASSEUR.

(2) Le refuge des chanoinesses se voit encore en partie dans l'impasse de l'Hôtel-Dieu, qui s'appelait alors la rue des Dames-de-Denain. Le chapitre de ces dernières comprenait dix-huit religieuses qui se faisaient nommer comtesses d'Ostrevant. Quand la communauté avait élu par suffrages trois candidates à la crosse, le roi choisissait parmi elles une abbesse. Les Dames portaient un habit blanc avec un surplis de toile fine et un manteau doublé d'hermine.

Chastel de Blangeval de Petrieu et le prélat Th. de Montfort (1), le contrat signé en septembre 1762 et enregistré en janvier 1763. La direction de la paroisse passa successivement entre les mains de desservants séculiers.

LAMBERT (1769)
COLLEAU (1773)

Les revenus des chanoinesses ne leur permirent pas de subvenir aux dépenses d'entretien de la vaste église. Elles obtinrent par arrêt royal du 30 avril 1773 la résiliation de leur contrat. Les moines rentrèrent dans leur propriété où ils demeurèrent jusqu'à la Révolution.

HENRI, (1776)
D. BENOIT SELOSSE (2) (1780-1794)

Outre le prévôt ou trésorier, plusieurs moines, faisant les fonctions de vicaires (3), s'acquittaient du service paroissial. Il n'y en eut que deux jusqu'au milieu du XVIe siècle. A cette époque, Michel du Quesnoy, quarantième prélat d'Hasnon, en ajouta trois autres ; il y en eut alors six avec le trésorier. D. Léger Tison, quarante-troisième abbé, attacha encore un autre bénédictin à la cure en 1624 ; sous D. Michel Deraisme, le nombre des religieux s'éleva jusqu'à huit, mais ce chiffre diminua au XVIIIe siècle.

---

(1) Au moment de la session, l'église était estimée 280.000 francs et les bâtiments 135.591 fr., ce qui fait en tout près de 415.600 fr.(V. *Requête de l'abbé d'Hasnon au Roy.* Douai, Derbaix.) Les confrères *Royez* adressèrent à cette époque une note aux chanoinesses de Denain pour rappeler leurs privilèges et en demander la conservation. (V. Appendice Q).

(2) Voici, d'après l'*Almanach de Valenciennes* de 1786 et 1787, quelle était à ces deux dates la composition de la prévôté de Notre-Dame-la-Grande :

D. ANTOINE CAUCHY, *prévôt.*   D. BENOÎT SELOSSE, *curé.*
D. ADRIEN JULITTE,   D. PLACIDE CARPENTIER.
D. CHARLES THÉRY.

On voit que le curé était alors un religieux.

(3) Hossart, *Histoire eccl. et profane du Hainaut* (1792). Le prévôt n'exerçait pas toujours par lui-même la fonction de curé ; il s'en déchargeait soit sur un religieux, soit sur un prêtre séculier. Ainsi D. Leger Tison fut un moment curé de Notre-Dame sous la prévôté de D. Pasquier de la Vigne ; avant lui il y avait eu des desservants séculiers ; D. Selosse était curé sans être prévôt. Le curé séculier habitait auprès du couvent des sœurs pénitentes une maison dite *maison du prévôt.* (V. Planche 4).

NOTRE DAME DE HAL A VALENTIENN

Oraison a la S^{te}. Vierge Marie
Accordez nous s'il nous plait, Seigneur Dieu,
qui Sommes vos Serviteurs une Santé
perpetuelle de Corps et d'esprit et que
par l'intercession de la sainte et glorieuse
Marie toujours Vierge, nous soyons
délivres des afflictions presentes et jouissons
un jour des joies eternelles par N.S.J.C ainsi soit il
a Valenciennes Chez paliez libraire

CHAPITRE XI

Notre-Dame-la-Grande : Événements remarquables

otre-Dame-la-Grande avait à Valenciennes le premier rang entre les églises (1). Son antiquité, ses privilèges, sa magnifique structure, tout en faisait l'ornement de la cité et l'orgueil du pays. C'est de là que partaient les processions solennelles ordonnées par le Pape ou les évêques, et celles qui avaient lieu à l'instigation du comte ou du magistrat. Les cérémonies officielles, les funérailles des princes et des gouverneurs généraux s'y faisaient en présence du clergé et des notables.

Notre-Dame-la-Grande a reçu souvent la visite des princes de l'église, des monarques et des grands seigneurs à qui Valenciennes a successivement appartenu (2). Les événements principaux qui bouleversaient le sol de la patrie faisaient retentir ses voûtes ou des accents de la tristesse ou des actions de grâces du vainqueur.

En 1292, les bourgeois de Valenciennes s'étaient révoltés contre leur seigneur, Jean II d'Avesnes, dont les exigences hautaines leur faisaient endurer toutes sortes de vexations et ne ménageaient pas leurs privilèges. Une grande bataille eut lieu près du village de Bruai.

---

(1) V. S. le Boucq, *H. eccl. de V.*, 5-9 ; P. Brasseur, *Par martyrum*. (V. Appendice R).

(2) Valenciennes, ayant été réunie au Hainaut en 1036, suivit le destin de cette Province, et passa tour à tour comme apanage aux maisons de Flandre en 1070, d'Avesnes en 1180, de Bavière en 1356, de Bourgogne en 1433, d'Autriche en 1482. Elle fit partie des états de Philippe II en 1556, et fut ville espagnole jusqu'en 1677. Elle tomba alors aux mains de Louis XIV ; et la possession en fut confirmée à la France par les traités de Nimègue en 1678 et d'Utrecht en 1713.

Le choc fut très rude, le combat meurtrier et la victoire indécise. Le peuple alors, confiant dans la bonté de sa cause et la légitimité de ses droits, invoqua Notre-Dame-des-Miracles et lui promit en cas de triomphe de lui offrir une soignie (1) égale en longueur au grand tour de la procession annuelle. Cette prière eut un effet heureux. Jean fut battu en personne, et on emporta d'assaut le castel d'où il menaçait l'indépendance de la bourgeoisie. Fidèles à leur promesse, les citoyens firent « ardoir » nuit et jour une cire de six cents livres devant la statue de la Sainte Vierge.

Sous Louis XI la ville courut encore un immense danger. Le monarque français était alors en guerre avec la Bourgogne, et comme Valenciennes était du parti de l'archiduchesse Marie, il résolut, pour affamer le pays, de faire faucher le blé vert tout autour dans un rayon de trois lieues ; une troupe nombreuse fut chargée de prêter main forte aux dévastateurs. Les habitants, alarmés de ce péril qui les menaçait dans leurs ressources, cherchèrent à s'en garantir par l'énergie de leur résistance. Les métiers redemandèrent au magistrat leurs bannières ; le tocsin appela les compagnies sous les armes ; les gens de guerre de la garnison se joignirent à elles.

Les troupes se montant à trois mille deux cents hommes sortirent par la porte Montoise pour attaquer les faucheurs dont le nombre s'élevait à plus de dix mille. Philippe de Clèves, les seigneurs de Maingoval, de Ligne, de Boussu, de Barbançon, de Trélon, de Berghes, et d'autres encore, s'étaient mis à la tête des citoyens pour les guider au combat.

Le magistrat, de son côté, recommanda par un édit public « au dévot sexe féminin de faire prières à Nostre Dame et aux autres églises pour le salut de la ville. » On vint en foule supplier Marie de prendre en pitié la désolation de son peuple et de lui donner la victoire. Le ciel exauça ces vœux : les faucheurs furent défaits ; plusieurs d'entre eux ayant été ramenés à Valenciennes, « furent, dit un chroniqueur, festoyés selon leur mérite. » On s'empara de Saint-Amand, et on délivra Condé assailli par les gens de France. Pour témoigner leur gratitude à Marie d'un pareil succès, les habitants brûlèrent devant son autel une soignie de six cent trente livres,

---

(1 On appelle ainsi une simple mèche enduite d'une légère couche de cire.

mesurant le trajet du voyage commémoratif fait chaque année autour des murs.

L'archiduchesse Marguerite d'Autriche, gouvernante des Pays-Bas, vint dans cette même église témoigner sa joie du traité de Cambrai conclu entre Charles-Quint et François 1er en 1529. Elle fit célébrer une messe solennelle à laquelle elle assista avec toute la noblesse d'alentour. On remarquait dans son cortège le nonce, le cardinal de Liège, l'archevêque de Palerme, et plusieurs chevaliers de la Toison-d'Or.

Quand, en 1539, Charles-Quint traversa cette ville avec les enfants de France, pour aller châtier la révolte de ses vassaux, il assista dans Notre-Dame à l'office divin célébré par Mgr. George d'Egmond, évêque d'Utrecht, assisté du prélat de Liessies et de l'abbé de Vicoigne.

Le jour de la Saint-Barthélemi (1566), les huguenots, poussés par leurs prédicants (1), se répandirent par bandés dans toute la ville pour saccager les édifices sacrés. Ils chantaient la strophe fameuse de Marot :

> Tailler ne te feras ymaige
> En quelque chose que ce soit.
> Si honneur luy fais ou hommaige
> Ton Dieu jalousye en reçoipt.

Notre-Dame-la-Grande fut envahie vers 6 heures du matin. A défaut du magistrat qui ne fit rien pour les protéger, quelques bourgeois intrépides s'opposèrent à la fureur des *brise-images* : il y avait là Noël le Boucq, vieillard de 76 ans, Nicolas Thoillier et quelques autres hommes de cœur. Pendant deux heures, ils réussirent à contenir les assaillants ; mais enfin ils furent débordés par la foule et le pillage commença (2). Les ornements, les châsses, les reliquaires, les vases sacrés, tout fut brisé ; et les livres mêmes des religieux, les titres des fondations, les lettres pontificales furent lacérés et jetés aux flammes. C'est à grand'peine que le Saint-Cordon (3), la fierte des Damoiseaux, les reliques des ss. Pierre et Marcellin (4), les précieux

---

(1) V. E. Carlier, *Valenciennes et le roi d'Espagne au XVIe siècle.*

(2) Jehan Patou, maître des orphelins, se fit remarquer comme l'un des saccageurs les plus acharnés de Notre-Dame-la-Grande. (V. C. Paillard. *Notes sur l'Histoire de Valenciennes au XVIe siècle*, p. 92).

(3) S. le Boucq, *Hist. eccl. de Val.*, 4.

(4) S. le Boucq, *Hist. civile de Val.*, 55.

reliquaires de la Confrérie de St-Eloi purent échapper à l'aveugle furie des hérétiques.

Sauf l'Hôtel-Dieu, dont la chapelle ne fut pas profanée, grâce à l'énergique intervention de Noël le Boucq et de Nicolas Thoillier, toutes les églises reçurent la visite des bandes calvinistes qui les mirent au pillage. « Les images du Sauveur du monde, de sa très sainte Mère et de ses saints sont abattues, traînées, vilipendées, brisées avec les ornements, dit S. le Boucq, petit-fils de Noël. Proférant des paroles et des blasphèmes infâmes, les sectaires rompent et brisent les doxals, les orgues, les grilles des chapelles, les autels, les sièges, les fonts baptismaux, les verrières, les épitaphes, sans même respecter celles des souverains gisant en l'église de Saint-François. Les chapes, les chasubles et riches ornements sont brûlés, en sorte que l'or et l'argent découlent d'iceulx, notamment de ceulx ayant appartenu aux pères dominicains, ornements qui estoient des plus riches (1). »

Les églises paroissiales et les maisons religieuses des environs sont victimes des mêmes violences. Au couvent de Macourt (2), ils maltraitrent gravement trois chartreux (3); à Vicoigne, ils tuent le portier, boivent et mangent les provisions de l'abbaye dont ils détruisent ensuite les richesses artistiques; à Crespin, ils brûlent la riche bibliothèque des religieux et jettent dans le feu le grand crucifix de leur église « avec plusieurs dérisions et blasphèmes exécrables; » à Fontenelles, ils mettent tout à sac, emportent à Valenciennes pendant six jours, au moyen de dix-huit chariots, tout ce qui a quelque valeur, brisent ce qu'ils ne peuvent enlever et enfin livrent aux flammes l'abbaye.

Quand, en 1579, à la suite des troubles, Valenciennes se reconcilia avec le roi d'Espagne, une pieuse cérémonie réunit encore

---

(1) S. le Boucq, *Hist. civ. de Val.*, 55; V. Ph. Brasseur, *Par martyrum* (V. Appendice S); P. J. le Boucq, *Hist. des Troubles advenues à Valenciennes à cause des hérésies* (1699). Mns. imprimé à Bruxelles en 1864.

(2) La Chartreuse de Macourt était située à Marly. Les religieux se refugièrent en ville peu après, et s'installèrent à l'hôtel d'Arschot, dans la rue qui porte actuellement leur nom.

(3) « Ils sont si anymez qu'ilz ne leur feroient mieulx qu'ilz n'ont faict à ceulx de leur ville propre, qui a esté plus fort qu'en aultres lieux, signamment jusques a y avoir blesché bien fort aulcuns chartroux. » (Lèttre de Noircarmes à Marguerite de Parme).

dans le sanctuaire de la Sainte Vierge, le clergé, le magistrat et le peuple de Valenciennes.

« La messe fut chantée environ les 8 heures et demye à Nostre-Dame-la-Grande, par Monsieur l'abbé de St-Jean, assisté de l'abbé de Vicoigne, présent tous les gens d'église de la ville fort honorablement, laquelle estant achevée, sortit la procession, dont ledit abbé de Saint-Jean portoit le Vénérable Saint-Sacrement ; les rues estoient très-bien parées, tapissées avec grand nombre d'autels, pour reposer le Saint-Sacrement. La station fut faicte en l'église de St-Jean, où que le gardien de St-François feit une belle prédication ; puis après se feit encore une station au grand marché, y ayant un grand autel préparé à ceste effet, pour reposer le Saint-Sacrement ; c'estoit plaisir de voir tant de luminaires ; Monsieur le Comte suivoit avec ung blanc ciron, tous les nobles pareillement.

« La procession estant arrivée au marché et le Saint-Sacrement posé sur ledit autel fort révéremment, Monsieur le Comte, monta en la chayère dorée (1), et le hérault auprès de luy, avec Ph. le Boucq, greffier, lequel feit lecture des articles de ceste paix et réconciliation ; ce qui estant achevez mon dit Seigneur le Comte descendit de la chayère dorée, y laissant le hérault seul ; puis quatre trompettes commencèrent à sonner, et ayant cessé, le hérault dit à hault voix : *Vive le roy ;* le peuple ensuivant répétoit : *Vive le roy ;* puis les trompettes jouèrent, et ainsy par trois fois ; cela estant achevé, les ecclesiasticq chantèrent le *Te Deum* en musicq, devant le Saint-Sacrement ; puis les deux compagnies bourgeoises, qui estoient en garde sur le marché, déchargèrent leur arquebouges et traicts à poudre tout à une fois ; pareillement fut tiré toute l'artillerie de dessus les remparts en ung mesme instant. En après la procession parfait son tour jusqu'à l'église Notre-Dame-la-Grande (2) ».

Les chroniqueurs nous font parfois assister à des scènes d'un autre genre. Voici le récit que le P. J. de Sainte-Barbe fait des noces d'argent de P. Morel (28 août 1606) :

« Le 28ᵉ d'aoust, jour Saint-Augustin, Pierre Morel, hérault de cette ville de Vallenchiennes, dit *Franche-Vie*, feit son jubilé de

(1) Cette « chayère » ou « bretecque » était située sur un des côtés de l'Hôtel-de-Ville.

(2) P. J. le Boucq, *Histoire des troubles.*

mariage avecq Jacqueline Payot, son espeuse, ayant parvenu, avec la grâce de Dieu, à la cinquantième année de leur mariage, en l'église Nostre-Dame-la-Grande en ceste ville comme s'ensuit :

« Premièrement estants, à deux à costé, entrés dans la court de l'Abbaye par la porte, ayant ledit Pierre Morel ung baston de vieillesse ajolié avecq un chapeau de triomphe, et sa femme ung baston en forme de potence, accommodé de fleurs jusques en bas, furent menés en ladite église estant tous revestus avec chapes ; et estant parvenus devant le grand autel fut chanté l'hymne *Veni Creator*. Puis receurent les deux jubilés la saincte communion, ce qu'estant faict, on feit la procession par dedans l'église, et suyvoient lesdits jubilés le clergé, et après les invitez. Puis, fut chanté la grande messe par D. Antoine Morel, leur filz.

« Ils furent seulement à deux à l'offrande avecq chacun ung chiron de quarteron. Après laquelle offrande fut faict une belle prédication par maistre Dominicq, de l'Ordre des frères prescheurs, docteur en théologie. La messe finie fut chanté le *Te Deum* et l'antienne *Media vita*. Quoy achevé fut le bancquet préparé en la grande salle de laditte abbaye, auquel banquet estoit Jean Vivien, prévost, Jean Rasoir, massart et lieutenant, Alexandre Pittepan et plusieurs autres honorables et notables bourgeois de ceste ville. »

En 1656, quand Valenciennes fut investie par les troupes de Turenne et de la Ferté, elle n'oublia pas sa patronne. « Le dimanche 18 juin, par ordonnance du Magistrat se fit une Messe et Procession générale à l'Eglise de Notre-Dame-la-Grande, où tout le Clergé assista avec les ordres mendians, y ayant la Fiertre du Cordon miraculeux de Notre-Dame esté porté à pieds nuds, avec la révérence et dévotion ordinaire par les Confrères des Royez ; comme aussi l'image miraculeuse de Nostre-Dame-de-Grâce scituée à l'église de Saint-Jacques, par les Doyen de Chrestienneté d'Arras, et Pasteur dudit Saint-Jacques, le R. Prélat d'Hasnon ayant célébré la grande Messe, et porté le Vénérable Saint-Sacrement pour implorer le secours divin pour la délivrance de la place, à quoy presque partout le peuple assista avec beaucoup de piété et de dévotion (1). »

Quand le prince de Condé et Don Juan d'Autriche, accourant au

(1) J. de Rantre, *Le Siège de la Ville de Valenciennes*. Valenciennes, Boucher (1656).

secours de la place, eurent forcé les assiégeants à s'éloigner, les supplications des pieux Valenciennois se changèrent en témoignages de gratitude. A leurs voix se mêlèrent celles de dévots pèlerins venus des villages d'alentour et même des cités voisines. Les Douaisiens surtout firent dans cette circonstance une religieuse démonstration dont les écrivains du temps ne parlent qu'avec enthousiasme. Ils avaient fait vœu d'offrir des cierges à Marie dans son sanctuaire de Valenciennes, si elle délivrait cette ville. Ils remplirent avec joie et fidélité leur promesse.

« On fit assembler le peuple à Douay, dit le P. Blancart (1), dans l'église de Saint-Pierre, au son de la grosse cloche de cette collégiale. Les R. P. Capucins s'y rendirent avec la croix et une foule de pèlerins qui les suivoit. Le moment du départ estant arrivé, on marcha droit à Valenciennes dans un ordre et dans une pompe modeste et religieuse. C'étoit une chose bien admirable de voir le concours de monde qui grossissoit de village en village sur cette route et qui suivoit avec tant de zèle le nombreux cortège de cette célèbre Université, et le bel ordre des religieux qui marchoient en procession avec tant de recueillement et d'esprit intérieur, que les âmes les plus glacées étoient excitées à la dévotion de Marie par un spectacle si touchant et si magnifique. Estant arrivez aux lignes de Valenciennes, ils redoublèrent leurs cantiques de louanges dans cet illustre champ de bataille, tout fumant encore du carnage qu'on y avait fait, d'où ils envoyèrent un député avertir le prévôt et les religieux de Notre-Dame-la-Grande, qui vinrent promptement les recevoir à la campagne, rangez en procession dont l'ordre, la piété et la magnificence ne cédoient en rien à celle de Douay. On voyoit les confrères des Royez, tous revêtus de leurs robes ordinaires, marcher les premiers avec l'ange qui les précédoit. Les R. P. Récollets les suivoient immédiatement à double rang. Ensuite les R. P. Capucins, et une infinité de citoyens qui admiroient cette troupe sacrée de pèlerins jusques à Nostre-Dame-la-Grande, où l'on chanta d'abord le *Te Deum* et le *Salve Regina* en musique. Et comme ils ne pouvoient accomplir toutes leurs promesses ce jour là, en attendant le lendemain à célébrer la messe solennelle, ces dévots pèlerins

---

(1) D. Blancart, religieux de Maroilles, *Abrégé de l'Histoire du miraculeux Cordon de la Reine des Anges*. Cambrai, Douillez (1713).

vinrent devant la châsse du Saint-Cordon offrir à la Vierge, en témoignage de leurs profonds respects et pour tribut de leur gratitude, des présens et un grand luminaire. Qu'il faisoit beau de les voir humblement prosternez aux pieds du trône de notre puissante protectrice ! Leur reconnoissance et leur dévotion ne pouvoient s'épuiser, tant leur zèle étoit ardent et sincère. Quel spectacle plus agréable aux yeux de Marie, et plus capable d'attendrir les cœurs les plus endurcis ! Jamais rien n'avoit paru, ni plus dévot, ni plus touchant. Mais quelle gloire aussi et quelle joye pour Valenciennes, au milieu d'un spectacle si nouveau ; tout en estoit frappé, tous les yeux fondoient en larmes ; on voyoit un concours de peuple si nombreux qui remplissoit Valenciennes et ses faubourgs qu'elle paraissoit moins une ville qu'un monde raccourci. On voyoit, dis-je, une fameuse Université avec un nombreux cortège rendre ses vœux, reconnaître et remercier la Très Sainte Vierge, dans cet asile heureux qu'elle a choisi et adopté, et où on la révère et on l'invoque sous ce titre mystérieux de Notre-Dame des Royez, comme l'unique et permanente protectrice de Valenciennes, puisqu'elle n'a jamais cessé de leur donner des preuves convainquantes de cette vérité.

« Le jour suivant, les Messieurs de Douay firent chanter la messe solennelle. M. de Lalaing, docteur en théologie, qui en estoit le chef et le plus zélé, pria le R. abbé d'Hasnon d'officier, à qui il servit de diacre, et dont le frère, fameux prédicateur de la Compagnie de Jésus, prescha à l'Offertoire où il fit éclater le zèle, la reconnaissance, la joye et le bonheur de Valenciennes pour tant de faveurs signalées qu'elle a reçues de son invariable patronne, par des expressions vives et touchantes. La prédication estant finie, et la messe achevée, et lors qu'on disposoit le tout pour la procession, M. de Lalaing s'offrit avec quelques prêtres de sa suite aux confrères des Royez, pour porter la magnifique châsse de notre merveilleux Cordon ; mais, n'estant pas disposé de porter cette belle arche à pieds nuds, comme on l'avoit toujours portée, il la laissa auxdits confrères, et se contenta, avec les prêtres de sa suite, d'accompagner le Très Saint-Sacrement, tous revêtus d'habits sacerdotaux, que le vénérable prélat d'Hasnon portoit. Au retour de cette solennelle procession, pour l'accomplissement de leurs vœux, ils dressèrent autour de la châsse de fort beaux luminaires, au nom des sodalités de Douay, dont trois portoient en lettres d'or ces éloges si justes et si magnifiques, comme autant de trophées élevés à l'invincible et perpétuelle protectrice de Valenciennes :

Invictissimæ Cæli Heroinæ Mariæ, vere magnæ
Ob assertam Valencianis libertatem
Sodalitas Academica Duacensis.

Magnæ Virgini Mariæ Valencenarum Propugnatrici et Vindici,
Duacena Sodalitas, Primo, omnium Sanctorum, Tum, Philoso-
phorum, deinde, juniorum Civium, Postremo,
SoDaLItas DVaCena Donabat (1). »

En 1677, lorsque les mousquetaires de Louis XIV, grâce aux intelligences que les assiégeants avaient dans la place, se furent rendus maîtres de Valenciennes, ils désarmèrent les troupes de la garnison, et leur assignèrent pour prison provisoire l'église de Notre-Dame-la-Grande (2) et celle de Saint-Nicolas (3).

En 1723, quand on apprit la cessation de la peste qui désolait la Provence, et avait fait tant de ravages à Marseille, à l'instigation du magistrat, une messe solennelle fut chantée à Notre-Dame-la-Grande, pour clore une neuvaine qu'à la suite d'une démarche du curé D. Columban , et de deux Royés, Lambert (4) et Tesin, le

(1) En partant, les Douaisiens laissèrent dans les archives des Royés un procès-verbal signé de leur pèlerinage. On le trouvera à l'appendice T avec celui des habitants de Pecquencourt, venus dans le même but.

(2) « Le même jour (17 mars), on commanda que tous les soldats auroient à se trouver dans l'église de Nostre-Dame-la-Grande, là où ils furent tous enserrés... Enfin ils (les vainqueurs) firent apporter des grands câbles de navires ou grosses cordes auxquels ils les attachèrent à deux costés, les y liant avec des traits de chariot, et en cette posture ils les firent sortir, le 19, hors de la ville pour aller après Douai et les faire passer plus avant dans la France. Les officiers estoient traités un peu plus humainement ; ils les firent cependant marcher à pied, quoique plusieurs n'y fussent point accoustumés. Les bourgeois pleuroient de compassion les voyant traités de la sorte, non plus ni moins que s'ils eussent esté des esclaves pris des Turcs, » (*Ephemerides seu registrum historicum Carmeli Valencenensis* (Mns. Bibl. Val.)

(3) « La garnison espagnole désarmée fut renfermée, partie dans l'église Nostre-Dame-la-Grande, partie dans l'église Saint-Nicolas ». (*Relation du Siège de Valenciennes diligemment recueillie par H. de Hennin, présent au siège*).

(4) On trouve dans un manuscrit l'éloge de ce fidèle serviteur de Marie :
« Le sr Lambert est enrôlé parmi les Royés depuis cinquante ans, et, malgré ses infirmités et son grand âge, étant dans sa 75mo année, non-seulement il remplit avec la plus grande ponctualité tous les devoirs auxquels cette congréga-

prélat d'Hasnon avait autorisée. On fit en suite une procession où figura le Saint-Cordon et le Saint-Sacrement escorté par les membres du magistrat, le flambeau à la main.

Le 23 juin 1774, par ordre du magistrat, on chanta pour le repos de l'âme de Louis XV un service solennel à la prévôté. Un carme-déchaussé, le R. P. Maurand de Gricourt, fit le panégyrique de l'auguste défunt. Il ne lui épargna pas les éloges :

« O instabilité des choses humaines ! s'écria-t-il, en faisant allusion à la statue du monarque élevée sur la place de Valenciennes le 10 septembre 1752, ô douleur non encore éprouvée ! ô douleur inouie ! qui pourrait tourner aujourd'hui les yeux sur ces traits immortels où le ciseau de Saly (1) a su joindre l'élégance à la grandeur et faire respirer la clémence avec la majesté, sans être attendri jusqu'aux larmes, sans gémir sur notre malheur, et déplorer la perte d'un prince qui a honoré le trône, le nom français, son siècle, et pour ainsi dire l'humanité même ? »

---

tion est assujettie ; mais on voit encore ce bon vieillard le jour de la Nativité assister à tous les offices, accompagner la châsse pendant tout le long tour qu'elle fait, soit au-dedans, soit au-dehors de la ville, et ne point l'abandonner d'un instant, quoique cette cérémonie dure plus de dix heures d'horloge. L'on voit en revanche quelle abondance de bénédictions le ciel a répandue sur lui. » (*Abrégé historique de l'origine de la procession de Valenciennes, 1768*).

(1) Cette statue est l'œuvre de Saly, sculpteur valenciennois, élève de Gilis. Sa hauteur était de neuf pieds; elle représentait le monarque debout, une couronne de laurier au front, la main droite étendue en forme de commande-ment, et la gauche serrant la garde de son épée sortant à demi du fourreau. Elle était placée vis-à-vis du beffroi sur un piédestal de marbre blanc veiné de onze pieds de haut et élevé sur trois marches. Elle fut renversée par la populace à la Révolution et affreusement mutilée. Un doigt et une jambe, seuls restes de cette statue, se voient au musée de Valenciennes.

CHAPITRE XII

Épidémies

ANS le cours des siècles, des fléaux de tous genres vinrent souvent visiter la ville de Valenciennes. Les inondations portèrent le ravage dans ses campagnes et submergèrent plusieurs de ses quartiers ; les incendies couvrirent maintes fois de ruines une vaste partie de son territoire ; enfin la peste, du XIe au XVIIe siècle, semble s'être acharnée sur elle pour décimer sa population.

Dans ces calamités publiques la cité se souvint toujours qu'elle s'était mise sous la sauvegarde de Marie, à qui elle devait tant, et implora le secours puissant de sa divine libératrice. Que de faveurs furent le résultat de ces prières ! Que de guérisons obtenues par cette filiale confiance ! Que de pieux fidèles durent leur salut, leur soulagement ou leur délivrance à la Reine du Ciel. De temps à autre même, pour encourager la dévotion des habitants, la protection de Marie se montra plus générale et plus visible ; l'action de son bras se fit davantage sentir, et elle sembla encore jeter autour de la cité qu'elle aime comme un filet préservateur, infranchissable aux ennemis et à la mort.

Les annalistes ont recueilli avec amour ces preuves d'intérêt de notre bienveillante patronne. Nous les rapporterons sur l'autorité de leur foi et l'authenticité de leur témoignage.

C'est surtout dans les épidémies que la Sainte Vierge fit sentir l'efficacité de son maternel secours. Quand on parcourt l'histoire de cette malheureuse cité, on est effrayé de voir combien de fois la peste a exercé contre elle ses ravages. Il est besoin de se rappeler les mœurs et les coutumes de nos aïeux pour comprendre la cause des fréquentes apparitions de ce redoutable fléau.

Jadis Valenciennes était renfermée dans de hautes et épaisses murailles. Ses rues étroites et sinueuses étaient disposées plus avantageusement pour la tactique que pour l'hygiène. Hormis les églises, quelques couvents et certains hôtels, les maisons étaient construites en bois recouvert d'ardoises. Les étages supérieurs s'avançaient en saillie et formaient une sorte de voûte au-dessous de laquelle l'air circulait avec peine, et les rayons du soleil ne pénétraient qu'à demi. De plus les fenêtres peu larges se composaient de petits vitrages en plomb d'où les appartements ne recevaient qu'une clarté douteuse. Les parties basses de la ville contenaient des eaux croupissantes d'où s'exhalaient, surtout dans les chaleurs, des miasmes délétères. Ajoutez à ces causes d'infection la présence des cimetières dans l'enceinte des murs, et l'habitude d'enterrer sous les dalles des églises les membres du clergé ou les notables du pays, et il vous sera facile de juger avec quelle facilité les maladies épidémiques pouvaient se développer, et quels affreux ravages elles devaient faire dans la population compacte de la cité (1).

Certaines mesures prises par MM. du magistrat nous montrent bien d'ailleurs les effets terribles produits par les invasions successives du fléau. Ainsi en 1461 la ville acheta à Guillaume du Bois la seigneurie de l'Espaix, et y bâtit le long de l'Escaut des maisonnettes en planches destinées à servir d'asile aux pestiférés. Mais, comme il fallait à chaque contagion les renouveler, on prit le parti d'éviter cette fréquente dépense en construisant en 1616, dix-sept logements voûtés en maçonnerie. Quand l'un d'entre eux devenait vide par la mort où la guérison de la personne qui l'habitait, on y brûlait de la paille avant d'y installer un autre malade. La chapelle de Saint-Charles Borromée (2), placée non loin de là, permettait aux pestiférés de recevoir les secours de la religion.

Le cimetière de Notre-Dame-la-Chaussée étant devenu trop petit à cause de l'épidémie, les administrateurs de cette église achetèrent entre la porte Cardon et celle de Cambrai un terrain pour la sépulture : on appela ce lieu l'*âtre Gertrude* (3).

---

(1) V. A. Stiévenart, *Topographie historique et médicale de Valenciennes* (1846).
(2) S. le Boucq, *H. eccl. de V.*, a donné le dessin de cette chapelle.
(3) V. S. le Boucq, *Hist. eccl. de V*, 87-88; H. d'Oultreman, *H. de Val.*, III, 14.

Lorsque la maladie commençait à sévir, on courait dans les temples implorer Notre-Dame du Saint-Cordon, la patronne de la cité. Plusieurs fois ces élans d'une piété sincère obtinrent une heureuse délivrance qui augmenta encore les liens d'amour qui unissaient Valenciennes à son auguste bienfaitrice.

L'an 1291, disent d'anciens manuscrits, la peste fit son apparition dans la ville. On s'adressa à Notre-Dame ; on brûla devant sa chapelle une soignie de la longueur du circuit de la procession, et Marie, agréant ces prières et cette offrande, éloigna le mal contagieux dont six mille personnes avaient déjà subi les atteintes.

La mortalité en 1515 était tellement grande à Valenciennes qu'il ne se passait pas de journée qu'on n'enterrât, dit J. de Sainte-Barbe, « au moins vingt-quatre corps en chasque paroisse. » Dans celle de Saint-Nicolas périrent quatre cents jeunes filles, d'après L. de la Fontaine, dit Wicart (1). Le deuil était dans la cité ; le glas funèbre annonçait nuit et jour que le fléau avait fait de nouvelles victimes. Les rues étaient jonchées de cadavres et d'infortunés qui cherchaient en vain l'assistance. D'après l'ordre du magistrat on marqua par une croix en paille chaque maison que le mal avait envahie, et les habitants, malades ou non, qui s'y trouvaient ne purent sortir qu'armés d'un bâton blanc destiné à prévenir de leur approche. Messieurs de la Justice donnèrent l'exemple du recours au Ciel. Ils firent publier l'édit suivant :

« Considérant que ladicte contagion ne prend fin, il est ordonné à chascun de s'occuper en œuvres de miséricorde, jeusner, exercer aulmones et prières, faire supplications publicques et rien ne obmettre qui soit profitable à leur salut. »

Les habitants de la rue des Anges avaient été les plus rudement châtiés. Toutes les demeures avaient été visitées par l'épidémie, et, de toutes les jeunes filles qui les habitaient, une seule échappa, publiant hautement qu'elle avait été conservée par une protection spéciale de la Sainte Vierge. Les personnes qui, au commencement de la contagion, avaient fui un endroit si funeste, firent célébrer dans la chapelle de Notre-Dame, tous les lundis, une messe chantée, et annuellement, le dimanche qui précède l'Assomption, une messe

---

(1) *Antiquités de la ville de Valenciennes.*

solennelle, à l'issue de laquelle on faisait dans la rue la procession avec le Saint-Sacrement. Cet usage s'est perpétué pendant très longtemps. La confrérie des Damoiseaux accompagna l'adorable Eucharistie autour des murs ; les bourgeois suivaient nu-pieds, couverts d'un cilice, un cierge à la main, implorant la miséricorde de Dieu et l'intercession de Marie. Ils furent exaucés ; la maladie dès lors diminua et disparut bientôt complètement.

La guerre et la peste s'unirent en 1555 pour porter la désolation dans le cœur des Valenciennois. La procession annuelle eut lieu dans la ville, car les chemins n'étaient pas sûrs, et on stationna au reposoir de la Grand'place. Les prières des habitants firent encore violence au Ciel; et beaucoup de malades durent à Marie leur guérison. C'est depuis cette époque que le cortège des Royés s'arrête à la chapelle de Saint-Roch pendant le tour.

En 1665, un bourgeois de Dunkerque, étant allé à Ostende où régnait la peste, en rapporta dans sa ville natale le germe qui s'y développa avec une effrayante rapidité. De là le mal s'étendit dans tout le pays qu'il désola pendant plusieurs années. Valenciennes en souffrit beaucoup : treize sœurs de l'hôpital payèrent de leur vie leur dévouement aux pestiférés ; on compte plus de dix mille habitants qui succombèrent dans ce désastre. Les Carmes perdirent six religieux ; tous les autres couvents furent éprouvés à leur tour ; le cloître des Augustins seul fut préservé des atteintes du fléau.

En 1669, le magistrat commanda une messe solennelle à Notre-Dame-la-Grande. Des campagnes et des cités voisines on accourut en foule au sanctuaire privilégié de la Reine des Anges. La confrérie du Saint-Cordon reçut alors près de neuf mille associés de tout âge et de toute condition. L'illustre chapitre des Dames de Denain brigua l'honneur d'être inscrit sur les listes des membres. A cette occasion beaucoup de personnes se déclarèrent redevables à la Sainte Vierge de leur guérison et de leur salut. Le fléau cessa enfin, dit J. de Sainte-Barbe, quand le magistrat eut fait une neuvaine à Notre-Dame-de-Bonne-Espérance. Dans leur gratitude, ceux qui gouvernaient la cité suspendirent dans la chapelle consacrée à Marie, et où était le Saint-Cordon, un grand cœur d'argent sur lequel on avait ciselé l'événement miraculeux de l'an 1008 et les armes de Valenciennes.

Pendant les deux derniers siècles les terribles invasions des maladies pestilentielles ne se sont plus fait voir que de loin en loin. Aux

murailles élevées et garnies de tours ont succédé les fortifications
basses introduites par le système de Vauban. Les villes se sont
assainies ; on a percé dans leur enceinte des rues larges et spacieuses ;
les malsaines et sombres habitations de nos pères ont cédé la place
à des demeures où l'élégance le dispute à la salubrité. On a relégué
hors des centres habités les terrains destinés aux sépultures ; et la
médecine, éclairée par l'expérience des siècles, écarte par des précautions hygiéniques le retour fréquent de ces sinistres.

Cependant la colère de Dieu se déchaîne encore quelquefois sur les
peuples dont les iniquités attirent les éclats de sa justice. Le typhus
en 1813, le choléra asiatique en 1831, l'épidémie de 1849 et celle de
1866, sans nous offrir le désolant spectacle des ravages de la contagion
d'autrefois, ont couvert notre pays de deuil et de larmes.

Grâces en soient rendues au Ciel ! La foi du peuple s'est montrée
dans ces circonstances digne des anciens jours, et la confiance en
Marie a paru grande encore. En 1849, la procession extraordinaire
qui fut commandée autour des murs attira un concours prodigieux de
fidèles. Ceux qui en ont été les témoins se rappellent le recueillement
et la piété qui respiraient tous les visages, et qui se lisaient dans
toutes les démarches. Il est permis de croire que la délivrance du
fléau a été hâtée par cette démonstration de toute une ville rendant
hommage à la Mère de Dieu avec un élan si généreux et une si filiale
tendresse.

En 1866, vers le milieu de septembre, l'épidémie qui désolait
l'Europe éclata à Valenciennes comme un coup de foudre. Pendant
un mois, un mal impitoyable promena sa fureur dans la cité et jeta
le deuil et l'épouvante dans toutes les familles. Le pasteur de la
paroisse Notre-Dame lui-même, M. Pique, succomba, victime du
fléau.

Dans leur détresse, les malheureux habitants se souvinrent de Celle
qu'on n'invoqua jamais en vain. Une neuvaine fut commencée dans
l'église de Notre-Dame, et le dimanche 14 octobre, jour de la clôture,
un grand nombre de fidèles s'approchèrent de la sainte table. Le soir
on fit une procession autour de la ville. Le cortège n'avait rien de
cette pompe que l'église déploie parfois dans ses grandes solennités,
et qui, tout en honorant Dieu, charme les regards avides de brillants
spectacles : rien ici pour la curiosité, tout pour la dévotion. La statue
de la Madone, suivie du clergé chantant des hymmes à sa louange,

et entourée d'une foule immense et recueillie, parcourut les remparts, les places et les principales rues de Valenciennes. Quelle ferveur animait ces âmes de chrétiens ! les *Ave Maria* sortaient brûlants de tous les cœurs et de toutes les lèvres, et les yeux tournés vers Marie semblaient lui dire : « Oui, bonne mère, nous en avons la confiance, vous nous sauverez du fléau ! »

Marie en effet entendit les soupirs de ses enfants et exauça leurs prières. A dater de ce jour béni, l'épidémie arrêta ses ravages et bientôt disparut complétement (1).

(1) V. Appendice U.

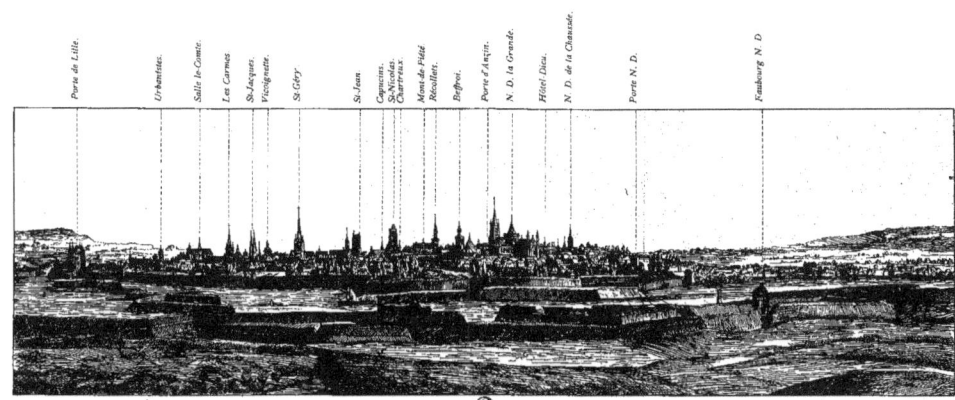

Porte de Lille. — Urbanistes. — Salle le Comte. — Les Carmes. — St-Jacques. — Vieignette. — St Géry. — St-Jean. — Capucins. — St-Nicolas. — Chartreux. — Mont-de-Piété. — Récollets. — Buffroi. — Porte d'Anzin. — N. D. la Grande. — Hôtel Dieu. — N. D. de la Chaussée. — Porte N. D. — Faubourg N. D.

VUE DE VALENCIENNES EN 1677

PRISE A VOL D'OISEAU DU MONT D'ANZIN

D'après le tableau de Van der Meulen

CHAPITRE XIII

La Procession au XVIIe siècle

1° LA VEILLE

'EST le moment de décrire d'une manière succincte les pompes religieuses que nos pères déployaient dans la solennité commémorative du 8 septembre.

Rien n'était épargné pour donner à cette fête l'éclat d'une manifestation publique. L'opulent bourgeois de la cité et l'humble artisan rivalisaient de zèle pour rehausser autant que possible la procession si chère à tous les cœurs. Longtemps d'avance on s'occupait d'organiser les groupes, de décorer les rues, de dresser des arcs de triomphe. Une animation sans exemple régnait parmi les citoyens. Les corporations ouvrières, les serments, et les confréries préparaient leurs étendards et leurs emblèmes. La prévôté Notre-Dame, les neuf autres paroisses de la ville, (1) les

---

(1) Deux étaient *extramuros :*
Saint-Vaast-là-Haut;
Saint-Martin de l'Espaix.
Les autres églises, situées dans l'enceinte de la ville, étaient :
St-Jean (place St-Jean) ;
St-Géry (place St-Géry) ;
St-Nicolas (place Verte) ;
Notre-Dame-la-Chaussée (place des Carmes) ; ces trois dernières furent enclavées dans la ville par Baudouin l'Edifieur ;
St-Vaast-en-Glatignie (place St-Vaast), élevée sur l'emplacement de la chapelle de St-Laurent, en 1527, après la démolition de St-Vaast-là-Haut ;
St-Jacques (rue St-Jacques), devenue paroisse en 1293 ;
Le Béguinage (quartier de ce nom), érigée en paroisse l'an 1266.

couvents d'hommes (1), les communautés de femmes (2), les abbayes voisines elles-mêmes disposaient leurs plus riches ornements et leurs plus somptueux reliquaires pour former le cortège et la *cour sainte* de la Reine du Ciel.

Le 31 août, de midi à une heure, la grosse cloche de Notre-Dame fait entendre le *long coup*. Cette sonnerie rappelle qu'à pareil jour l'ermite exhorta à la pénitence les Valenciennois pour obtenir la cessation du fléau. La veille de la procession, les pasteurs de la ville et de la banlieue, les moines des couvents, les députés des corporations (3) sortent de leurs églises ou de leurs chapelles avec les fiertes, statues, bannières qu'ils doivent porter le lendemain. Les abbayes des environs, gracieusement invitées au nom du magistrat (4), envoient aussi les saintes reliques qu'elles possèdent ; les religieux mendiants se rendent à Vicoigne (5) pour en ramener sur leurs épaules les châsses

(1) Les couvents d'hommes étaient au xviie siècle : les Dominicains (rue des Foulons); les Carmes (caserne de cavalerie); les Franciscains Récollets (rue des Récollets); les Capucins (institution Notre-Dame); les Chartreux (rue des Chartreux) ; les Jésuites (Lycée); les Augustins (rue du Quesnoy). Les Carmes déchaussés (rue Notre-Dame) datent de 1679.

(2) Les principales maisons religieuses de femmes étaient: les Franciscaines ou Sœurs grises (rue Notre-Dame) ; les Brigittines (rue Delsaulx); les Carmélites (rue de Mons); les Dominicaines de Beaumont (rue de Beaumont) ; les Ursulines (rue du Quesnoy). (V. Pl. 6.)

(3) Ainsi nous lisons dans l'*Ordenance des Frankises des Arbalétriers* que « cils dessus dits compagnons se rassembloient aornetz de leurs cottes et chapeaux, pour aller quérir Nostre-Dame, en l'église des Carmes, au lieu où il est accoustumé de l'assir. » Ils rapportent la statue de leur patronne, avec la même pompe, à la fin de la neuvaine.

(4) « Nostre magistrat députe tous les ans deux de son corps, afin d'aller inviter autant courtoisement qu'humblement, et supplier les prélats et supérieurs des églises de nous continuer la faveur ordinaire. De plus, il s'estudie à ranger honorablement chaque fiertre, et les esclaire jour et nuict à force de gros cierges ardans pendant toute l'octave; il respond desdites quaisses et de tout ce qui en dépend ; à ceste fin il députe quelque orfèvre qui les visite au bout du terme, et répare le moindre déchet ou dommage qui y pourroit être survenu. Et par après il remercie un chacun de ces Messieurs, et leur faict libéralement présent de ses vins. » (P. d'Oultreman, *Cour sainte*, VI, 3.)

(5) L'abbaye de Vicoigne prit naissance en 1125, lorsque Gui, prêtre et ermite, éleva dans la forêt un petit oratoire appelé la *Casa Dei.*(V. Ph. Brasseur, *Sacra Viconia seu historica relatio de ejus reliquiis etc.*; F. Adrien David: *Thrésor sacré de plusieurs belles et précieuses reliques conservées et honorées en l'abbaye de Vicoigne. Avec une chronique abrégée de la fondation de cette maison.*

du monastère: celle de Sainte-Cordule seule est traînée par des chevaux sur un char splendide. On va au-devant de cet imposant cortège ; la croix marche en tête ; les gonfanons sont déployés, les clairons et les hautbois se font entendre, et le clergé conduit ces groupes divers à Notre-Dame-la-Grande. Les précieux ossements des confesseurs, des vierges et des martyrs sont rangés en ordre dans le chœur de l'église « où est leur reposez-vous et leur lit d'honneur. » On y célèbre les louanges de Marie au milieu de cette cour sainte (1). Les uns chantent les vêpres de Notre-Dame ; les autres font retentir les échos de la basilique de ces belles antiennes consacrées à la gloire de la Souveraine des anges et des hommes.

Cet usage de faire venir des lieux voisins, pour augmenter la splendeur des fêtes religieuses, les principales reliques honorées dans le pays est de la plus haute antiquité, et se retrouve dans les annales de nos villes aux siècles les plus reculés de leur histoire. Aussi H. d'Oultreman dit-il : « C'est une practique ancienne d'emprunter tous les corps saints du voisinage pour illustrer et rendre plus vénérable la dédicasse de quelque église, la translation de quelque corps sainct ou quelque autre semblable solennité. »

Il cite à l'appui deux exemples. Quand, en 1066, on a consacré Saint-Pierre à Lille, Baudouin le Débonnaire y avait fait venir toutes les reliques de son comté. Il les abrita sous de riches pavillons pendant toute la durée de la fête ; après la cérémonie, il fit généreusement présent aux sanctuaires à qui appartenaient les précieux restes de l'emplacement que chaque tente avait occupé.

Quatre ans plus tard, quand Baudouin de Mons, après avoir réparé l'antique église d'Hasnon, la fit bénir, le 3 juin 1070, par les évêques de Cambrai, de Noyon et d'Orléans, on y vit, outre ces illustres prélats, quinze abbés de monastère et deux abbesses, les ossements de plus de vingt bienheureux.

Valenciennes, J. Vervliet, 1624 ; F. Adrien David : *Triomphe et entrée glorieuse des sacrées reliques de l'abbaye de Vicoigne. faicte en la ville de Valenciennes. le 3 de septembre* 1635. Valenciennes, J. Vervliet, 1636 ; A. Dinaux : *l'Abbaye de Vicoigne*; V. le Glay, *Manuscrits de Vicoigne*).

(1) « Tant de sacrés corps et de vénérables reliques dont nous sommes enrichis et honorés semblent se rendre à poinct nommé tous les ans le jour de la nativité de la Mère de Dieu, dans son église, à dessein de lui faire escorte, et composer sa cour. » (P. d'Oultreman, *Cour sainte, Epitre dédicatoire*).

Les châsses que l'on envoyait ainsi à Notre-Dame étaient la plupart d'une richesse et d'une somptuosité étonnantes. Ainsi, sans compter les fiertes des Royés, des Damoiseaux et de Saint-Eloi que nous avons décrites, celles de l'abbaye de Vicoigne étaient en bois recouvert de drap d'or, de velours cramoisi et d'étoffes de prix où l'on avait brodé le nom des saints dont elles recouvraient les reliques.

Pendant la nuit des cierges brûlaient incessamment devant les corps sacrés, et une garde d'honneur, tirée des compagnies bourgeoises, était chargée de veiller à leur sûreté et à leur conservation.

Les Royés, après les vêpres de Notre-Dame, retournaient ensemble à la maison échevinale d'où ils étaient partis pour se rendre à l'église. Ils se réunissaient dans la grande salle d'entrée, se rangeaient tous d'un côté sur un banc, et, une fois assis, étalaient sur leurs genoux une serviette en guise de table. On leur servait alors une légère collation consistant en deux verres de vin, « l'un blanc, l'autre clairet, avec une cuillerée de dragée et rien de plus. » « Ces cérémonies, dit P. d'Oultreman, nous preschent d'une part la gravité et sobriété de nos ancestres ; et de l'autre l'estime qu'ils faisoient de ce vénérable et céleste cordon, pour lequel ceste confrérie a été instituée, réglée et continuée jusques à nous à l'honneur et gloire de la bienheureuse Vierge (1). »

(1) *Cour sainte*, V. 3.

CHAPITRE XIV

₵a ₱rocession au XVIIᵉ siècle

2ᵉ LE JOUR

E jour « estant venu, dit le P. G. Marc, tous s'apprestent à quy mieux mieux à faire la feste. On oyt la messe de bon matin, craignant d'estre surpris, et se mettre en hazard d'offenser Dieu mortellement. Toute la ville retentit de tambours, trompettes et clairons, et ny a si petit artisan qui ne veuille monstrer comme il aime la Vierge Marie, sa bonne Mère et commune patronesse des Valencenois. Environ les huict heures, on chante la grand'messe, grande en musique, grande en concours, grande en dévotion, d'une si rare harmonie que vous diriez les orgues, flûtes, hautbois et autres instruments y avoir de l'animosité. Toute la voûte retentit par les chœurs musicaux, et renvoye les accords par les carolles et curritoires de ceste vaste église (1). »

Vers dix heures, aux abords de l'église, les groupes s'organisent, les confréries se placent, les corporations se rangent sous les étendards de leur patron, le clergé quitte le temple avec les restes bénis composant le cortège de l'auguste patronne, et la procession se met en marche, pieuse et recueillie. Elle se dirige par la place Notre-Dame, passe devant la chapelle des Jésuites (2), longe le château Saint-Jean, traverse la Braderie (3) et le Grand-marché (4), puis, par la rue de

(1) *La solemnelle et dévote procession qui se faict en l'an 1008.* (1614.)
(2) Eglise actuelle de Saint-Nicolas.
(3) Partie de la rue de Paris. *Braderie* vient de *brader*, gaspiller.
(4) Actuellement Grand'place. La rue de Famars s'appelait jadis rue de Cambrai.

Cambrai, sort des murs pour s'arrêter à la fontaine Saint-Gilles. Voici quel est l'ordre de la procession d'après les annalistes :

Défilé de la procession au XVIIe siècle

CORPORATIONS

A la tête du cortège marchent les Puchots à cheval. Ils préparent les voies, éclairent les routes, découvrent les embuscades, et, par leur bonne contenance, tiennent en respect au besoin les insolents et les provocateurs.

Viennent ensuite, autour de leur bannière respective, les « stilz » ou métiers valenciennois (1) au nombre de plus de cinquante (2) :

Les amidonniers ont sur leur bannière saint Charles-Borromée (3).

Les teinturiers, Notre-Dame-des-Neiges.

Les chapeliers, sainte Barbe.

Les hautelisseurs, la Transfiguration.

Les fruitiers, saint Christophe.

Les portefaix, saint Maure.

Les barbiers (4), saints Cosme et Damien.

---

(1) « Ils (les corps de métiers) marchent deux à deux en la procession et font porter devant eux l'image du patron et les enseignes de leurs mestiers sur une haute perche peinturée, avec un cierge sur le tout. » (P. d'Oultr. *Cour sainte*, IV, 4).

(2) « Ceste suite ne peut être que fort longue, puisqu'on y a compté quelquefois dix-sept cens maistres sayetteurs, plus de douze cens maistres mulquiniers ou tisserans de toilettes, d'aultres à proportion ». (P. d'Oultr. *Cour sainte*, IV, 4).

(3) « Le choix de ces patrons est tiré par quelques-uns assés légèrement ; par d'autres encor ridiculement, qui pourtant ne laissent pas d'estre honnorés et servis chacun en sa feste devotement. Les Amidonniers ou faiseurs d'amidon ont pris sainct Charles Borromée pour leur patron, à raison de son surpiis ou rochet empesé ou goderonné, à quoy l'amidon est nécessaire. Les Bourachiers et ceux qui font des changeans prennent la transfiguration de Nostre Sauveur, où sa figure fut changée, et ses habits parurent blancs comme la neige ; et ces artisans font leurs étoffes ou toutes blanches ou de diverses couleurs. Les Mulquiniers ou tisserans de toilettes (que les estrangers appellent Cambray) ont pris Sainte Vérone ou Véronique à raison de son couvrechef qui estoit de fine toillette, duquel elle essuya la face sacrée de Nostre Seigneur portant sa croix ; et en récompense elle en remporta son pourtraict divinement empreint là dessus. » (P. d'Oultreman *Cour sainte*, IV, 4).

(4) Les Barbiers étaient en même temps chirurgiens. *Les francqs maistres de ce stil* avaient pouvoir de *barbier, tondre, seigner, panser gens navrez, et mettre*

Les cabaretiers, saint Laurent.

Les mesureurs de grains, saint Michel.

Les couvreurs, la Visitation.

Les potiers,   id.

Les cordiers, la Conversion de saint Paul.

Les bateliers, saint Julien.

Les gantiers, saint Barthélemi.

Les cardeurs, saint Jean-Baptiste.

Les couteliers,   id.

Les corroyeurs, saints Simon et Jude.

Les cordonniers, saints Crépin et Crépinien.

Les ébénistes, saint Hubert.

Les vanniers, saints Pierre et Paul.

Les tonneliers, saint Hubert.

Les voituriers   id.

Les charrons,   id.

Les meuniers, saint Victor.

Les boulangers, saint Honoré.

Les épiciers, saint Michel.

Les plumassiers, saint Jean-Baptiste.

Les bottiers, saints Crépin et Crépinien.

Les peintres, saint Luc.

Les armuriers, saint George.

Les serruriers (1), saint Eloi.

Les ferblantiers,   id.

Les chaudronniers,   id.

Les maréchaux-ferrants, id.

Les brasseurs, saint Arnould.

Les tanneurs, la Présentation de Notre-Dame.

Les sayteurs (2), saint Bernardin.

Les tisserands, saint Barnabé.

à point aulcunes playes, vieilles ou nouvelles, par application d'emplattres d'her-
bes ou eaues. Les connaissances requises n'étaient pas difficiles. Il suffisait de
connaître « bien les noms et lieux des veines du corps humain, du moins les
principalles et plus communes que l'on at accoustumé de seigner. » (V. E. Bouton,
La corporation des chirurgiens-barbiurs à Valenciennes, 1592-1760).

(1) V. J. Lepreux, *Corporation des serruriers de Valenciennes avant* 1789.

(2) Tisserands en laine.

Les foulons, saints Vaast, Adrien et Antoine.
Les potiers d'étain, saint Eloi.
Les orfèvres,   id.
Les mulquiniers, sainte Véronique.
Les fabricants de serge, sainte Marie-Magdeleine.
Les ciriers, saint Nicolas.
Les merciers, la Visitation.
Les chaussetiers, sainte Anne.
Les bonnetiers,   id.
Les fripiers, saint Roch.
Les poissonniers, saint André.
La petite boucherie.
La grande boucherie, l'Annonciation.
Les pelletiers, saint Robert.
Les tondeurs de grande force (1), saint Antoine.
Les charpentiers, saint Joseph.
Les maçons,   id.
Les menuisiers,   id.
Les scieurs de long,   id.

ÉCOLES

Paraissent alors les enfants qui fréquentent les écoles des pauvres et l'orphelinat (2), marchant sous l'étendard de la croix.

ORDRES RELIGIEUX

Viennent ensuite les vingt magnifiques châsses de Vicoigne, conte- nant chacune un corps saint. Les Capucins, les Récollets, les Carmes, et les Dominicains se partagent en nombre égal ces précieux fardeaux. Les Récollets portent en outre des reliques de plusieurs martyrs de Gorcum, et les Carmes, deux reliquaires d'argent, contenant quelques ossements de saint Sébastien et de saint Blaise, tirés du trésor de Vicoigne, et, venant de leur propre église, le reliquaire de sainte Barbe

---

(1) On appelait *forces* de grands ciseaux servant à tondre le drap.
(2) Cette maison était située en face de l'Eglise Notre-Dame-la-Grande. On y recueillait aux frais de l' « Aumosne générale des enfants des deux sexes qui étoient nourris, vestus et instruits de tout ce qui est nécessaire pour gaigner de là en avant la vie temporelle et éternelle. » (H. d'Oultr. *H. de Val.*, III, 15).

et une riche statue d'argent de Notre-Dame du Scapulaire. Les Dominicains sont également chargés des fiertes du monastère de Beaumont, et d'une belle statue de Notre-Dame du Rosaire qui leur appartient.

Après ces divers groupes s'avancent, sur un char magnifique fait en forme de navire, les reliques de sainte Cordule entourées de jeunes filles « équipées à l'envy (1). »

JARDINS DE PLAISANCE

Au milieu de cet immense défilé on admirait des chars brillants de peintures et de décorations artistiques, garnis de riches étoffes, ornés de guirlandes et de fleurs. Cette mise en scène avait pour but de reproduire quelque épisode de la bible (2) ou quelque pieuse allégorie ; « tant pour enrichir la pompe et magnificence de la procession, dit P. d'Oultreman, comme aussi afin d'attirer par ces spectacles les yeux du monde ; et ensemble, par ces agréables attraits, et cérémonies, comme par un leurre, tirer de leur cœur la vénération des saints et l'estime de nostre Religion. »

Le magistrat excitait le zèle des diverses corporations en proposant un prix en faveur de celle dont le char de triomphe serait le plus élégant et le plus ingénieux. En 1563, il y en eut jusqu'à quarante ; ce furent les marchands de vin qui gagnèrent la récompense promise. Ils avaient simulé une colline chargée de vignes au milieu desquelles apparaissait le patriarche Noé. Les frais de cette représentation montèrent à plus de cent écus d'or (3).

---

(1) Dans l'*Ordre de la Procession de la ville de Valenciennes, le huit septembre* 1774, imprimé chez veuve J.-B. Henry, nous voyons encore figurer la nef de Ste-Cordule. C'est le premier des trois chars du cortège. Il est monté par onze jeunes filles chantant des chœurs.

(2) « Quantité de filles et fillettes représentent les sibylles à cheval ou la Vierge allant en Egypte sur un asne. » (P. d'Oultr., *Cour sainte*, IV, 4). En 1560, on représenta au moyen du soufre et autres matières combustibles l'incendie de Sodome.

(3) Le mauvais goût et la bizarrerie présidaient parfois à ces exhibitions. Ainsi on vit à plusieurs reprises des bouffons gagés par le magistrat se mêler au cortège. On lit dans les *Comptes de la Ville de* 1538 : « A Jehan Blanc-pain et Vatost, pour ayde de faire une robe faisant le fol à la procession d'icelle ville, afin de, par ses follies, donner récréation au peuple et pour aidier à conduire icelle procession...VI *liv.*

Le pieux Bertholin était aussi parfois représenté par des personnages costumés en ermites, ou par de vrais ermites, quand il était
possible d'en faire venir pour la circonstance. S'ils étaient en nombre,
ils portaient la fierte de saint Antoine.

CONFRÉRIES

On voit venir après les R. P. des couvents :

Le héraut *Franque-Vie* dont la cotte d'armes est armoriée du
blason valenciennois.

Les Damoiseaux revêtus de leur riche costume, et portant sur leurs
épaules leur splendide reliquaire.

Puis les confréries suivantes :

Saint-Hubert.

Notre-Dame-de-Malaise (1).

Notre-Dame-de-l'Assomption, de Saint-Vaast-là-Haut.

Notre-Dame-de-Lorette, de l'église Saint-Jacques.

La sainte Trinité (2), de Saint-Vaast-en-Glatignie.

Saint-Eloi, de Notre-Dame-la-Grande.

Cette confrérie porte une belle parcelle de la vraie Croix et une
épine de la sainte Couronne.

Saint-George, de Saint-Géry.

Saint-Nicolas (3), de Saint-Nicolas.

Le Petit-Saint-Jacques (4), de Saint-Géry.

(1) P. d'Oultreman cite ces deux confréries dont S. le Boucq ne parle pas. Ce
dernier dit même, *H. eccl. de Val.*, 18, qu'une ordonnance du magistrat, en
date de 1596, autorise la confrérie de l'Assomption à marcher après les Damoiseaux.

(2) « En l'an 1641, lesdits confrères ont institué d'aller faire le voyage au mont
de la Saincte Trinité, proche Tournay, à l'intention de le continuer annuellement
comme ilz ont faict jusques à présent, aiant institué ce voyage à l'imitation des
confrères de Nostre-Dame-de-Hal. » (S. le Boucq, *H. eccl.*, 20).

(3) Au xve siècle, la fierte de Saint-Nicolas était précédée de sa bannière, de
quatre torches ardentes, de « deux trompettes et de trois aultres bons menes-
trielz. » Les confrères portaient les reliques « de Monsieur Saint-Nicolay parmy
la ville, humblement, reverament et descault. A leur revenu doivent les dits
confrères trouver de l'yaue caude et des blans lincheulx pour yaux (eux) laver et
essuer, à cause qu'ils aront esté descaux. » (S. le Boucq, *H. eccl.*, 28). Au xvie
siècle, les confrères portaient en procession une statue en argent de leur patron.
(V. *Statuts pour la Confrérie de Saint-Nicolas érigée en la paroisse dite*).

(4) « Celle de Saint-Jacques, dicte *des petits brimbeurs*, à cause qu'une personne
n'y peult entrer qui n'ait faict le voyage de Saint-Jacques en Gallice, et par

Saint-Michel (1), de la chapelle des Ladres.

Toutes ces pieuses associations escortent leurs bannières, les statues de leurs patrons, et des châsses, soit en argent soit en bois doré, suivant les ressources de la compagnie. « La plupart sont accompagnées d'un accord de hautbois (2). »

« Tous ceux qui marchent en ceste procession, à la réserve du clergé, portent un baston blanc ou une baguette en main, au bout de laquelle est attaché un bouquet de fleurs avec une boursette, dans laquelle il y a une pièce de monnoie. Ceux qui tiennent rang dans les confréries portent de plus une escharpe faite en feston de l'hierre ou de ligustre qu'on dit autrement troene ; et devant eux marche quelque officier en robe de certaine couleur, les uns rouge, d'autres viollette, portant un flascon et une tasse d'argent. Pour autant qu'aucunement toutes les bandes et confréries faisoient générallement le grand tour de la procession, avec toutes les croix, fiertes et reliques, de crainte qu'un si long voyage ne causast quelque mal à aucuns d'entre eux, on portoit un bocal ou flascon de vin pour conforter les plus faibles et débiles ; davantage chacun alloit à l'offrande à la messe, que l'on chantoit à divers autels avant commencer la procession, et jettoit dans le plat ou bassin la pièce d'argent qu'il avoit en la boursette pendue à cest effet à sa baguette ; pour la mémoire et l'honneur de la vénérable antiquité, on a retenu jusques à présent les flascons et les boursettes, quoy que sans s'en servir aucunement (3). »

SERMENTS (4) ET AUTRES CONFRÉRIES

Les compagnies de Serments se présentent alors comme il suit, « en armes, avec enseignes et tambours battans : »

ainsy ne s'y trouvent que gens de stilz et méchanicques. » (S. le Boucq, *H. eccl.*, 25). Cette Confrérie faisait marcher chaque année un char à la procession. (V. à l'appendice V la composition de plusieurs d'entre eux).

(1) Confrérie datant de 1455. Chaque année les confrères prenaient un chaperon de couleur différente en passant par les couleurs suivantes : vermeil, vert, noir, sanguin, gris, azur, blanc. Au bout de sept ans, on recommençait la série. Cet usage assez bizarre finit par être aboli.

(2) P. d'Oultreman, *Cour sainte*, IV, 4.

(3) P. d'Oultreman, *Cour sainte*, IV, 5.

(4) Certaines compagnies doivent ce nom au serment de fidélité que chaque membre est tenu de faire en entrant dans la Société. (V. Cellier, *Une commune flamande*, ch. XIII ; Caffiaux, *Essai sur l'organisation militaire de Valenciennes*, III — IX).

Les Arquebusiers ou *Bons-vouloirs* (1), sous l'étendard de saint Christophe (2).

Les Gladiateurs (3), sous celui de saint Michel.

Les Bombardiers (4) ou canonniers, sous celui de saint Antoine.

Les Archers (5), sous celui de saint Sébastien.

Les Arbalétriers (6), sous celui de la Purification.

La confrérie de saint Jacques-le-Grand (7).

La confrérie des Royés avec la châsse du Saint-Cordon. Elle est portée par quatre confrères nu-pieds et couverts de leur robe de cérémonie.

Devant cette fierte un moine de Notre-Dame, revêtu du surplis et de l'étole, et à cheval, tient un ange d'argent qui semble réunir en peloton le fil miraculeux donné par Marie. Au milieu des Royés marche le lieutenant le comte entre deux échevins, à cheval comme lui, et suivis des hallebardiers du prévôt le comte (8), avec une escouade de cavaliers, guidés par leur capitaine qu'on nommait jadis le *Saudart* de la ville (9).

(1) Les Arquebusiers n'apparaissent distincts des Canonniers qu'en 1566.

(2) Leur bannière représentait saint Christophe, la main droite appuyée sur un bâton et passant une rivière, ayant sur l'épaule gauche l'Enfant Jésus, le front ceint d'un diadème d'or.

(3) Les Gladiateurs, Escrimeurs ou Joueurs d'épée étaient des Maîtres d'armes.

(4) Les Bombardiers, appelés plus tard Canonniers, furent réunis en serment l'an 1382. Sur leur bannière on voyait saint Antoine tenant son bâton d'une main et de l'autre un livre ouvert.

(5) Les Archers ont leur charte datée de 1363. A l'origine ils se mirent sous le patronage de sainte Ursule, et plus tard sous celui de saint Sébastien. Ce saint figurait sur leur bannière attaché à un arbre et percé de trois flèches.

(6) Les Arbalétriers forment le plus ancien serment de Valenciennes. Leur charte remonte à 1328. Leur bannière représentait la Sainte Vierge portant l'Enfant Jésus sur son bras droit et un sceptre de la main gauche. Elle était accostée de deux anges tenant chacun une arbalète renversée.

(7) Cette Confrérie avait sa chapelle dans l'église Saint-Jean. Le tableau principal qui s'y trouvait existe encore au musée de Valenciennes. Il est de Van Dyck et représente le Martyre de St-Jacques et de son dénonciateur converti.

(8) Quand Valenciennes passa à la France, le gouverneur, M. Malagotti, honora la procession de sa présence. Ses successeurs firent de même. (V. Despretz, *Abregé de l'Histoire de Valenciennes*, 1688).

(9) « Le Saudart ou Soudart n'a maintenant (XVIIe siècle) autre charge que de visiter et asseurer les ponts sur lesquels doit passer la procession annuelle de Nostre-Dame en septembre, et l'accompagner avec une troupe de chevaux. » (H. d'Oultreman, *H. de V.*, II, 10).

ÉGLISES ET ABBAYES

Derrière les Royés défilent les reliques envoyées par les sanctuaires de la ville et les monastères du voisinage :

Du Béguinage, deux fiertes et cinq reliquaires d'argent (1).

De l'abbaye de Saint-Jean, les châsses des saints Pierre et Julien, martyrs.

De la chapelle des Jésuites, la fierte de saint Séverin et de son compagnon, martyrs, provenant du cimetière de sainte Priscille à Rome (2).

De Sebourg, la châsse de saint Druon.

De la prévôté d'Haspres, les fiertes de saint Aicart ou Achaire, abbé de Jumiège en Normandie, qui a gouverné de son vivant neuf cents religieux, et de saint Hugues, archevêque de Rouen, son disciple ; de plus, un morceau de la vraie Croix, enchâssé dans une croix d'argent haute de quatre pieds et « large à proportion ; c'est pourquoy on est obligé de l'asseurer par le moyen de deux hommes, qui marchent à ses costés, tenant chacun un cordon qui pend de la croix, afin de la tenir droicte sans pencher ça et là (3). »

De l'abbaye de Denain, quatre fiertes d'argent décorées de magniques ciselures : les deux premières contiennent les reliques de saint Aldebert et de sainte Reine, fondateurs du monastère ; la troisième, celles de sainte Refroy, leur fille, et première abbesse de Denain ; la quatrième, des ossements des onze mille vierges.

De l'abbaye de Crespin, la fierte où reposent les restes de saint Landelin, premier abbé du couvent, et de plusieurs de ses disciples.

De la collégiale de Condé (4), les reliques de saint Wasnon, évêque qui prêcha dans ce pays en 611.

De l'abbaye de Saint-Saulve, les corps des saints Saulve et Supérie, martyrisés à Beuvrages en 797.

(1) P. d'Oultreman met les Béguines avant les confrères de Saint-Jacques.

(2) Le P. G. Marc, dans *La dévote et solemnelle Procession*, a décrit les fêtes religieuses célébrées à l'occasion de l'arrivée à Valenciennes de ces saintes reliques en 1336. (V. Appendice W).

(3) P. d'Oultreman, *Cour sainte*, IV, 4.

(4) L'église et le monastère de Condé furent bâtis par saint Amand. Après l'invasion normande, l'archevêque de Cologne, Bruno, y mit des chanoines. (V. le Glay, *Camer. christ.*, p. 110).

12

De Notre-Dame-la-Grande, le reliquaire de saint Philippe de Néri, fondateur de l'Oratoire.

Enfin la riche fierte de l'abbaye d'Hasnon où reposent les corps des saints Marcellin et Pierre, morts martyrs sous Dioclétien (1).

CLERGÉ ET MAGISTRAT (2)

Pour clore la marche on voit paraître le clergé avec les croix et les gonfanons des paroisses (3).

Les chanoines de Saint-Géry d'un côté et les religieux de Saint-Jean de l'autre.

Deux chantres religieux de Notre-Dame.

Les abbés d'Hasnon, de Crespin, de Vicoigne, de Saint-Jean, de Saint-Saulve, et le doyen du Chapitre de Saint-Géry, « tous d'un rang. »

Enfin, pour terminer l'imposant défilé, le magistrat en corps s'avance escorté par la garde prévôtale composée de quatorze sergents en uniforme rouge, armés de pertuisanes, et précédés d'un officier faisant l'office de héraut (4). Le peuple suit en foule, accouru de tous côtés, afin de grossir le cortège de sa secourable patronne.

Quand la procession est sortie de la première enceinte par la porte de Cambrai, elle s'arrête devant la fontaine Saint-Gilles. Un vaste pavillon est dressé pour recevoir les châsses des confréries et des couvents. Un moine monte sur une estrade pour dominer la

(1) V. à l'appendice X les vers de Ph. Brasseur sur cette châsse.

(2) « Le magistrat est composé d'un prévost et de XII eschevins qui portent ensemble le titre de Jurés: combien que du passé ces deux offices estoient distingués, les uns estant *jurés* de la paix, et les autres *eschevins*. »(H. d'Oultreman, *Hist. de Val.*, II, 12).

(3) « Avec les croix des paroisses on porte les enseignes de chacune, où sur du damas ou satin sont dépeints les saincts patrons dont elles portent le nom. On les appelle icy goufanons ou gonfanons, d'un vieux mot qui a encore cours en quelques endroits de France, et dont le poète Ronsard se sert au lieu de drapeaux et estendurs militaires, parlant du susdit empereur Charles :

Et quand luy mal suivy de tant de gonfanons
Fit braquer tout d'un coup cent pièces de canons. »
(P. d'Oultr. *Cour sainte*, IV, 4).

(4) Le vrai héraut de la ville marche ce jour-là devant les Damoiseaux.

foule, et fait le panégyrique de Notre-Dame, tandis que le Saint-Cordon commence le *grand tour* dans un circuit d'environ deux lieues. La compagnie des *Puchots* marche en avant ; l'ange d'argent la suit entre les mains d'un religieux ; la châsse vient après, environnée des confrères, des députés du comte, de ceux du magistrat, ainsi que d'inombrables fidèles qui chantent des hymnes et des cantiques en l'honneur de Marie.

Une fois dans la campagne, tous les hommes et même les femmes peuvent porter à leur tour sur leurs épaules le trésor vénéré ; mais tous ceux qui sont admis à cette insigne faveur doivent marcher nu-pieds. On suit rigoureusement les traces du chemin où s'est reposé le Saint-Cordon en l'an 1008 : on traverse les champs et les héritages, et on descend même dans le lit de la Rhonelle desséché à cette occasion, bien qu'il y ait un pont à peu de distance du passage.

On s'arrête un moment auprès de la chapelle Saint-Roch. On y dépose le reliquaire, pendant que les Royés et les notables prennent le repas qu'on leur a préparé.

On se remet en route, et, quand on arrive à Marly, les cavaliers qui accompagnent la fierte font une décharge générale de mousqueterie afin d'annoncer leur retour. Alors les groupes, les corporations, les communautés religieuses reprennent leur place ; le cortège rentre en ville avec la même pompe et par les mêmes rues que le matin et on se rend à Notre-Dame-la-Grande pour y chanter le *Regina* et le *Te Deum* en reconnaissance de l'heureuse issue du pèlerinage.

Les Royés retournent à l'hôtel-de-ville que le magistrat met ce jour-là à leur disposition. Ils y dînent en robe, assis comme des religieux sur le même rang.

Les corps saints qui ont formé la cour de la bienheureuse Vierge sont replacés dans le chœur de Notre-Dame où, pendant neuf jours, on les expose à la vénération des fidèles. « Il n'y a filz ou fille de bonne mère, qui ne vienne quelquefois saluer les sainctes reliques, et à la foule toucher les fiertres avec le chapelet, pain ou mouchoirs pour le soulas des malades. Tous les jours de bon matin, par milles personnes vont là faire leur dévotion : quelques-uns se contentent d'ouyr la Messe ou faire leurs prières, d'autres font outre ce le circuit de la Procession , avec toute modestie, baisottans le chapelet et le roulans à la main, récitans la litanie ou méditans la gloire et la joye éternelle, dont jouissent les bienheureux en la dédicace de la céleste Hierusalem (1) ».

Cette dévotion à nos célestes intercesseurs a inspiré au P. G. Marc (2) le sonnet suivant :

A la Ville de Valenciennes

Le vaincqueur des Gaulois, le pourtraict de courage,
Voguant un jour en mer, se levèrent les flots,
Qui choquèrent si roid sa nef que les pilots,
Ne pouvant plus porter la fureur de l'orage,
Commencèrent de craindre un malheureux naufrage.
L'empereur ouyt bien les douloureux sanglots
Qui battoyent les cœurs des tristes matelots ;
Mais il ne changea point pour cela de visage.
Voir', se roidissant plus au plus fort du hasard :
« Ne craignez rien, dit-il, car vous portez César ! »
Oh ! qu'on dira de toi, à bon droit, Valentienne :
« Mocque toi désormais des furieux efforts
Que font tes ennemys, pourvu qu'il te souvienne
D'honnorer Nostre-Dame et des saincts les saincts corps.

Pendant toute la neuvaine (3) des milliers de personnes parcouraient le circuit de la procession : les unes cheminant pieds nus, les autres chantant des cantiques ou des litanies ; toutes pleines de recueillement et de piété s'efforçant d'attirer sur elles un regard miséricordieux de la Reine des anges (4).

Telles sont en peu de mots quelques-unes des splendeurs déployées au XVIIᵉ siècle pour la fête commémorative. Si nous les comparons

---

(1) P. G. Marc, *La dévote et solemnelle Procession quy se faict en la ville de Valenciennes, le huictième jour de septembre.* Valenciennes, V. Vervliet, (1614).

(2) V. sur ce religieux : C. Cappliez, *l'Ecole dominicale de Valenciennes au XVIᵉ siècle.* Valenciennes, Giard (1884).

(3) « Ceste Octave est une foire et feste franche dans laquelle toutes les denrées du ciel s'y donnent à très bon marché ; voire encor souvent celles de la terre. »
(P. d'Oultreman : *Cour sainte. Au lecteur*).

(4) « Il est vray, je le confesse, qu'en ma jeunesse, pendant la paix et le bon temps, le peuple de ceste ville passoit presque toute l'Octave de la Nativité de la Vierge en jeux, bals, banquets, fripponneries ; et j'oserois bien asseurer qu'un quart de la ville (je parle des catholiques) n'entendoit pas la messe ce jour-là ; tant on estoit occupé ou à se parer, ou à apprester la cuisine ; mais, Dieu mercy, oultre et par dessus les voix extérieures des prédicateurs et intérieures du Saint Esprit, les afflictions et la pauvreté causées par la guerre ont puissamment

avec ce qu'on fait aujourd'hui, il faut bien avouer que la procession a perdu beaucoup en pompe et en solennité. Les antiques abbayes, qui prêtaient pour cette circonstance annuelle toutes leurs richesses, se sont écroulées sous le marteau destructeur de la Révolution. Les coffrets aux fines ciselures où reposaient sur des coussins de soie et de velours les dépouilles mortelles de ceux que le ciel donne pour modèles à la terre, les ordres mendiants, dont on oublie l'abnégation et dont on méconnaît les services, les confréries si pieuses et si utiles, tout cela disparut un jour dans un flot de sang, et, quand la tourmente fut passée, on n'en rencontra plus que de loin en loin quelques rares vestiges.

Mais si le pèlerinage du 8 septembre est privé du caractère grandiose que lui donnaient jadis les trésors des couvents et les mille corporations arborant leurs bannières, au moins il lui est resté ce qui fait sa principale gloire : la dévotion populaire que le temps n'a fait qu'accroître, et sur laquelle les efforts des méchants n'ont rien pu jamais.

De nos jours (1), le cortège de la Sainte Vierge, composé du clergé (2) des diverses paroisses de la ville, et de groupes nombreux portant des étendards ou des emblèmes, sort de l'église Notre-Dame, le dimanche qui suit le 8 septembre (3) à l'issue de la grand'messe. Il traverse les principales rues décorées à cette occasion et jonchées de fleurs, et se rend à la porte de Famars. Les confrères du Saint-Cordon, et bientôt après jusqu'à la fin du parcours, les pèlerins à tour de rôle, prennent

raclé ces abus, et la nécessité a heureusement contraint plusieurs à se jeter dans la dévotion, et dans les exercices de piété, si bien que l'on voit maintenant pendant ceste feste une foule de monde aux confessions et communions ; des escadrons de l'un et l'autre sexe, plusieurs à pieds nuds et teste nue, faire le tour de la procession, et révérer le soir et le matin la route par où les sainctes relicques ont passé. Point de joueurs dans les rues ou dans les berlans ; mais la dévotion dans les églises, la sobrieté et retenue dans les tables, Dieu adoré, la Vierge vénérée, les saincts honorés, les sermons fréquentés ; bref ceste Octave est aujourd'hui convertie en un temps d'abstinence, de piété et de pèlerinage. » (P. d'Oultreman, *Cour sainte*, III, 4).

(1) V. à l'appendice Y une relation du pèlerinage en 1840.

(2) A l'exemple de Fénelon, les archevêques de Cambrai viennent parfois assister à la procession commémorative. Mgr Hasley a daigné la présider en 1885. (V. Appendice Z).

(3) Ou le 8, s'il tombe un dimanche.

la statue de Notre-Dame sur leurs épaules. Pour contenter le pieux empressement des fidèles, on s'arrête tous les cinquante pas, afin de changer les porteurs. Dans les chemins les plus faciles, ce sont les femmes qui ont l'honneur de se charger du précieux fardeau.

Pendant toute la route, des milliers de voix chantent les louanges de Marie (1) ou récitent le rosaire. Aucune parole ne saurait peindre l'enthousiasme religieux de de cette multitude qui honore une reine dévouée et qui bénit une tendre mère ; les plus indifférents en sont touchés. La procession s'arrête quelques instants à l'église Ste-Croix, à la Croix-d'Anzin, au cimetière Saint-Roch où le prêtre qui conduit le cortège adresse une allocution à la foule, à Marly et à la petite chapelle de Notre-Dame des Sept-douleurs, où l'on chante une hymne en l'honneur de Marie. Au retour, on dépose la statue dans le chœur de l'église Notre-Dame du Saint-Cordon ; elle y reste pendant la neuvaine. On la reporte alors dans son élégante chapelle située derrière le maître-autel.

C'est là que pendant toute l'année les pieux Valenciennois viennent rendre hommage à leur mère bien aimée, et recevoir dans leurs épreuves, en retour de leurs prières, la consolation et l'espérance (2).

(1) V. à l'appendice AA les cantiques du pèlerinage.
(2) V. appendice BB.

CHAPITRE XV

La Révolution

QUAND la Révolution, s'abattant sur le sol de la France, eut osé gravir les marches du trône, et en arracher avec une sacrilège audace le légitime souverain, la Religion sentit qu'elle allait traverser une période de sang et une ère de martyre. Ce furent de tristes années que celles-là pour Valenciennes.

Après la défaite de Dampierre, tué par une bombe autrichienne, elle eut à subir en 1793 un bombardement formidable pendant quarante jours et quarante nuits. Ses monuments, ses maisons, la plupart de ses églises n'offrirent bientôt plus çà et là que des débris. Cinq mille de ses habitants périrent : les autres, pour échapper à la mort, se retirèrent dans les caves immenses de l'hospice-général (1) et dans les casemates de la citadelle. De vastes incendies se développèrent dans la place ; trois cent mille boulets y causèrent d'affreux ravages et de lamentables ruines. Des mines firent explosion sous les feux de l'ennemi, et la brèche fut rendue praticable. L'immortel Ferrand (2), qui, malgré son grand âge, avait soutenu le courage des citoyens et l'élan de la garnison, se vit alors réduit à capituler, et remit

(1) Ce vaste édifice fut bâti vers le milieu du xviiie siècle pour servir à plusieurs usages charitables. Il coûta plus de deux millions qui furent payés en partie par un impôt de deux liards mis sur chaque pot de bière consommé dans tout le Hainaut. Il servit de caserne à 4000 anglais pendant les trois années de la seconde occupation.

(2) V. Ferrand, *Précis de la défense de Valenciennes en 1793* (1834) ; Unterberger, *Journal du siège de Valenciennes en 1793* (1805) ; Caffiaux, *Le siège de Valenciennes en 1793*, poème (1843) ; A. Dubois, *Histoire du siège de Valenciennes en 1793*.

les clefs de la ville au duc d'York. Le 28 juillet 1793, le général sortit avec les honneurs de la guerre, que l'ennemi n'osa pas refuser à sa valeur.

L'occupation dura un an, pendant lequel on chercha à réparer un peu les immenses dégâts du siège. Quand approcha l'anniversaire du jour fatal où l'auguste descendant de tant de rois avait paru sur l'échafaud dressé par son peuple en délire, Valenciennes, profondément attachée à son roi, voulut, malgré son propre deuil, s'associer à la douleur et aux regrets de tous les bons citoyens. Des affiches placardées dans toutes les rues annoncèrent, pour le 21 janvier, un service solennel à l'église Notre-Dame. La basilique de Baudouin, depuis longtemps déjà abandonnée aux ravages du temps et endommagée par les bombes autrichiennes, se prêtait bien à symboliser une si noble ruine. On la tendit des couleurs de la mort. Diverses inscriptions, rappelant la vanité des choses terrestres, ou redisant les dernières paroles du monarque et de sa noble épouse, se détachaient sur les sombres décorations des colonnes et des murs. Les statues de la Religion, de saint Louis et de la France, voilées de crêpes funèbres, semblaient pleurer ce crime dont rien n'effacera jamais la tache inique. Au milieu du transept, sur un superbe catafalque, apparaissaient deux cercueils. A la tête de celui du roi on lisait ces mots qu'à enregistrés l'histoire :

« Puisse ma mort terminer les dissensions et les malheurs publics ! »

Et plus bas ces paroles que Louis XVI aimait à redire dans ses épreuves suprêmes :

« Ma vie n'est rien : respectez, respectez le sang de mon peuple ! »

A la partie supérieure du cercueil de Marie-Antoinette, on avait écrit ces accents d'angoisse sortis de son noble cœur :

« J'étais reine, et ils m'ont détrônée : j'étais épouse, et ils ont massacré mon mari : j'étais mère, et ils m'ont arraché mes enfants ; un peu de sang restait dans mes veines, et ils s'en sont abreuvés. »

Au-dessous on avait reproduit l'expression héroïque de son sublime pardon :

« J'ai tout vu, j'ai tout entendu, j'ai tout oublié. »

Au sommet du mausolée, on pouvait lire la parole que le confesseur du roi, M. Edgeworth de Firmont, lui a fait entendre comme une éloquente exhortation et une radieuse espérance :

« Fils de saint Louis, montez au Ciel ! »

Au bas se trouvaient ces vers :

> « Mânes sacrés, ombres sublimes,
> Jamais nos pleurs ni nos victimes
> N'expîront les forfaits de nos tyrans pervers ;
> Mais puissent tant de pleurs offerts
> Par nos tribus fidèles et loyales
> Anéantir aux yeux de l'univers
> Une page de nos annales ! »

L'abbé d'Hasnon chanta le service funèbre auquel les citoyens avaient voulu s'associer. Les boutiques furent fermées, et plus de cinq mille personnes, répandues dans l'immense vaisseau et les galeries du temple, vinrent prier Dieu pour les nobles victimes et pour leurs bourreaux.

A l'évangile, M. Levis, vicaire général de Lescar, monta en chaire, et prononça l'oraison funèbre de Louis XVI et de son auguste épouse. Il avait pris pour texte ce passage du livre des Rois :

Amabiles et decori in vita sua in morte quoque non sunt divisi. (2 *Reg.* I. 23.)

« Aimables et beaux dans leur vie, ils n'ont pas été séparés par la mort. »

Il s'attacha à montrer que toute l'existence du monarque et de la reine avait été consacrée au bonheur de leur peuple et à la gloire de la France. Il mit en regard d'une si noble conduite les indignes traitements et la catastrophe sanglante qui avaient récompensé tant de genéreux sentiments et de royales vertus. Faisant allusion à un projet du roi de venir chercher un refuge dans les murs de cette cité, l'orateur s'écria : « Pourquoi Louis XVI n'a-t-il pas suivi le vœu de son cœur ? Il avait désiré chercher dans Valenciennes un rempart contre la persécution dirigée sans cesse contre lui, et Valenciennes, soutenue par un clergé respectable, dont aucun des membres n'a fléchi le genou devant l'idole, l'eût reçu au nom de la religion, pleurant la désertion de ses ministres et de ses enfants ; et ses habitants l'eussent environné de leur amour et de leur fidélité. »

A ces mots l'attendrissement de l'assemblée fut au comble ; des pleurs jaillirent de tous les yeux, et chacun se prit à regretter que le désir royal n'eût pas eu son effet ; car alors, se disait-on, il ne faudrait pas gémir sur une tombe, et la cité, comme sous les rois de la première race, aurait eu le bonheur de donner asile à ses souverains.

Mais les événements se pressaient à cette époque de lugubre

13

mémoire. Valenciennes fut reprise par les Français, le 1er septembre
1794 ; le général Schérer chassa les Impériaux et rendit la place à la
République.

Trois députés de la Convention : J.-B. Lacoste, Roger-Ducos et
Briez, entrèrent à la suite des troupes, désireux de montrer du zèle
et de sévir contre les ennemis des patriotes. Dieu sait s'ils firent bonne
besogne (1) ! Dans la nuit du 1er au 2 septembre les perquisitions et
les arrestations commencèrent. Des patrouilles parcoururent les
rues, guidées par des dénonciateurs, pour arracher les suspects de
leurs domiciles ou de leurs cachettes. Les membres du magistrat
nommés pendant l'occupation autrichienne, et forcés alors, sous la
menace de la bastonnade d'administrer la ville, furent appréhendés
brutalement, et incarcérés dans la maison communale jusqu'au
lendemain. Puis on les transféra à Douai dans douze tombereaux
destinés à enlever les boues de la ville. M. Lallemand, curé de
Saint-Nicolas, et M. Hensy, curé de Notre-Dame-la-Chaussée, firent
partie du sinistre convoi. Ce transfert ignominieux devint toutefois
une cause de salut pour ceux qui en furent les victimes. Les deux
vénérables prêtres, après quelques mois de détention dans la prison
des malfaiteurs, obtinrent leur élargissement. Les anciens membres
du magistrat valenciennois, séquestrés dans l'ancien couvent des
Annonciades, obtinrent, à la suite de vives instances, qu'on jugeât leur
cause, et l'un d'entre eux, M. J.-B. B. Thellier de Poncheville, présenta
leur défense dans une habile et chaleureuse plaidoirie ; tous furent
acquittés (2).

Cependant les visites domiciliaires se multipliaient à Valenciennes
et dans les communes voisines. Les prêtres et les religieux que l'on
put saisir furent conduits sous bonne escorte dans l'un des couvents
de la ville changés en prisons. Les Ursulines furent retenues prison-
nières, en partie dans leur propre local, en partie dans l'abbaye de
Saint-Jean. Une commission militaire, constituée par les députés
conventionnels, et composée de Cathol, président, et de cinq autres
membres (3), s'installa à l'hôtel-de-ville, et fit comparaître tous les
suspects devant elle. Deux ou trois questions faites brutalement,

(1) V A. Guillon, *Les Martyrs de la foi pendant la révolution française.*
(2) V. J.-B. B. T. P., *Mémoire justificatif pour le Magistrat*; C. T. P., *Vieux
papiers et vieux souvenirs.*
(3) Guillon donne la composition du tribunal.

quelques instants accordés à l'accusé pour se défendre, puis lecture d'une formule de condamnation préalablement préparée : telle était en résumé la procédure dérisoire du sinistre tribunal. Du 23 septembre au 13 décembre 1794, il y eut onze jours d'exécution. Des 68 victimes (1), les unes furent fusillées, les autres décapitées ; on compte parmi ces dernières 4 Récollets, 4 Chartreux, 1 Bénédictin, 2 Capucins, 11 curés tant séculiers que réguliers, 5 vicaires, quelques autres prêtres et 11 Ursulines.

Le courage et la sérénité de ces confesseurs de la foi ne se démentirent pas un seul instant. Le P. H. Pavot de Poix, Récollet, entendit sa sentence avec une résignation toute chrétienne. Le jour où on devait le conduire à l'échafaud (13 oct.), il récita son bréviaire avec le calme habituel, puis il entretint ses compagnons de cachot avec cette gaîté douce et communicative qui était le fond de son caractère, comme si le couteau n'était pas suspendu sur sa tête. Il eut la gloire de verser le premier son sang pour la religion. Avec lui furent exécutés le P. Martial, Capucin du couvent de Valenciennes, très populaire par son dévouement envers les classes pauvres, et D. Larivière, Bénédictin.

Sept prêtres périrent le surlendemain, entr'autres le P. Damas Bétrémieux, Récollet, et D. B. Selosse, Bénédictin d'Hasnon. Lors des arrestations, le P. Damas était parvenu à sortir de la ville. De pieux catholiques lui avaient ménagé cette évasion, en le cachant dans un coffre qui fut chargé sur une voiture. Un traître, qui avait été mis dans le secret, alla dénoncer le fugitif qui fut arrêté à Macou. Incarcéré quelque temps à Condé, il fut bientôt ramené à Valenciennes, où il avait l'estime et l'admiration de tous les honnêtes gens par son zèle onctueux et infatigable. C'était lui qui était aumônier des prisons, et qui accompagnait les condamnés à mort au lieu du supplice. Pas un seul de ces cœurs endurcis ne résistait aux efforts de sa charité, et il eut la consolation de voir tous ceux auprès desquels il put exercer son ministère se repentir de leurs crimes et faire une fin chrétienne. Le P. Damas, qui avait, à tant de reprises, préparé les autres à subir la suprême expiation, sut envisager comme il convenait l'ignominieux trépas qui, pour l'innocent, n'est plus qu'une épreuve suprême. Le

(1) V. à l'appendice CC la liste complète des personnes exécutées révolutionnairement à Valenciennes.

jour de son exécution, il dit la messe dans son cachot, en présence de ses codétenus qu'il édifia par le spectacle de sa foi vive et de sa ferveur. Ainsi nourri du pain des forts, il attendit l'heure du bourreau avec une inaltérable sérénité.

Le vénérable curé de Notre-Dame-la-Grande, D. Benoît Selosse, religieux d'Hasnon, natif de Wambrechies, périt le même jour. Forcé de s'expatrier en 1792, pour ne pas prêter un serment réprouvé par sa conscience, il était revenu, à la faveur de l'occupation, au milieu de ses ouailles. Quand la ville retomba au pouvoir des Français, il fut recherché activement par les sbires révolutionnaires. Une famille lui fournit un abri, où pendant quelque temps il se déroba aux recherches. Il réussit ensuite à franchir les remparts, à la faveur d'un déguisement; mais une patrouille de sans-culottes l'arrêta à Onnaing. Il fut exécuté après un jugement sommaire.

Le 17 octobre (1), vers trois heures de l'après-midi, les portes de l'abbaye de St-Jean s'ouvrirent pour laisser sortir un funèbre cortège. Cinq femmes, dont la plus âgée avait 66 ans, n'ayant pour vêtement qu'une chemise et un jupon, les mains liées derrière le dos, marchaient entre deux lignes de soldats : on les menait à l'échafaud. C'étaient des religieuses Ursulines qui, depuis de longues années, donnaient l'instruction gratuite aux enfants du peuple. Un jour, on les avait forcées d'évacuer leur couvent dans les 24 heures ; elles étaient allées se réfugier chez leurs consœurs de Mons pendant 13 mois ; puis, rentrées dans leur domicile, elles s'étaient remises à leur œuvre de dévouement en rouvrant leurs classes. Voilà tout leur crime. Les membres de la commission militaire eurent la barbarie de les condamner à mort (2).

Au lieu de les effrayer, la lecture de cet arrêt inique leur procure une joie profonde ; car elles vont avoir l'occasion d'offrir à Dieu le sacrifice de leur vie. Pendant le court trajet qui les sépare de l'échafaud, elles ne cessent de prier à haute voix. La foule qui

(1) V. *Souffrances et mort de onze Ursulines de Valenciennes.* (Semaine religieuse de Cambrai, 1869).

(2) Voici le texte de leur arrêt conservé dans les archives de la Cour impériale de Douai : « Nous avons jugé en notre âme et conscience et à l'unanimité que les cinq religieuses susdites ont mérité la peine de mort comme coupables du crime d'émigration. En conséquence nous ordonnons qu'elles seront, dans les 24 heures, livrées à l'exécuteur de la justice pour être mises à mort. »

garnit les rues sur leur passage, loin d'avoir une attitude hostile, garde un respectueux silence, ou manifeste par des paroles non équivoques sa pitié ou son indignation. Insensibles à ce qui se passe autour d'elles, les intrépides héroïnes répètent les saintes invocations de l'Eglise jusqu'au pied de la fatale machine, qui est pour elle l'instrument de la délivrance. Là se passe une scène sublime. Déjà trois religieuses ont eu la tête tranchée ; les deux survivantes, qui ont hâte d'obtenir leur couronne, prises d'une généreuse émulation, gravissent en même temps l'escalier, et se présentent au bourreau. Il repousse l'une d'elles avec rudesse au pied de l'échafaud ; mais une minute après, la place est libre, et elle vient mêler son sang à celui de ses compagnes (1).

En ce moment, Mère Marie-Ursule Gillart, de la même communauté, était à l'hôpital dangereusement malade. On lui annonce que l'exécution est proche. Alors, rassemblant ce qui lui reste de force, elle s'agenouille sur sa couche, et s'écrie en joignant les mains : « O Seigneur, ne permettez pas que mes sœurs montent au Ciel avant moi ! » Elle s'affaisse en disant ces mots : Dieu avait accueilli ses vœux ; elle avait rendu le dernier soupir. Trois prêtres du clergé de Valenciennes furent exécutés immédiatement après les Ursulines.

Le 19 octobre, il y eut encore six victimes, six ministres des autels, entre autres M. Gosseau, curé de Saint-Géry, et D. Pontois, Bénédictin, qui desservait depuis peu la paroisse d'Haspres. Ces hommes de Dieu, réunis dans le même cachot, s'encouragèrent à subir leur châtiment immérité avec résignation et courage. Ils mirent en ordre leur conscience, s'offrirent au Ciel en holocauste, et, quand le moment suprême approcha, se coupèrent mutuellement les cheveux, et s'aidèrent avec un saint respect dans les apprêts de la dernière toilette. En sortant de prison, le P. Pontois aperçut en tête de la foule son dénonciateur. « Je vais mourir par ton fait, lui dit-il en passant ; mais je prierai pour toi. » Puis se tournant vers ses confrères, cet intrépide religieux s'écria : « Allons, Messieurs, chantons le *Te Deum* ! »

L'hymne d'actions de grâces, entonné d'une voix ferme, résonne interrompu le long de la voie douloureuse, et les échos de la terre

---

(1) Cellier raconte qu'une Ursuline reçut sa grâce au pied de l'échafaud. Cette anecdote ne repose sur aucun fondement.

portent jusqu'au trône divin le *Te Martyrum candidatus laudat exercitus !* Voici l'échafaud ; mais les versets liturgiques ne cessent pas de se faire entendre. Les survivants continuent le chant sacré, à mesure que les têtes tombent. Il ne reste plus qu'une victime ; c'est M. Malaquin, curé d'Escarmain. Ce vénérable vieillard gravit lentement les degrés de l'échafaud, chantant toujours, jusqu'à ce que le couperet vint terminer sa prière. Soit qu'un mot d'ordre eût été donné, soit que la constance des condamnés eût fait impression sur la multitude, la populace ne chercha pas à étouffer leur voix par ses clameurs, et le cri de : *Vive la République* ! qu'il était d'usage de pousser après chaque exécution capitale, ne retentit que quand le bourreau eut terminé sa hideuse besogne.

Dix personnes furent décapitées le 23 octobre : quatre prêtres religieux et six Ursulines. Détenues dans leur monastère converti en prison, ces dernières étaient heureuses de trouver une occasion de souffrir pour la foi. « La gloire du martyre n'est-elle pas à désirer ? écrivait l'une de ces héroïnes. Que ferions-nous actuellement sur la terre ? Chaque instant serait pour nous un martyre ; toujours nous serions en danger de perdre notre religion. On voulut nous y faire renoncer dans nos interrogatoires. A de pareilles conditions qui désirerait de vivre ? Il nous tarde d'être réunies au divin époux. Tant de fois nous lui avons dit : Qui nous séparera de vous, ô mon Dieu ? Les croix ? La persécutions ? Non ; toujours je vous aimerai, dût-il m'en coûter la vie, ô mon Dieu ! » La supérieure, Mère Clotilde Paillot, disait dans une lettre en parlant de ses filles spirituelles exécutées : « Elles allèrent à la mort comme au plus grand triomphe. Clotilde et les autres auront le même bonheur : elles le désirent... Dieu leur fait bien des grâces... Prenez part à mon bonheur ; je suis la plus heureuse du monde. » La veille de leur mort, Dieu leur ménagea une consolation précieuse. Un prêtre, compagnon de leur captivité, obtint de dire la messe à laquelle elles communièrent avec une ferveur angélique. Fortifiées par ce viatique, elles comparurent devant leurs juges qui n'étaient que leurs premiers bourreaux. C'est en vain que Mère Clotilde essaya de détourner sur elle seule la vindicte des lois, et prouva que ses sœurs, en quittant le territoire. n'avaient fait que suivre ses ordres, en vertu de leur vœu d'obéissance, et que, s'il y avait une coupable, elle seule pouvait l'être. Le tribunal ne voulut rien entendre, et toutes furent condamnées à la peine capitale.

Rentrées dans leur cellule, ces dignes filles de sainte Ursule employèrent les quelques heures qui séparaient la sentence de l'exécution à retremper leur âme dans la prière, et à se répandre en effusions de reconnaissance devant Dieu qui leur faisait la grâce de mourir pour sa cause. Puis, elles disposèrent elles-mêmes leur chevelure et leurs vêtements, et, quand on vint les garrotter, elles remercièrent chaleureusement ceux qui leur infligeaient cette humiliation nouvelle. « Citoyens, dit Mère Clotilde aux soldats de l'escorte, nous vous sommes bien obligées ; ce jour est le plus beau de notre vie. Nous prierons le Seigneur qu'il vous ouvre les yeux. » « Nous pardonnons à nos juges, à nos ennemis, à nos bourreaux, » ajouta une autre religieuse. Au milieu d'une foule plus sympathique qu'hostile, les sœurs marchèrent lentement vers le lieu du supplice, en récitant les litanies de la Sainte Vierge, alternant les invocations avec autant de calme que si elles assistaient à une procession ou à un office du chœur. Mère Clotilde donna jusqu'au bout à ses filles l'exemple de l'intrépidité ; elle gravit d'un pas assuré les marches de l'échafaud, et tendit joyeusement sa tête à la guillotine. Les autres consommèrent avec la même force d'âme leur sanglant sacrifice. Dans les exécutions du 27 octobre, du 6 et du 13 novembre, il y eut encore 13 prêtres ou religieux immolés par les farouches commissaires.

Quant aux sanctuaires de la ville, on les pilla avant de les fermer. Les trésors des chapelles, les ornements du culte, les reliques des saints, les calices précieux, les châsses somptueuses, tout subit la rapacité des républicains, et devint la proie de leur vandalisme.

Le 6 prairial an VI (25 mai 1798), le sieur A. Perrin acheta l'église et la prévôté Notre-Dame. Plusieurs églises eurent le même sort et furent abattues. On respecta toutefois celle des Récollets, sur laquelle la ville fit valoir ses droits, celle des Carmes-Déchaussés, qui, par sa construction moderne (1), trouva grâce devant les démolisseurs, et celle des Jésuites, propriété de la ville depuis le départ des Pères (1765). qui servit aux cérémonies républicaines et devint le Temple de la Raison.

(1) Elle fut bâtie de 1740 à 1744 sous la direction du F. Louis, Carme-Déchaussé, qui, précédemment, avait été chargé par le prince de Croy de construire l'église de Condé. Elle n'a pas repris sa destination première et forme une succursale de l'Hôtel-Dieu. L'église des Récollets et celle des Jésuites furent rendues au culte sous des vocables nouveaux à l'époque du Concordat.

N·D·DU S.^{T} CORDON DELIVRÉS
NOUS DE TOUTES AFLICTIONS

CHAPITRE XVI

Le Temple provisoire

NFIN les mauvaises passions, déchaînées par le courroux du Ciel, trouvèrent dans leurs propres excès l'affaiblissement de leur fureur et la cause de leur ruine. Une main ferme, secondée par les bons instincts de tout ce qui restait d'honnête, fit justice d'une poignée de scélérats qui avaient rougi les échafauds du plus noble sang de la patrie. La Religion traînée dans la fange releva la tête ; les temples encore debout se rouvrirent à l'empressement des catholiques ; le culte y déploya de nouveau ses pompes que la persécution peut bien interrompre, mais non pas abolir. Les prisons lâchèrent leurs victimes, et l'exil rendit à l'activité la troupe fidèle qui s'était tenue en réserve pour les labeurs et les combats de l'avenir.

Au Concordat de 1801, la ville de Valenciennes fut divisée en nouvelles circonscriptions paroissiales. Celle de Saint-Géry prit pour temple la vaste église des Récollets ; celle de Saint-Nicolas dut se contenter de la chapelle des Jésuites ; le faubourg Notre-Dame et le village de Saint-Vaast ne purent avoir, pour des raisons stratégiques, qu'une étroite église, insuffisante pour le nombre des habitants.

Quant à la paroisse Notre-Dame, elle se trouva dépourvue d'édifice religieux. Le temple où le Saint-Cordon avait été vénéré pendant huit siècles avait disparu. On pensa un moment à s'établir dans l'église des Carmes-Déchaussés ; mais la nouvelle division ecclésiastique ne se prêtait point à cet arrangement. On finit par choisir un

14

bâtiment spacieux qui se trouvait plus au centre de la paroisse (1), et situé dans la rue des Hospices, en face de l'ancien couvent des Dominicains. On y commença le service divin, espérant que bientôt la générosité des fidèles, les ressources de la cité, ou la munificence du gouvernement élèverait à Marie un sanctuaire digne de perpétuer le souvenir de ses bienfaits et de sa protection maternelle.

L'édifice (1), ainsi provisoirement consacré aux exercices du culte, avait jadis fait partie de la propriété des Berniers (2), les plus riches bourgeois de la ville (3). Ils possédaient Vicq, Maing, Thiant et une foule d'autres territoires d'une vaste étendue. Suivant l'usage adopté par les grandes familles, ils avaient à eux une chapelle qui leur servait de lieu de sépulture ; elle était à l'église Saint-Jean. Leur demeure élégante et somptueuse était une des cinq maisons fortes qui avaient à Valenciennes le droit de refuge accordé aussi aux sanctuaires du vrai Dieu.

Un jour, c'était aux environs de la Chandeleur, en 1333, Louis de Nevers, comte de Flandre, voulant faire la guerre au duc de Brabant, au sujet de Malines qu'ils prétendaient posséder tous deux à dés titres différents, se rendit à Valenciennes avec ses alliés pour organiser son plan de bataille. Guillaume, comte de Hainaut, était alors malade de

(1) La paroisse Notre-Dame comprend toute la partie orientale de la ville, jusques et y compris la rue de Famars (nos impairs), la place d'Armes (nos pairs), les rues de Saint-Géry et de la Salle-le-Comte (nos pairs), le faubourg de Marly et le lieu dit *Le Marquis*.

(2) V. H. d'Outreman, *H. de V.*, III, 14 ; S. le Boucq, *H. eccl. de V.*, 90-95.

(3) Valenciennes comptait jadis de nombreuses familles bourgeoises que le commerce avait enrichies, et qui tenaient un haut rang dans la cité. Les annalistes aiment à raconter surtout les largesses de l'opulent Jehan Party, prévôt de la ville au XVe siècle. Un jour il vint à Paris pendant la foire, et pour montrer de quels revenus il jouissait, il acheta comptant toutes les grosses marchandises qui étaient à l'étalage ; il les fit revendre peu après au même lieu. Une autre fois, ayant accompagné à la cour de France le comte de Hainaut, il vit que l'on apportait à tous les chevaliers et gentilshommes des coussins ornés de belles broderies. Il fut oublié dans la distribution, n'étant que simple bourgeois et marchand. Loin de se troubler, il détacha son manteau orné d'or et de perles, le plia et s'assit dessus. Quand l'heure fut venue de se retirer, il le laissa à la place où il s'en était servi ; et, comme les pages, croyant qu'il l'oubliait, lui en faisaient la remarque, il répondit avec fierté : « Les gens de mon pays n'ont pas la coutume d'emporter leur coussin en s'en allant. » Les officiers du palais profitèrent de l'aubaine ; ils vendirent le manteau qui fut estimé six cents écus.

la goutte en son château de la Salle ; il se vit empêché de faire les honneurs au prince flamand, et chargea Messire Jehan Bernier, le fils de son prévôt, de recevoir les évêques et les seigneurs dans sa magnifique habitation. Celui-ci, flatté d'une pareille déférence, ne s'épargna point, et traita la noble assemblée avec une splendeur toute royale. Parmi les convives on comptait des gentilshommes de premier rang : Louis de Nevers, Jean de Luxembourg, roi de Bohême, les archevêques de Cologne et de Trèves, l'évêque de Liège, Gérard, comte de Juliers, Renaud de Gueldre, les comtes de Namur, de Clèves et de Nassau.

Au milieu du festin, on apprit l'arrivée de Philippe d'Evreux, roi de Navarre, qui était descendu à l'hôtel du Cygne sur la Grand'place. J. Bernier alla l'y trouver, et le pria d'honorer de sa présence une demeure qui contenait de si illustres hôtes. Philippe s'y rendit, et assista à la délibération des confédérés qui signèrent un traité d'alliance contre le duc de Brabant.

Ces bourgeois, qui recevaient à leur table les princes et les grands seigneurs, virent bientôt la jalousie entamer leur crédit puissant et chercher à leur ravir leur influence. Guillaume II, comte de Hainaut, les accusa d'avoir gaspillé les finances et livré à Philippe de Valois les secrets du conseil. Ils furent dépouillés de leurs biens et durent prendre le chemin de l'exil. Deux se retirèrent à la cour de Flandre, et le plus jeune vint à Paris où il reçut bon accueil. Plus tard, Guillaume reconnut l'innocence de cette famille ; il témoigna de son regret d'avoir mené si loin la persécution, et lui restitua une partie de ses richesses ; le fisc avait dévoré le reste. Les Berniers ne se relevèrent pas ; leur renommée s'évanouit avec leurs revenus, et quand, en 1520, après l'incendie qui dévora l'église Saint-Jean (1), l'abbé Guillaume

---

(1) On avait illuminé la ville pour fêter le retour du prince. Un des falots allumés au clocher de St-Jean tomba sur le chaume d'une toiture, et y mit le feu. On ne put se rendre maître de l'incendie qui fit fondre les cloches et réduisit en cendres l'église et le monastère. Mais l'abbé fit tout rebâtir ; c'est pourquoi, en mémoire de cette reconstruction, on grava cette épitaphe en face de son sépulcre placé au milieu du chœur :

Par mort ennemy à nature,	L'an quinze cens sept et quarante
Cy devant gist en sépulture	En aoust deux jours en moins de trente.
Le très prudent abbé Guillaume	Cette église arse réparer
Bracque, lequel rendit son âme	Feit-il, au Ciel puist demeurer.

Bracque voulut racheter la chapelle des Berniers, il ne trouva plus pour leur héritière universelle qu'une pauvre villageoise qui lui céda tous ses droits sur cet oratoire pour un mencauld de blé (1).

Quant à l'hôtel qui nous occupe, il était possédé en 1430 par Messire Piérard. C'était, dit Jacqueline de Bavière, dans la charte d'amortissement, « ung moult biel hostel, grand et notable plache, tenant aux murs de l'église Saint-Pol, qui souloit y estre à Piérard le Fautrier. »

Maître Gérard de Perfontaine, chanoine d'Anthoing, homme d'un grand savoir et d'une vertu exemplaire, aidé en sa bonne œuvre par les confrères de Saint-Jacques, l'acheta quinze cents livres tournois, et en fit un hospice (2) pour les malades ou *Maison-Dieu* (3).

Ce fut, au dire des annalistes, un des plus beaux et des plus splendides hôpitaux des Pays-Bas (4). On appela de la communauté du Chevalet-d'Or à Saint-Omer une vingtaine de religieuses pour y donner leurs soins. On fonda bientôt dans les vastes dortoirs plusieurs fois agrandis un grand nombre de lits, au-dessus de chacun desquels un écusson armorié représentait le blason des bienfaiteurs. Ce lieu, ayant reçu la bénédiction de l'église, devint place de refuge pour les criminels qui voulaient éviter le châtiment dû à leurs crimes. De

(1)« Huicteuls ou mencaulds que les Latins appellent *Octalia*, pour ce que les huict font un muid. » (H. d'Oultr.) Le mot paraît plutôt venir du saxon *Wisteley*, champ double ; mais la mesure indiquée est exacte.

(2) Il en fut l'administrateur sa vie durant, et obtint en 1443, par ses démarches, des lettres patentes de Philippe le Bon, duc de Bourgogne, qui conféraient à l'hospice des revenus et des privilèges. Après la mort de Gérard, les administrateurs perpétuels de la *Bonne-Maison* ou *Maison-Dieu* furent le prélat de Saint-Jean, celui des Chartreux et le prévôt de la ville.

(3) « Et fut cest hospital faict et construit au propre lieu où jadis Jehan Bernier, bourgeois de Valenciennes, fit un couvert aux princes et seigneurs.»(Wicart).

(4) « Valenciennes, ville de grand renom, tant pour les riches marchands qui y trafiquent par mer et par terre que pour estre une république particulière formée dans le comté d'Haynaut, se peut justement glorifier d'avoir une des premières maisons des pauvres de toutes les Provinces-Belgiques. Elle porte seule le nom d'Hostel-Dieu située en pleine ville chez un large canal qui passe auparavant à travers la maison des Pères Dominicains et s'en va rendre avant sortir dans l'Escaut et finalement dans l'Océan. » (P. David Charlart : l'*Hostel-Dieu où il est traicté de l'antiquité et noblesse de l'hospitalité des premiers hospitaux de l'Eglise et du plus fameux des Pays-Bas*. Douai, Mairesse, 1643).

précieuses faveurs spirituelles étaient promises à ceux qui terminaient leurs jours dans cet hôpital. On lisait à la porte de la grande salle :

> Grands pardons povez acquérir
> A donner dedens ce sainct lieu ;
> Aussi qui céens vient mourir
> Plains pardons il obtient de Dieu.

Dans les épidémies et les malheurs publics, l'hôpital ou Hôtel-Dieu servit au soulagement des malades et des blessés. Notamment en 1555, les religieuses soignèrent un grand nombre de pestiférés, et nulle ne fut victime de son dévouement. Dans les sièges de Valenciennes, et quand les armées en venaient aux mains autour de ses murs, on y envoyait ceux qui étaient mis hors de combat. Sous la Révolution, quand les projectiles ennemis firent dans la population de si tristes ravages, on adjoignit à cette maison de refuge devenue insuffisante d'autres abris qu'on transforma en ambulances. Le couvent des Carmes-Déchaussés surtout parut se prêter à merveille à cette destination, et devint définitivement l'Hôtel-Dieu.

VALENCIENNES DELIVREE DE LA PESTE PAR LA SAINTE VIERGE
LE 8-7bre DE L'AN 1008

CHAPITRE XVII

Ces deux premiers Pasteurs

ELLE est la maison qui, au rétablissement du culte, fut choisie pour y célébrer les cérémonies religieuses en attendant l'érection d'un nouveau temple à Notre-Dame. Une des salles et la chapelle formèrent l'église qui fut ouverte au culte le 5 octobre 1803 (1).

Le premier prêtre nommé pour diriger la paroisse fut M. Guillaume Joseph Lallemand (2). Ce digne ecclésiastique n'était pas un nouveau venu dans la cité. Il y avait pris naissance, à une époque où rien ne faisait présager encore les sinistres calamités que l'avenir tenait en réserve. Il avait desservi, depuis 1788, la cure de Saint-Nicolas, comprise à peu près dans les mêmes limites que la moderne Notre-Dame. Il avait donné à ses concitoyens l'exemple de la fermeté, en refusant de prêter le serment sacrilège exigé par un pouvoir tyrannique ; et du courage, en supportant toutes le épreuves d'une sévère captivité, pleine de nombreuses privations et de continuelles alarmes.

Il y avait beaucoup à faire dans sa nouvelle paroisse. L'ignorance et l'erreur avaient causé de lamentables désastres; le goût des choses saintes ne vivait plus que dans un petit nombre d'âmes d'élite, et, parmi tant de hideux excès de l'impiété triomphante, la foi avait faibli: on en était venu à douter de Dieu !

Le pieux doyen se mit à l'œuvre sans être effrayé de la

---

(1) V. à l'appendice DD, la lettre écrite à la municipalité par M. Lallemand à cette occasion.

(2) V. Abbé Capelle, *Biographie des prêtres du diocèse de Cambrai*, p. 41.

grandeur de sa tâche. Elevé à la rude école de l'épreuve, il ne se laissait point rebuter par les obstacles. Sa parole simple et douce savait trouver le chemin des cœurs ; au reste, l'exemple de ses vertus, et le souvenir de son héroïque conduite sous la Terreur, facilitaient les voies à ses exhortations paternelles. Il eut le bonheur de ramener au bien une multitude de pécheurs égarés. C'était d'ailleurs à Marie qu'il s'adressait pour demander la bénédiction de son laborieux ministère. Enfant de la ville de Notre-Dame du Saint-Cordon, il avait cultivé dès ses jeunes ans une dévotion qui allait si bien aux penchants religieux de sa belle âme. Marie, en retour, l'avait protégé dans tous les périls ; et quand, pour éprouver sa foi, le Ciel avait laissé s'ouvrir devant lui les portes d'un sombre cachot, elle avait fourni à sa misère des soulagements imprévus, et garanti sa tête du coup fatal. D'ailleurs, le culte de la Sainte Vierge avait échappé dans le cœur de ses paroissiens au naufrage des vérités les plus saintes. Les pèlerinages publics avaient à peine été interrompus ; la céleste patronne de la cité n'avait point cessé de recevoir des prières et des hommages ; M. Lallemand en ressentait une douce joie qui ravivait l'ardeur de sa confiance en Notre-Dame.

Souvent cette bonne Mère accorda à la tendresse de son serviteur la récompense la plus chère à son zèle sacerdotal : elle en fit l'instrument des miséricordes divines pour opérer le salut des âmes. Le vénérable doyen apprend un jour qu'une malheureuse femme, depuis longtemps oublieuse de ses vœux les plus solennels, va rendre le dernier soupir. Il se rend auprès d'elle, et essaye de lui faire comprendre que le repentir est la seule voie qui lui reste pour éviter le malheur éternel. Des blasphèmes et d'horribles imprécations répondent seuls aux charitables remontrances de l'apôtre de Dieu. Il se retire un instant pour trouver dans la prière la force qui le soutienne et l'onction qui convertisse ; et, élevant son cœur vers Marie, il promet de faire le pieux voyage de Bon-Secours, s'il parvient à retirer de l'enfer cette brebis égarée dont il est le pasteur. Plein de confiance alors, il rentre dans la chambre et demande à être seul avec la malade. Il lui parle avec un entraînement si admirable, et une éloquence si persuasive, qu'elle verse un torrent de larmes, avoue les désordres de sa vie, et se dispose à mourir avec une vive douleur de ses égarements.

Le vertueux doyen avait un ardent amour pour les pauvres. Il en était le consolateur, la providence et le père ; aussi, quand il sortait, l'accompagnaient-ils souvent de leurs sollicitations et de leurs prières. Pour pouvoir leur donner davantage, M. Lallemand vivait avec une frugalité excessive, et il épargnait sur ses vêtements de quoi soulager plus abondamment leur misère. Et quand il avait séché quelques larmes, mis une pièce de monnaie dans la main calleuse d'un ouvrier sans travail, placé un peu de pain dans l'armoire vide d'une famille éplorée, et ranimé, grâce à ses secours opportuns, le foyer éteint d'un ménage privé de ressources, il rentrait heureux dans son presbytère, mangeait à la hâte quelques légumes grossiers, et, lorsqu'il avait fini ce repas plus modeste que ceux qu'il faisait faire à ses pauvres, il allait s'étendre sur de rudes planches dont il formait sa couche, et il s'y endormait, jouissant de tout le bien-être qu'il avait procuré aux autres.

De charitables personnes qui connaissaient son affection pour les indigents, voulant le mettre en mesure d'être utile aux autres sans se priver lui-même, lui confiaient quelquefois d'abondantes aumônes. Il était ravi de pouvoir ainsi faire plus de bien, et s'en servait non point pour diminuer ses privations, mais pour accroître ses largesses. Les malheureux n'avaient point de termes assez chaleureux pour le bénir ; les dépositaires de l'autorité le vénéraient comme un saint, et avaient conçu pour ses vertus une admiration dont ils lui donnèrent un jour un éclatant témoignage.

C'était le 29 avril 1810, à l'époque où Napoléon et Marie-Louise vinrent à Valenciennes. La ville, prévenue à peine quelques jours d'avance, avait fait de son mieux pour fêter les deux augustes visiteurs. Les rues que devait traverser le cortège étaient sablées et les façades des maisons décorées ; des arcs de triomphe se dressaient de distance en distance. A la limite de la commune, une riche tente avait été élevée. Ce fut là que M. Benoist, maire de la ville, entouré du corps municipal, présenta à l'Empereur les clefs de la place. Puis Leurs Majestés entrèrent par la porte Notre-Dame (1), et demeurèrent quelques heures dans la cité pour les réceptions officielles. M. Lallemand, au nom du clergé, fut admis à son tour à faire sa harangue. Quand il eut fini, l'Empereur demanda au vénérable doyen :

(1) A dater de ce jour, par ordre du magistrat, la porte Notre-Dame s'appela porte de Paris.

« Combien rapporte la cure à Valenciennes ? — Sire, dit une des personnes présentes, avant que le pasteur interpellé eût pu trouver des paroles pour répondre, elle vaut *tant* pour M. Lallemand. — On se trompe, Sire, reprit un des magistrats, elle ne rapporte rien à M. Lallemand , mais elle vaut *tant* pour les pauvres ». Toute la ville n'eut qu'une voix pour ratifier cet éloge.

Le doyen de Notre-Dame avait une tendre compassion pour les prisonniers. Jadis il avait fait partie de la confrérie de la Miséricorde, et souvent, à la porte du riche, il avait réclamé une légère aumône pour les pauvres détenus. L'origine de la charitable association remonte bien haut dans l'histoire du pays. Elle a quelque analogie avec les Pénitents du midi de la France dont on rencontre encore maintenant quelques vestiges. Les confrères de Valenciennes (1) portaient autrefois une longue robe, dont tout leur corps était couvert, et qui voilait même leur visage ; aussi le nom des membres était inconnu et la liste tenue rigoureusement secrète. De grands personnages y furent, dit-on, inscrits. La société avait son siège à Saint-Jacques ; diverses indulgences lui furent accordées par Urbain VIII et par Benoît XIV. Les affiliés s'occupaient du soulagement des prison-niers ; ils accompagnaient avec la croix, entourée d'un crêpe noir, le criminel au dernier supplice ; et, après avoir enseveli son corps, portaient le cercueil soit à Saint-Géry, soit à la chapelle de Saint-Jean décollé, située derrière cette église (2).

La Révolution avait aboli cette confrérie: M. Lallemand résolut de la faire revivre. Il y réussit ; et l'antique association, en perdant le costume et le cachet mystérieux qu'elle tenait du moyen âge, conserva néanmoins l'esprit de charité qui l'animait aux anciens jours.

Le saint pasteur de Notre-Dame, pour donner par lui-même l'exemple des vertus dont il recommandait la pratique, allait souvent visiter ses *chers prisonniers*, comme il les appelait. Il les soulageait

(1) Il est assez difficile de décider d'où leur vient le nom de *Beubeux* sous lequel on les désigne. D'après les uns, Il serait la reproduction du bruit monotone et inarticulé produit par les prières qu'ils récitaient en marchant, coiffés de leur large capuchon. Les autres veulent voir là une sorte de cri qui rappelle l'effroi que causait aux enfants leur étrange costume.

(2) V. *Règles de la Confrérie de Saint-Jean décollé*. Valenciennes, veuve J.-B. G. Henry.

selon ses ressources, cherchait à adoucir, par son affectueuse parole, le triste sort auquel ils étaient réduits ; et bien des fois il fit descendre le calme et la résignation dans ces âmes ulcérées par le désespoir et la douleur.

Ce fut dans ces exercices quotidiens du zèle apostolique qu'il trouva la mort. Les prisons, alors si insalubres, étaient fréquemment visitées par des maladies pestilentielles qui enlevaient de nombreuses victimes. Un jour une fièvre maligne se déclara parmi les détenus. M. Lallemand en prit occasion pour redoubler de charité et multiplier ses visites. Comme on lui recommandait la prudence, qu'on le priait de songer à sa vieillesse, et de se conserver pour le reste de son troupeau : « Ils sont aussi mes enfants, répondit-il ; une mère n'abandonne pas son fils malade pour songer à ceux qui se portent bien. La mort menace mes prisonniers, il faut que je sois près d'eux. »

Sa vie fut couronnée par le martyre du dévouement. Un jour il rentra chez lui couvert d'une froide sueur et ne se soutenant qu'à peine ; il prit le lit et ne se releva 'plus. Pendant trois jours, il endura de vives souffrances ; mais la pensée qu'il s'était sacrifié pour ses brebis les plus malheureuses le soutint dans sa lutte suprême. Il avait bravé jadis la mort avec un courage trop réel pour la craindre au moment où elle venait le saisir. Il demanda pour lui-même ces derniers secours de la religion qu'il avait tant de fois administrés aux autres, et reçut le pain des forts avec une piété touchante et un ineffable bonheur. Il expira le 17 septembre 1812, quelques jours après la procession annuelle, qu'il se plaisait à entourer de toute la solennité possible.

Son trépas fut un deuil public. Les magistrats exprimèrent hautement leurs regrets d'une pareille perte ; les pieux fidèles de Notre-Dame versèrent des larmes sur leur pasteur, et les pauvres de la cité, lui faisant cortège à sa dernière demeure, s'écriaient, dans leur désolation : « Notre père est mort ! qu'allons-nous devenir ? »

Le digne doyen de Notre-Dame pratiqua jusqu'au bout le désintéressement et l'abnégation. Il mourut pauvre et ne laissa pas même de quoi suffire à ses funérailles ; un de ses amis, M. Dubois-Fournier, lui rendit cet hommage funèbre. Au reste, si dénué qu'il fût toujours des biens de la fortune, il légua à ceux qui l'avaient connu et aimé un héritage qui vaut mieux que tous les trésors du monde : la mémoire de ses humbles et héroïques vertus, et l'impérissable souvenir de sa charité jusqu'à la privation, et de son dévouement jusqu'à la mort.

Monseigneur Belmas jeta les yeux, pour le remplacer à la cure de Notre-Dame, sur M. D. Delannoy, doyen du Cateau (1). Ce vénérable vieillard, presque septuagénaire, avait aussi fait dans les mauvais jours l'expérience de la tribulation. Sa vie déjà était pleine de vertus, de labeurs et de sacrifices. D'abord curé de Clary, il avait vu la Révolution agiter sa paroisse et tourner contre lui ceux à qui il n'avait procuré que du bien. Un jour même, pendant la procession du Saint Sacrement, des gardes civiques poussèrent l'inconvenance jusqu'à vouloir le forcer à diriger ses pas vers l'autel de la patrie. Le prêtre crut prudent de rentrer dans l'église, pour sauver de la profanation le corps auguste du Rédempteur. Les furieux l'y suivirent en poussant de sinistres clameurs, et en criant :« Mort au curé! » Celui-ci, impassible devant leurs menaces, après avoir mis la sainte Hostie en lieu sûr, retourna à son presbytère au milieu des armes levées au-dessus de sa tête, et des imprécations furibondes d'une soldatesque ivre de sang.

Lors du serment à la Constitution, il avait quitté son village plutôt que de pactiser avec l'iniquité ; mais même dans l'exil il consolait ses paroissiens et les exhortait, par ses lettres, à attendre en patience la délivrance du mal et le règne de Dieu. Un jour pourtant il voulut revenir à Neuville-lez-Salesches, son pays natal, pour revoir ses vieux parents. L'entreprise était périlleuse ; des bandes de patriotes parcouraient les routes, traquaient les prêtres, et il était connu. Néanmoins, comptant sur la Providence, il se met en chemin ; il va atteindre la maison paternelle, quand il aperçoit une patrouille. Le danger est pressant : si on le saisit, sa mort est certaine, et il ne peut fuir sans être remarqué. Par une inspiration subite, il descend dans la rivière qui coule entre Neuville et Salesches, et trouvant à propos un arbre dont les branches touffues s'avancent en saillie au-dessus du cours d'eau, il s'y blottit et échappe à ses ennemis. Il arrive bientôt à la ferme ; il donne aux siens la sainte communion, ainsi qu'à de pieux fidèles réunis dans la grange devant un autel rustique, et repart après avoir été béni par son père désolé.

(1) V. Abbé Capelle, *Biographie des prêtres du diocèse de Cambrai*, p. 259.

Il revint en France l'année suivante, et se mit à la tête de la mission dont le Cateau était le centre, et qui avait pour but de distribuer dans le Cambrésis les secours spirituels aux chrétiens privés de leur pasteur. Durant sept années, il s'exposa journellement à la mort pour le salut de ses frères, allant la nuit, par des chemins dérobés, disant la messe dans quelque salle retirée, réconciliant les pécheurs avec le Ciel, aidant les malades à paraître devant Dieu, soutenant la foi des uns, ranimant le courage des autres, excitant l'admiration de tous. Que de dangers n'eut-il pas à essuyer dans ses courses apostoliques ? Combien de fois sur le point d'être surpris par les émissaires des terroristes, ne fut-il pas sauvé par la protection du Ciel, et ce courage calme des hommes d'élite qui mesurent d'un œil serein, pour s'en servir, toutes les chances de salut qui leur restent.

Un jour qu'il portait sur lui la sainte Eucharistie, il fut rencontré près d'Iwuy par deux gendarmes dont l'un était le féroce Tourbe, qui poursuivait avec un acharnement implacable les ministres de l'autel. Un instant, M. Delannoy tremble, non pour lui — il a trop risqué de fois sa vie pour y tenir encore — mais pour les saintes espèces qu'il porte et dont il redoute la profanation. Néanmoins il se rassure ; il semble entendre Jésus-Christ lui dire : « Que crains-tu, homme de peu de foi ? Tu portes avec toi celui qui soutient le monde, et qui d'un mot a renversé les gardes prêts à l'assaillir. »

Il se présente aux satellites d'un pouvoir sanguinaire, le front haut, la démarche ferme, le sourire aux lèvres : — « Ta passe, citoyen ? lui dit Tourbe avec la brutalité d'un sbire. — Ma passe ? je n'en ai pas, répondit le voyageur. — Ton nom alors ? — Delannoy, de Neuville. — N'aurais-tu pas une tonsure ? reprend le gendarme qui sent venir en lui de vagues soupçons. — J'ai du moins la place pour en faire une, » riposte le missionnaire d'un ton assez dégagé.

Tourbe ne voit pas la feinte, mais demeure perplexe. Tout à coup il avise un paysan qui se dirige de leur côté ; il l'appelle. Le prêtre se croit perdu. « Connais-tu cet homme ? lui dit Tourbe. — Très bien, dit le paysan qui veut sauver le prêtre ou qui le prend pour son frère. C'est Delannoy, fermier à Neuville. » Le gendarme se montre satisfait et laisse échapper l'apôtre du Cambrésis.

Ce trait et mille autres du même genre font voir à quels périls s'exposaient alors les hommes de Dieu qui voulaient soutenir la foi des bons dans ces jours de funeste mémoire. Quand la paix fut rendue à l'église, on nomma l'abbé Delannoy doyen de cette même ville du Cateau d'où il était parti tant de fois pour évangéliser les villages d'alentour. Il y demeura jusqu'en 1812 ; alors, malgré son grand âge, on le transféra à la cure de Notre-Dame. Ce fut un immense sacrifice pour l'intrépide vieillard ; il dut s'arracher à l'affection de ses paroissiens pour aller dans une autre ville recommencer les mêmes labeurs. Il y resta vingt-deux ans encore, donnant à tous l'exemple des plus solides vertus, et continuant les traditions de zèle de son prédécesseur.

M. Delannoy était surtout un homme de foi. Il remplissait toutes les fonctions de son honorable ministère avec la pensée de Dieu et la conviction de l'importance de ses devoirs. La célébration du saint sacrifice faisait sa plus douce consolation ; il y goûtait d'ineffables jouissances dont le reflet illuminait son visage d'une joie sereine. Il récitait son bréviaire à des heures réglées, s'astreignant pour cela quelquefois à une pénible contrainte. Ses loisirs étaient consacrés à l'étude des sciences ecclésiastiques, pour lesquelles il se sentait beaucoup d'attraits. La théologie faisait ses délices ; les saints Pères lui offraient une mine abondante de connaissances et de pieuses leçons où il aimait à puiser tous les jours ; il s'exerçait à posséder à fond l'Ecriture sainte ; il disait souvent dans sa vieillesse, en montrant sa Bible : « J'ai passé bien de charmantes heures avec ce livre. »

Sa charité, qui ne rebutait personne, et qui savait compatir à toutes les douleurs pour les soulager, à tous les besoins de l'âme et du corps pour y porter remède, s'attachait avec prédilection à ces modestes maisons où l'enfance pauvre reçoit, avec des soins qui n'auront qu'au ciel leur appréciation et leur récompense, le bienfait d'une éducation chrétienne. Il aimait à les visiter, à encourager ceux ou celles à qui est échue la pénible tâche de faire germer dans de jeunes âmes la science des choses utiles et l'amour du bien. Plusieurs écoles lui doivent leur création ; d'autres, maintenues par ses secours et sous son patronage, lui sont redevables de leur prospérité.

C'est dans les exercices de ces œuvres d'apôtre que le vénérable curé de Notre-Dame passa ses dernières années. Une attaque d'apoplexie paralysa tous ses membres, et lui annonça qui bientôt il touchait à son moment suprême. Désireux de travailler jusqu'à la fin au salut de ses ouailles, et ne pouvant plus leur adresser les instructions de son zèle et les conseils de sa tendresse, il voulut du moins prêcher l'exemple; il se faisait traîner chaque dimanche jusqu'à l'église, pour assister à la messe paroissiale où il priait pour ses enfants. Mais bientôt, ses souffrances redoublèrent, et cette dernière consolation lui fut refusée.

Peu de jours avant sa mort, il reçut la visite de son évêque, alors en tournée pastorale. Mgr. Belmas avait su dès longtemps apprécier les qualités apostoliques et le dévouement du saint prêtre ; et il avait conçu pour lui une estime profonde. Il se rendit auprès de sa couche funèbre, lui adressa de paternelles consolations, et l'exhorta à faire généreusement le sacrifice de sa vie en lui faisant entrevoir le bonheur qui l'attendait au Ciel. « Je quitte cette terre sans regret, lui répondit le malade, ému de ces accents affectueux de son premier pasteur ; j'ai pour moi le témoignage de ma conscience ; ma vie d'ailleurs n'a été qu'une longue préparation à la mort. Si je crains les redoutables jugements de Dieu, je compte aussi sur ses miséricordes infinies, et j'ai la ferme confiance de ne pas être confondu. »

Il expira en 1835, sans avoir pu ériger à la gloire de la Vierge du Saint-Cordon une église qu'il appelait de tous ses vœux. Ce bonheur était réservé à M. H. Pique, désigné pour lui succéder à la cure de Notre-Dame.

NOTRE DAME DU St CORDON
délivre Valenciennes de la peste l'an 1008

CHAPITRE XVIII

Bénédiction de la première pierre du nouveau Temple

YACINTHE-FLORE PIQUE (1), né à Saint-Amand en 1794, avait été successivement vicaire de Saint-André à Lille, curé de Château-l'Abbaye, puis de Flines-lez-Mortagne, et doyen de Saint-Nicolas à Valenciennes avant d'être mis à la tête de la paroisse Notre-Dame en 1835. C'était un prêtre pieux, d'une bonté inaltérable, habile dans la direction des âmes. Son église n'était pas belle ; il s'efforça du moins d'y faire régner une exquise propreté, et d'y attirer les fidèles par la beauté du chant, la richesse des ornements et la pompe des cérémonies et des fêtes. Admirablement secondé par des auxiliaires dont plusieurs étaient doués d'une éloquence persuasive, il fit aimer la parole de Dieu, goûter les œuvres de dévotion, et fleurir les confréries et les associations charitables.

Filialement dévoué à l'auguste patronne de Valenciennes, il avait à cœur de lui consacrer un temple digne d'elle ; mais les années s'écoulaient les unes après les autres, sans qu'on entrevît l'heureux instant où cesserait l'état précaire du clergé de Notre-Dame. La paroisse la plus riche et la plus populeuse de la cité n'avait pour les cérémonies du culte qu'une salle d'hôpital (2) à titre d'emprunt ; triste et informe bâtiment dont les solives nues, raboteuses et saillantes, le pavé inégal, les murs humides et sans ornement, formaient un douloureux contraste avec la situation prospère des paroissiens et même avec les autres temples de la ville. L'unique nef d'ailleurs, n'ayant que soixante

(1) V. M. l'abbé J. Lasne, *Notice biographique sur M. H. Pique.*
(2) V. Planche 7.

mètres de long sur onze de large, ne pouvait, dans les solennités principales, contenir les nombreux fidèles accourus pour y prendre part (1).

Le provisoire n'avait que trop duré. Valenciennes comprit que son honneur était engagé à renouer les traditions antiques, et à édifier un temple qui parlât de sa reconnaissance pour les bontés de la Reine du ciel. Plusieurs projets furent mis au jour et sérieusement discutés ; mais des difficultés imprévues, des obstacles matériels et des dissidences firent traîner les choses en longueur.

Enfin le conseil de fabrique, présidé par M. Pique, prit l'initiative de cette grandiose entreprise, et choisit en 1849 pour l'emplacement de la nouvelle église qu'on avait l'intention d'élever à la Mère de Dieu un terrain compris entre la rue du Grand-Fossart (2) et la place des Ursulines.

Aussitôt que la résolution fut connue, les fidèles s'empressèrent d'y applaudir. Les listes de souscription se couvrirent de nombreuses signatures ; le riche apporta sa généreuse offrande, et l'ouvrier valenciennois, comme au XIe siècle, vint présenter son obole, fier de contribuer selon la modicité de ses ressources à un édifice bâti pour honorer la patronne de la cité. Cent quatre-vingt mille francs, fruits d'un premier appel à la libéralité de la paroisse, servirent à l'achat du terrain dont on avait fait choix. M. Grigny, d'Arras, déjà célèbre par d'importants travaux d'architecture religieuse, fournit un plan qui fut agréé ; on se mit à l'œuvre, et bientôt, vers l'époque de la procession annuelle de 1852, il fut possible de poser la première pierre du monument.

La solennité du Saint-Cordon se fit cette fois avec une pompe inaccoutumée qui rappelait un peu les anciens jours. M. Lorfebvre,

---

(1) Les seuls objets d'art de la vieille église étaient le buffet d'orgue, ouvrage de G. Minet, de Valenciennes, et la chaire qui avait appartenu à l'abbaye de Saint-Jean. Deux des cinq panneaux de la cuve contiennent les statues de saint Pierre et de saint Paul : les trois autres représentent l'intérieur d'un temple. Une réparation intelligente exécutée par la paroisse de Raismes, qui a fait l'acquisition de cette œuvre artistique, permet d'admirer tout le fini des sculptures et l'habileté du talent de Gillis qui en est l'auteur.

(2) « Quelques uns escrivent que cette rue se nommoit jadis *les trois rues*, et qu'elle fut appelée *Fossart*, pour avoir autrefois servi en une publique récréation à représenter l'histoire de Curtius, romain, qui se jetoit à cheval dans une fosse ardente. » (H. d'Oultreman.)

vicaire de Notre-Dame, organisa cette pieuse fête ; il n'épargna rien
pour stimuler le zèle des habitants et donner les dehors d'une démonstration générale à la cérémonie. Les quatre paroisses de Valenciennes
avec leurs riches bannières, leurs groupes variés et leur clergé se
mirent en marche à travers les rues ornées de draperies, de feuillage
et de fleurs. Cinq arcs de triomphe avaient été disposés çà et là sur le
parcours de la procession. Sur l'emplacement de l'ancienne Notre-
Dame-la-Grande, on avait eu l'heureuse idée d'arranger une grotte de
verdure au fond de laquelle priait l'ermite Bertholin, tandis que Marie,
comme suspendue dans les nuages, laissait tomber un cordon
autour de la cité. A l'endroit où fut Notre-Dame-la-Chaussée, les
Frères de la Doctrine chrétienne avaient érigé un somptueux reposoir.
Auprès de l'autel et sur les gradins, de tout jeunes enfants vêtus en
anges, en chérubins, en bergers, s'échelonnaient en formant un coup
d'œil admirable. Mgr. Régnier, archevêque de Cambrai, donna sa
bénédiction au peuple immense qui affluait sur la place et dans les
rues adjacentes. Hors de la porte de Famars splendidement décorée,
on avait dressé deux tentes pour abriter les statues et les bannières
jusqu'au retour du Saint-Cordon. On vit pour la première fois depuis
soixante ans figurer dans le cortège plusieurs corps de métiers entourant l'étendard ou l'image de leur patron, et portant les insignes de
leur profession. On estime à quarante mille le nombre des personnes
qui vinrent assister à cette belle fête.

Le lendemain lundi, 13 septembre, à onze heures du matin, la
procession se déploya hors de l'église Notre-Dame, et traversa les
rues des Hospices et de Famars, la Grand'place, la rue du Quesnoy
et celle de Hesques pour arriver au terrain où l'on devait bâtir le
nouveau sanctuaire. Des décorations de toute espèce faisaient voir les
principales dispositions du plan ; une large arcade figurait le portail ;
des colonnes indiquaient la largeur des nefs ; à l'endroit du chœur
une grande croix étendait ses bras couverts de festons et de fleurs.
Un reposoir monté avec goût occupait le chevet de l'église future ; de
distance en distance des anges, une tresse d'argent entre les mains,
rappelaient le fait miraculeux de l'an 1008; enfin autour du tracé de
l'édifice des arbustes verdoyants donnaient à ces décors un aspect
vraiment pittoresque.

Quand le cortège arriva au pied de l'autel, M. Besson, préfet du
Nord, prit la parole pour féliciter les Valenciennois d'avoir conçu le

projet d'une œuvre si sainte et si populaire. Il montra que les monuments religieux sont le témoignage de notre croyance et une école de haut enseignement moral :

« Quels plus admirables témoins de la foi de nos pères, s'écria-t-il, de la puissante discipline des esprits au moyen âge, et de la sainteté de l'art, que ces poèmes de pierre, de marbre et d'or, que ces cathédrales gothiques, en qui le génie du moyen âge se personnifie tout entier !

« En face de cette naïve et forte époque, où florissaient l'autorité et les croyances, et qui du haut de ses monuments religieux parle encore aux générations nouvelles des grandes choses du Ciel et de l'avenir, il importe que, nous aussi, nous puissions prouver à ceux qui viendront après nous, que nous comprenons la mission de l'homme et les devoirs religieux de la société.

« Elevons des monuments à la science, à la bravoure, à l'industrie ; qu'au sein de la patrie reconnaissante, les hommes, grands par le génie qu'ils ont reçu et surtout par l'usage qu'ils en ont fait, revivent pour ainsi dire dans leurs statues. Mais qu'au-dessus des cités les plus monumentales s'élèvent la flèche aérienne et le dôme imposant, pour porter jusqu'au Ciel le magnifique témoignage de notre foi ! »

La cérémonie religieuse commença ensuite. La première pierre a été posée à gauche de la chapelle terminale ; le procès-verbal de cet acte important, signé par les autorités présentes, fut placé, avec diverses pièces de monnaies frappées au millésime de 1852 et à l'effigie de Louis-Napoléon, dans le creux d'une lourde dalle. On renferma le tout par une plaque en cuivre contenant l'inscription suivante, sur laquelle, par un singulier oubli, on cherche vainement le nom de Valenciennes :

Templum hoc dicatum B. M. V. sub nomine de salutari funiculo
construi incœpit I^a *junii die*
M.DCCC.LII,
sub PIO *Papa IX,*
LUDOVICO NAPOLEONE *prœside,*
FRANCISCO REGNIER *cameracencis ecclesiœ*
archiprœsule,
D. D. BESSON *provinciœ prœfecto,*
MOUSARD-SENCIER *vice-prœfecto,*
EMILIO LEFEBVRE *toparchâ,*

Adjuvantibus cùm fidelium concursu H. PIQUE *parocho,*
T. DELCOURT, L. DELAME, P. JASPAR, L. THELLIER,
H. LUSSIGNY, C. DE PREUX, F. NICOLLE, T. HOLLANDE,
fabricæ gubernatoribus,
A. GRIGNY, *dirigente,* D. BLONDEAU *œdificante,*
Primum lapidem benedicens die XIII^d 7^{bris} astitit,
R. R. D. D. REGNIER *Cameraci archiepiscopus.*

Ce qui signifie :

« Ce temple, dédié à la bienheureuse Vierge Marie sous le titre du
Saint-Cordon, a été commencé le 1er juin 1852 : Pie IX était pape,
Louis-Napoléon, président, Mgr François Régnier, prélat du diocèse
de Cambrai ; MM. Besson, préfet du département du Nord, Mousard-
Sencier, sous-préfet, Emile Lefebvre, maire : à ce aidant, avec le
concours des fidèles, MM. H. Pique, curé de la paroisse ; Th. Delcourt, L. Delame, P. Jaspar, L. Thellier, H. Lussigny, C. de Preux,
F. Nicolle, T. Hollande, membres de la fabrique ; A. Grigny,
architecte, D. Blondeau, entrepreneur.

Mgr Régnier, archevêque de Cambrai, en bénit la première pierre
le 13 septembre. »

Après les prières d'usage, Monseigneur est revenu vers l'autel de la
Sainte Vierge, et de là a fait à la foule une courte allocution dans
laquelle il a exprimé sa joie de voir Valenciennes manifester si
hautement ses sentiments religieux, en donnant au culte un temple
digne de sa noble destination. Il a exprimé l'espoir d'apprendre le
maintien de ce concours généreux et fraternel dont les effets étaient
déjà si magnifiques, et de voir bientôt s'achever l'édifice dont on
venait d'établir le fondement. Il a terminé en remerciant le premier
magistrat du département du puissant intérêt qu'il portait à cette
pieuse entreprise.

CHAPITRE XIX

Adieux à la vieille Église

EPENDANT les ressources ouvertes par la souscription paroissiale furent rapidement épuisées. Les frais énormes d'une construction aussi grandiose absorbèrent vite les dons de la générosité populaire, et la commission se vit forcée d'interrompre les travaux. En vain s'adressa-t-elle au gouvernement pour obtenir sa coopération à cette œuvre religieuse, rien n'aboutit. La ville elle-même refusa longtemps d'alléger les lourdes charges que s'étaient imposées, dans l'intérêt de la foi, quelques zélés citoyens sous l'inspiration de leur pasteur.

Enfin, en 1855, sous l'administration de M. Bracq, maire de la ville, la commune prit l'engagement d'achever l'édifice, à la condition qu'elle deviendrait propriétaire des terrains acquis et des ouvrages interrompus. Le contrat fut signé dans ce sens : les travaux recommencèrent avec vigueur, et grâce aux subventions annuelles allouées par le conseil municipal, on entrevit la possibilité d'installer pour le milieu de l'année 1864 le clergé de la paroisse dans le nouveau local.

Le 27 avril, on commença une neuvaine de prédications qui devait se terminer par l'inauguration du monument. Chaque soir un auditoire nombreux et recueilli se pressait autour de la chaire, dans la vieille église, pour entendre la parole imagée et entraînante du P. Corail, supérieur de la maison des Jésuites de Toulouse. L'excellent prédicateur, s'inspirant des pieuses cérémonies qui se préparaient, ouvrit le cours de ses sermons en montrant qu'au-dessus des temples matériels que le génie de l'homme élève pour perpétuer le souvenir de sa foi, et qui se dressent comme un lien mystérieux entre la terre et le ciel, il y a un autre temple auprès duquel les plus superbes basiliques ne sont rien : c'est l'âme de l'homme. Produite par le divin architecte dont la main habile a façonné les cieux et suspendu la terre dans l'immensité, elle a des beautés qu'ici-bas rien n'égale, et se rapproche par d'ineffables traits de Dieu dont elle est à la fois et l'œuvre et la ressemblance.

Il conclut de cette première pensée que nous devons orner ce temple de notre âme avec plus de soins encore que nous n'en mettons à décorer les monuments religieux de nos cités. Il s'appliqua à montrer l'excellence des trois vertus, dont la présence en nous est la meilleure parure qui puisse embellir la plus noble partie de nous-mêmes : ce sont la foi, l'espérance et la charité.

La foi dont rien ne saurait compenser l'absence, et devant laquelle les théories des philosophes ne sont qu'une sonore absurdité et un désastreux mirage ; la foi qui nous illumine ici-bas de son phare éclatant, dissipe notre ignorance, soutient notre faiblesse, prévient nos chûtes, console nos épreuves les plus douloureuses en rendant impossible le désespoir : la foi dont les avantages pour la vie éter-nelle n'ont rien qui leur soit comparable ; car elle nous donne la promesse des biens futurs, nous les fait connaître par ses enseigne-ments et goûter d'avance dans le délicieux banquet du sacrement adorable, nous y mène enfin en nous servant de guide jusqu'au seuil de l'éternité.

L'espérance qui, comme une belle fleur dont les racines plongent dans le lit d'un étang et dont le calice s'étale à la surface des ondes, prend naissance au milieu des eaux bourbeuses de cette mer agitée et ne s'épanouit que dans le séjour de la patrie ; précieuse vertu qui nous offre en perspective ici-bas le secours de Dieu, et là-haut la gloire énivrante de son éternelle jouissance.

La charité enfin, cette vertu si belle, qu'en elle se résument et se confondent toutes les autres, et dont les motifs se rencontrent comme en un sublime abrégé dans l'adorable sacrement de l'autel.

Ici se termine avec la semaine la première partie de ces instructions d'un caractère si élevé et d'une éloquence si persuasive. L'orateur sacré sollicite avec plus d'instance les fidèles assidus à sa prédication à inaugurer l'église du Saint-Cordon d'une manière digne d'elle, c'est-à-dire en cultivant dans leur cœur, temple du Dieu vivant, ces plantes précieuses dont l'absence fait de notre âme un édifice ruineux.

Dans quelques jours au plus, le Roi des rois, quittant son habitation provisoire, ira reposer dans un sanctuaire moins indigne de sa majestueuse grandeur. Le P. Corail en profite pour relever aux yeux et dans l'esprit de ses auditeurs la signification mystique d'une translation aussi auguste. Il se demande ce qui fait que le temple catholique a un aspect aussi imposant, et pourquoi, quel que soit ou son délabrement ou sa pauvreté, il inspire toujours je ne sais quel sentiment respectueux qui impressionne le plus incrédule. C'est, dit-il, que dans le temple il y a surtout trois choses éminemment respectables : le prêtre, la croix, l'Eucharistie.

Le prêtre, homme de Dieu dont il est la propriété à des titres imprescriptibles, le représentant et le ministre ; homme du peuple aussi, car, après être sorti de ses rangs, il le guide par la communication de ses lumières, et le sauve par l'effet de son céleste pouvoir.

La croix, code merveilleux où les droits du faible sont mis en regard des devoirs du puissant ; où l'ouvrier, dans les durs labeurs de ses jours sans repos, trouve, avec les titres de sa dignité, la science qui l'éclaire et l'espérance qui le soutient ; étendard sacré sous les plis duquel s'abritent toutes les infortunes, et dont la marche glorieuse propage peu à peu jusqu'aux confins du monde le règne du Christ et de l'Evangile.

L'Eucharistie, sacrement divin qui nous unit au Maître du Ciel, mystère d'amour dont les effets souverains arrêtèrent la colère de Jéhovah, ravissant prodige dans lequel se résume tout ce qu'ont jamais produit de merveilleux la bonté incréée, la sagesse infinie et la toute-puissance.

17

CHAPITRE XX

Fêtes religieuses de la Translation

1° CONSÉCRATION DE L'ÉGLISE

E jour solennel si impatiemment attendu va bientôt arriver. Toute la ville prend un air de fête ; de tous côtés les préparatifs sont poussés avec activité ; les maisons se décorent ; les rues se changent en longues avenues bordées d'arbres verts. Trois prélats sont dans nos murs : Nosseigneurs de Cambrai, d'Arras et de Gand ; et le maréchal Forey, depuis peu de temps installé au chef-lieu de son commandement militaire, a voulu rehausser par sa présence l'éclatante manifestation qui se prépare.

A sept heures et demie, Mgr Régnier, accompagné des deux évêques, a commencé la consécration de la nouvelle basilique. Après les premières cérémonies, il s'est avancé sur le seuil, et a adressé quelques paroles aux nombreux spectateurs qui garnissaient la place, pour leur faire entendre le sens mystique et le caractère auguste de cette solennité. Puis les portes ont été ouvertes, l'accès de l'édifice a été permis à la foule qui a pu assister à l'onction des autels. Celui de la chapelle du Saint-Cordon a été consacré par Monseigneur Parisis, celui des Trépassés par Monseigneur Delebecque, et celui du chœur par Monseigneur Régnier. Quand ce dernier eut achevé, on a allumé les flambeaux et garni le maître-autel où le prélat a célébré la messe. Pendant l'office, un artiste éminent de la capitale a fait entendre sur l'orgue d'harmonie, situé dans la chapelle Saint-Gilles, de suaves accords, tandis que le peuple circulait dans les nefs, ne se lassant pas d'admirer les belles proportions et l'aspect grandiose du monument.

Toutefois comme si le Ciel voulait mettre à l'épreuve la confiance de ses enfants, le temps se couvre, le soleil se cache et une pluie pénétrante vient entraver les apprêts de la fête. On espère néanmoins en la protection de Notre-Dame. C'est en son honneur que s'élève ce gracieux sanctuaire ; c'est pour sa gloire que ces solennités s'organisent ; elle ne peut rester insensible au pieux désir de ses fidèles serviteurs : elle ramènera dans les airs la sérénité.

Un salut d'adieu réunissait le soir dans l'ancienne église une multitude pleine d'émotion qui venait pour la dernière fois y visiter le Roi du Ciel.

Mille souvenirs se pressaient en ce moment dans les esprits. Beaucoup y avaient été régénérés par le baptême et s'y étaient assis à la table sainte pour participer au banquet eucharistique ; presque tous y avaient entendu réciter sur les dépouilles terrestres d'un parent ou d'un ami les prières de la mort. Ces murs antiques paraissaient moins nus maintenant qu'il fallait les quitter : il semblait qu'on perdait quelque chose en s'en éloignant. Le prédicateur saisissant avec habileté ces dispositions de l'assistance, chercha à la consoler en lui montrant quels profonds et immenses résultats avait la construction du nouveau temple. Il fit voir que c'était une réparation et une expiation tout ensemble ; une réparation, car les révolutionnaires ont porté leurs ravages sur les monuments des anciens jours ; ils ont fait la guerre aux arts en même temps qu'aux personnes, et comme s'ils trouvaient des accusateurs importuns dans ces cathédrales de pierre que le temps n'avait pu dompter, ils les ont fait disparaître. La jeune basilique, dans sa splendide architecture, est un don que notre âge lègue aux autres pour remplacer les monuments détruits par des bras furieux.

C'est aussi et surtout une expiation. Le siècle dernier a commencé dans la volupté et le vice, il a fini dans l'orgie et le sang. Le nôtre a reçu du Ciel la mission de payer la dette contractée par nos pères. Ces morts couchés dans la tombe, qui ont, les uns, méprisé la religion par les scandaleux excès de leurs turpitudes, les autres, porté une main sacrilège sur les ministres de l'évangile, tressaillent dans leur poussière en voyant que leurs iniquités se réparent, que leurs scandales s'arrêtent, que sur les ruines dont ils ont couvert le sol de la patrie, des constructions nouvelles s'élèvent de toutes parts.

Puis jetant les yeux sur ce local si pauvre que Dieu avait néanmoins daigné habiter soixante ans, l'orateur s'écria : « O vieux temple, réjouis-toi ! dilate tes murailles ! Le Seigneur a fait pour toi de grandes choses ; ta destinée a toujours été belle ; tu n'as jamais cessé d'être l'Hôtel-Dieu ! Le Très-Haut a toujours reposé avec amour ses regards sur ton enceinte. Tu fus jadis le séjour des membres souffrants de Jésus-Christ ; aujourd'hui tu sers d'habitacle au Seigneur lui-même ; auparavant les maux du corps trouvaient ici le soulagement et la guérison, puis les souffrances de l'âme y sont venues demander le secours de l'auguste médecin qui soulage ceux qui l'implorent et qui donne la paix à ceux qui la cherchent en lui. »

Il a terminé en dirigeant la pensée de ses auditeurs vers le Ciel, et en leur montrant que la solennelle procession du lendemain avait quelque chose de touchant et de symbolique. C'est l'image de la vie chrétienne : nous nous acheminons, de cette demeure périssable vers la céleste Jérusalem, éblouissante d'une beauté sans déclin et d'une jeunesse toujours nouvelle. Puissions-nous y entrer un jour pour ne la quitter jamais !

CHAPITRE XXI

Fêtes religieuses de la Translation

2° INAUGURATION

ÈS le matin du 5 mai, la plus grande animation règne dans toute la cité. Les apprêts s'achèvent malgré le temps qui menace et les nuages qui s'amoncellent; les rues se transforment en longues et verdoyantes allées garnies de banderoles, d'oriflammes, de guirlandes et de fleurs.

L'église est bientôt envahie par une foule immense qui se presse dans toute l'étendue de l'édifice, pour assister à la solennelle inauguration. Le maréchal Forey, les principaux dignitaires de la ville et du département prennent place dans l'enceinte qui leur est réservée : et l'office commence.

Il est célébré par Monseigneur de Gand, en présence des deux autres prélats. Les sociétés musicales de Valenciennes prêtent leur bienveillant concours pour augmenter l'éclat de la fête. La messe d'Ambroise Thomas est exécutée avec un ensemble et une précision vraiment dignes d'un si beau jour.

Le R. P. Corail qui, pendant la semaine, a captivé ses auditeurs par l'agrément de sa parole et la vigueur de son talent, monte en chaire et fait entendre un de ces discours dont l'à-propos et l'exquise délicatesse ne sont pas le moindre mérite. Il entreprend de célébrer les grandeurs du temple catholique; il montre que c'est une demeure où Dieu repose dans la réalité de sa présence, un palais où il reçoit les hommages dus à sa majesté auguste, une école où il distribue à chacun les leçons du salut.

Puis s'inspirant des beautés de cette gracieuse basilique dont les échos, pour la première fois, répètent les enseignements de la parole de Dieu, il aborde à peu près en ces termes un autre ordre de considérations :

« Que n'aurais-je pas à dire des charmes du temple catholique, s'écrie-t-il ? Cette maison de Dieu qui est aussi la maison du peuple, le théâtre des événements principaux, des phases importantes de sa vie religieuse et sociale, l'asile ouvert à ses peines, la source de ses consolations et de ses plus pures joies ? Maison sainte et aimable où, avec ses fêtes, son dimanche et sa messe, et dans ses rapports avec Dieu et ses semblables, l'enfant du peuple trouve et goûte cette vraie liberté, cette vraie égalité, cette vraie fraternité qui lui font de l'honneur et du bien sans faire de mal et sans inspirer de crainte à personne.

« Que j'aimerais pourtant à parler du charme de cette église nouvelle, qui vous plaît par sa beauté, qui vous enchante par sa magnifique élégance, qui vous ravit par son nom, par les souvenirs sacrés et nationaux qui s'y rattachent !

« Oui, belle église de Notre-Dame du Saint-Cordon ! ceux qui t'ont bâtie ont, sous une inspiration religieuse et patriotique, renoué la chaîne des temps et des traditions malheureusement brisée un jour ! Belle église, tu es bien jeune encore ; tu es née d'hier, et sans aucun risque pour les grâces de ta brillante et hâtive jeunesse, je crois te voir déjà vieille de huit siècles, parce que tu es une merveilleuse résurrection, et qu'en toi les attraits et l'éclat du passé s'unissent pour se rehausser aux attraits et aux splendeurs du présent !

« O belle église de Notre-Dame du Saint-Cordon ! ce nom te pare, il t'honore et résonne délicieusement à l'oreille et dans l'âme de ce peuple. Il n'a pas oublié ces pieux et charmants récits légendaires, si vénérables en leur caractère historique, si suavement instructifs dans leur symbolisme ! Qu'est-ce en effet que la religion, sinon le lien de la terre et des cieux ? Qu'est-ce que la douce et forte charité, sinon le saint nœud fraternel de nos âmes et de nos vies ?

« Comme Notre-Dame du Saint-Cordon a bien justifié, en cette grande entreprise et en ce beau jour, cette appellation et l'influence de ce prodigieux emblème ! Quel accord des esprits ! Quelle union des cœurs ! Quelle ravissante communauté de vues, de désirs, de desseins, d'espérances et de joies ! Ne dirait-on pas l'ensemble harmonieux et la fusion affectueuse des enfants d'une même famille, dans les embrassements et dans les doux liens de la tendresse maternelle : *In funiculis Adam, in vinculis charitatis ?*

« O Valenciennes ! j'avais ouï raconter bien des choses glorieuses sur ton compte : *Gloriosa dicta sunt de te.* J'avais appris que tu tenais un beau rang parmi les nobles cités ; je savais que tu occupais toute une galerie dans le grand musée de l'histoire ; je connaissais ton vieil attachement à ton symbole chrétien, la bravoure de tes guerriers, le renom de tes savants, ton goût pour l'éloquence et les arts !

« Aujourd'hui tu me parais plus glorieuse encore, cité catholique, dans ce nouveau baptême que tu donnes à tes gloires, en les consacrant dans ce temple et dans cette fête. D'ailleurs, toutes celles que tu ambitionnes, que tu as conquises, et que tu aimes ne sont-elles pas ici comme en un brillant faisceau et dans leur plus noble représentation? Tu aimes les gloires religieuses ? Ne sont-elles pas ici représentées par cet auguste archevêque dont la reconnaissance et l'admiration proclament dans ce vaste diocèse les œuvres puissantes et les intarissables bienfaits ; par ce pontife, une des illustrations de l'épiscopat français; par cet autre prélat qui nous apporte par sa présence la fraternelle amitié et les cordiales sympathies de la religieuse Belgique ; par ce clergé, type de science et de zèle, notamment par le bon et vénérable pasteur de cette paroisse ? L'érection de cette église a été l'effort et comme le rêve d'une partie de son existence : ce rêve est aujourd'hui une histoire. C'est pour ses mérites et ses vertus un acte de justice, si je puis dire ainsi, de la divine puissance, comme l'étoile qui brille ce matin sur sa poitrine est un acte de justice de la puissance impériale.

« Vous aimez les gloires militaires ? J'en vois ici la plus haute représentation, et sans aucun narré d'exploits et de victoires, je dirai en deux mots : Les voilà, avec leur splendeur la plus brillante et la plus honorable, dans ce maréchal qui semble avoir réservé pour cet autel de Notre-Dame une gerbe des lauriers de Puébla et un bouquet des guirlandes de Mexico !... Les voilà dans ces illustrations de l'armée qui l'entourent et dans ces jeunes vaillances qui font cortège à la sienne.

« Vous aimez les gloires civiles, administratives? Elles sont représentées d'abord par ce chef municipal de la cité dont la magistrature que j'appellerai paternelle, tant elle tient de sa nature aux conditions de la famille, et tant ici, dans son exercice, elle est un mélange des lumières de l'esprit et des inspirations du cœur ! ...dont l'administration toute paternelle, en étendant sa sollicitude sur tous les intérêts matériels, met au plus haut rang de ses nobles préoccupations les intérêts moraux et religieux de ses concitoyens !

« Elles sont aussi représentées par le chef de l'administration de l'arrondissement; l'élévation de son caractère, son activité et son amour du bien public rendent toujours son concours efficace quand il s'agit de servir la religion et la société!. . Elles le sont aussi dans ce dignitaire éminent qu'accompagnent deux grands témoignages de son mérite : l'estime de ses compatriotes qui l'ont honoré de leurs suffrages, et celle du Souverain qui l'a honoré de sa confiance et de ses faveurs !

« Vous aimez enfin cette gloire qui s'attache à l'intégrité, à la sagesse, au talent, à l'honneur, à d'utiles services?... je ne puis tout signaler. Si mon cœur, organe en ce moment de la justice et de la reconnaissance, peut suffire à tous les sentiments, il ne saurait suffire à répartir tous les tributs.

« Il ne me reste qu'à dire : La voilà encore cette gloire si justement appréciée dans ces hommes du corps municipal, de la magistrature, du barreau, des administrations et des fonctions diverses, du commerce et de l'industrie, que leurs offices ou leurs travaux honorent, qui honorent à leur tour leur condition ou leurs offices, et qui ont tous porté ici cet honneur personnel comme un appoint à ce trésor de gloire dont vous faites l'apanage de votre cité et de son nouveau temple !

« Gloires des lettres, des sciences et des beaux-arts, je ne vous oublierai pas ; vous avez toutes ici votre véritable représentation !

« Pour toi en particulier, gloire des beaux-arts, tu n'as pas besoin de mes paroles. Cette église, avec ses pierres et ses décors, fait un concert bien plus beau que ma voix : *Lapides clamabunt !*

« Depuis l'artiste principal de ce temple jusqu'au plus modeste de ses ouvriers, tous ceux qui, par la pensée et la plume, la direction et la parole, le ciseau, le pinceau ou le burin, ont contribué à sa confection splendide, y ont laissé un témoignage pour la gloire des arts et un titre pour leur propre gloire !

« Et vous aussi, vous aurez votre souvenir et votre part de cette gloire et de la reconnaissance publique, administrateurs si dévoués de l'œuvre de cette église ; et vous, paroissiens généreux de Notre-Dame, et vous tous enfin, nobles enfants de cette noble cité, qui de votre cœur, de votre or ou de votre obole, vous êtes effectivement intéressés à la réalisation de cette grande entreprise ; qui avez donné à Dieu ce beau monument, ce riche palais, cette magnifique école, et à votre mère et patronne, Notre-Dame du Saint-Cordon, ce nouveau foyer pour ses bénédictions maternelles ! Dieu fera parler de vous à ces fastes célestes où les noms des peuples sont inscrits avec les noms de leurs princes : *Dominus narrabit in scripturis populorum et principum, horum qui fuerunt in eâ.*

« Pour moi, mon Dieu, à qui vous avez fait cet honneur de m'appeler à ces solennités émouvantes, je me suis senti ravi d'une inexprimable joie en voyant l'élan religieux, les saints transports de cette cité chrétienne : *Vidi cùm ingenti gaudio populum istum.* Conservez-lui, Seigneur, ces pensées, ces sentiments, ce précieux trésor de la foi catholique : *Custodi hanc voluntatem cordis eorum.* Et que cette grande et délicieuse fête compte devant vous, à ce bon peuple, pour son repos et sa prospérité dans le temps, et à chacun de ses fidèles, pour le bonheur et la gloire dans l'éternité ! »

Cet éloquent discours, écouté avec une respectueuse attention et un religieux recueillement, a laissé dans tous les cœurs une impression profonde dont le souvenir durera longtemps encore.

Notre Dame du saint Cordon
Patronne de Valenciennes.

ÉGLISE ACTUELLE DE NOTRE-DAME DU SAINT-CORDON

CHAPITRE XXII

Fêtes religieuses de la Translation [1]

3° PROCESSION DU 5 MAI 1864

L est midi : le temps est sombre, des nuages inquiétants courent dans le ciel. Mais rien n'arrête le zèle des habitants ; ils ont confiance en leur sainte patronne : dans ce jour consacré à sa louange et à l'honneur de son culte, elle ne peut abandonner ceux qui l'aiment. Les prières des fidèles sont en effet efficaces, car bientôt le soleil, comme pour prendre part à la fête, vient verser ses rayons étincelants sur la cité que Marie protège.

L'heure s'avance : les diverses groupes de la procession se rangent aux abords du vieux temple, dans les rues qui leur sont assignées. Tout a été prévu ; il n'y a ni encombrement, ni désordre , ni hésitation. Sous le porche de l'ancienne église, on a élevé un autel provisoire où l'on dépose le Saint-Sacrement. Les prélats, les autorités civiles et militaires l'environnent comme une garde d'honneur, et la belle statue de Notre-Dame, avec son escorte de prêtres et de lévites, se place à droite du reposoir en attendant le signal.

Soudain les musiques ont jeté aux échos leurs éclatantes symphonies ; les chants sacrés redisent des hymnes d'allégresse ; les cloches s'ébranlent en joyeuses volées; la voix des canons de la citadelle proclame au loin l'étroite fraternité des sentiments unanimes, et le cortège imposant se met en route au milieu des mille

(1) V. *Programme de la procession du 5 mai 1864 , à Valenciennes.* Valenciennes, Prignet.

bruits de la foule, avide de voir, d'entendre et de jouir d'un spectacle aussi ravissant.

La ville s'est transformée, comme aux siècles passés, en un de ces jardins de plaisance dont nos chroniqueurs ont consigné le souvenir dans leurs annales. Des sapins au vert feuillage, des arbustes fraîchement coupés, des fleurs prodiguées en festons et en guirlandes changent les endroits du parcours en de riantes avenues.

DÉFILÉ DE LA PROCESSION

La marche est ouverte par les sapeurs du 6e dragons, un peloton à pied de ce même régiment, les tambours et les clairons du 34e de ligne.

Puis vient la paroisse du Faubourg où l'on remarque la musique de Saint-Vaast, un groupe de mineurs portant sainte Barbe, la société des Archers, et des jeunes filles dont les bannières variées représentent les quinze mystères du Rosaire. Un autre groupe de demoiselles, vêtues de blanc, entoure la statue de Marie.

La paroisse de Saint-Géry s'avance à la suite avec sa riche croix ornée de ciselures, ses enfants de chœur, la musique communale de Denain, des jeunes personnes chantant les litanies de la Reine du Ciel, les sœurs de Notre-Dame de la Treille, celles de Saint-Joseph, les chantres, enfin M. Capelle, doyen, et le clergé de cette église auxquels se sont joints plusieurs prêtres des environs.

Saint-Nicolas apparait alors ; on y remarque en premier lieu les enfants de chœur, les vieillards et les pensionnaires de l'Hospice-Général, les sœurs de la Miséricorde avec leurs élèves escortant une belle bannière, les enfants de l'école mutuelle, la congrégation de l'Immaculée-Conception entourant l'étendard de Marie, la musique et les étudiants du collège communal suivis des professeurs revêtus de leurs insignes, puis divers groupes de jeunes filles portant des emblèmes en l'honneur de la Sainte Vierge et enfin M. Defontaine, doyen, avec le clergé de la paroisse.

Ensuite on voit défiler le splendide cortège de la paroisse Notre-Dame dont le bon goût et la magnificence font le plus grand honneur aux ecclésiastiques dévoués qui l'ont organisé.

Après la croix et les flambeaux vient la musique du 6e dragons ; on remarque ensuite l'ange de la paroisse, figuré par un adolescent revêtu d'une robe en drap d'argent à laquelle sont adaptées deux ailes, et portant une oriflamme avec cette inscription : *Lætatus sum in his quæ dicta sunt mihi : in domum Domini ibimus*. « Je me suis réjouis, car il m'a été dit : Nous irons dans la maison du Seigneur. »

Derrière s'échelonnent les dix principaux objets de translation. Chacun d'eux, placé sur un socle embelli par de gracieux décors, est entouré d'une nombreuse escorte et porté sur les épaules des demoiselles, des jeunes gens ou des élèves du séminaire :

1° *L'Huile des catéchumènes* repose dans une urne dont le piédestal est garni de fleurs blanches; tout autour des enfants en aubes et couronnés de roses qui la soutiennent, marchent en ordre beaucoup d'élèves des frères. Ils ont tous une écharpe d'or ou d'argent, et, sur les oriflammes qu'ils tiennent en main, on lit des inscriptions qui ont rapport au baptême.

Les jeunes apprentis du patronage de Saint-Joseph sont groupés autour de l'étendard de leur patron, et la société de secours mutuels dite l'*Union valenciennoise* les suit avec sa bannière.

2° *Le Missel* et les autres livres de chœur sont posés sur un élégant pupitre et portés comme le premier objet. Trente jeunes filles parées d'écharpes de nuances diverses environnent le brancard , et les membres de l'*Union fraternelle* prennent rang ici autour de leur drapeau.

3° *L'Huile des infirmes* est renfermée dans une bourse au milieu d'une magnifique corbeille de fleurs. Des demoiselles en écharpe et en couronne violette l'escortent, précédées d'une bannière montrant d'un côté la croix, de l'autre le symbole de l'espérance.

4° *La riche Lampe du sanctuaire* est confiée aux enfants de chœur du collège Notre-Dame ; les autres élèves avec leur musique l'entourent, suivis des supérieur et professeurs de cet établissement. On distingue ensuite les pensionnaires des sœurs de la Sagesse, dont les oriflammes en drap d'or laissent voir des cœurs enflammés au milieu de textes de l'Ecriture relatifs à la lumière.

La belle société de Saint-Eloi, qui continue de maintenir les tradition de son passé dont nous avons dit la gloire, trouve ici sa place.

5° *Le Calice* apparaît sur une sorte d'autel garni de flambeaux et porté sur les épaules des lévites. Le pensionnat des sœurs de Sainte-Thérèse s'avance à leur suite. Une partie des élèves, habillées en moissonneuses et en vendangeuses, ont des corbeilles pleines d'épis et de raisins pour rappeler la matière du saint sacrifice de la messe.

La société de *Prévoyance* défile alors avec son drapeau.

6° *Le Saint-Ciboire* est monté sur un piédestal richement décoré et soutenu par des séminaristes. Il a pour cortège des jeunes filles en écharpe et en couronne d'or, tenant une bannière du Saint-Sacrement où on lit cette inscription : *Fac me tibi semper credere, in te spem habere, te diligere.* « Sois sans cesse l'objet de ma foi, de mon espérance et de mon amour. »

La société des *Tailleurs d'habits* et l'antique confrérie de la Miséricorde précédent la musique du 34e de ligne, après laquelle une députation de la ville de Cambrai attire les regards de la foule. Pour rendre plus étroits les liens d'amitié qui unissent les deux villes, et en souvenir de ce que Valenciennes a fait son offrande au sanctuaire de Notre-Dame de Grâce, les Cambrésiens sont venus présenter à leur tour à la Vierge du Saint-Cordon un *ex-voto* magnifique qui fait autant d'honneur à leur goût qu'à leur piété. C'est l'image de Notre-Dame de Grâce peinte en émail, et encadrée dans une belle pièce d'orfèvrerie en argent et en vermeil repoussés, et dans laquelle on a enchâssé un grand nombre de pierres fines. Deux anges en chêne sculpté soutiennent l'ensemble dont les ornements gothiques s'harmonisent avec le style de l'église à laquelle l'*ex-voto* est destiné.

7° *Le Trésor de la Sainte Vierge.* Il se compose d'une foule d'objets précieux en or et argent offerts à Marie et gracieusement étalés dans deux cartouches dont le dessin rappelle le moyen âge. Les orphelines qui en sont chargées laissent aussi flotter une fraîche et gracieuse bannière où sont inscrites les principales dates qui rappellent aux Valenciennois les bienfaits de Marie.

8° *L'Etendard de la Sainte Vierge*, tout de soie et d'or, est entouré par des jeunes filles en écharpe d'azur, et les rubans en sont tenus par plusieurs petits enfants habillés en chérubins.

9° *La Statue de Notre-Dame du Saint-Cordon*, (1) revêtue d'un riche manteau et surmontée d'un dôme gothique, s'avance portée par les prêtres du décanat et par des lévites ayant sur leur rochet un ruban d'azur en sautoir.

Trois groupes dont la distinction et l'élégance fixent tous les regards

(1) V. planche 7.

OSTENSOIR HISTORIÉ DE NOTRE-DAME DU SAINT-CORDON

se déploient derrière l'escorte d'honneur qui entoure la Madone; ce sont :

Trente-deux notables demoiselles de la ville qui ont sur leurs vêtements blancs des écharpes d'une grande richesse.

Vingt-cinq dames en chapeau blanc et en robe bleue traînante.

Trente-deux jeunes gens, heureux d'attester par cette démarche leur attachement à la foi et leur amour pour leur céleste patronne.

10° *La Bannière du Saint-Sacrement* est entourée par un grand nombre des habitants les plus recommandables, tenant un flambeau à la main et précédant la musique communale.

On voit paraître ensuite les ordres religieux de la ville : les sœurs de la Sagesse, celles de Sainte-Thérèse et de Saint-Vincent de Paul, ainsi que les frères de la Doctrine chrétienne. Puis, un chœur de soixante-dix chantres qui font entendre dans tout le parcours de douces psalmodies , les prêtres originaires de Valenciennes en chasuble , Mgr. l'évêque de Gand et Mgr. Régnier, tous deux en mitre et portant la crosse épiscopale.

Enfin, six diacres en dalmatique soutiennent un dais sous lequel est abrité le Saint-Sacrement (1) : c'est Mgr. Parisis qui l'offre à la vénération des fidèles, tandis que des séminaristes forment autour de gracieuses figures, l'encensent et lui jettent des fleurs.

Derrière le Roi des rois s'avancent : le maréchal Forey, le Maire, le Sous-Préfet, le marquis d'Havrincourt, député, le Procureur général de la cour de Douai; puis les aides-de-camp du maréchal, les adjoints, le Conseil municipal, le Président du Tribunal civil, les colonels des régiments, le commandant de place, et un nombreux état-major.

La procession traversa les rues des Foulons, d'Oultreman, des Viviers, de Notre-Dame, de Paris, la place d'Armes, les rues de Saint-Géry et de la Salle-le-Comte, la place Poterne, les rues de Mons, de la Viéwarde et de Hesques.

---

(1) L'ostensoir dont on s'est servi, et qui fait partie du trésor de la paroisse, est une sorte d'histoire ciselée de Notre-Dame du Saint-Cordon. On y voit figurer l'église nouvelle et les autres églises actuelles de Valenciennes, la S. Vierge entourant la ville du cordon merveilleux, les statuettes des saints qui ont évangelisé le pays; les émaux de la base représentent les diverses péripéties du miracle. (V. Planche 10).

Il faut renoncer à décrire les innombrables décorations qui
donnaient un aspect nouveau à la ville tout entière, les trophées, les
arcs de triomphe, les dômes de velours ou de simple verdure, les
guirlandes de fleurs courant d'un arbuste à l'autre ou s'enroulant en
spirale autour des colonnes, les riches tentures, les élégantes draperies
sous lesquelles disparaissaient la plupart des demeures ; les
oriflammes, où les noms de Jésus et de Marie étaient entrelacés,
les broderies, les somptueuses dentelles où se lisaient les louanges
de la Vierge-Mère, tout cela frappait l'œil, charmait l'esprit, ravissait
l'imagination et formait un de ces spectacles qui transportent
d'admiration le cœur le plus insensible et laissent en nous un ineffable
souvenir.

Dans la rue Notre-Dame, comme en 1852, on avait eu l'ingénieuse
idée de représenter le moine de Fontenelles en prière dans sa rustique
cabane, tandis que Marie, planant dans les airs, laisse tomber le
Saint-Cordon.

Sur la Grand'place on avait élevé en face de l'Hôtel-de-Ville
un splendide reposoir. Il semblait ne faire qu'un avec le
monument contre lequel il était adossé (1) ; c'était un chef-d'œuvre
de bon goût et d'élégance. La partie inférieure simulait une grotte
dont un grand crucifix occupait le fond. Un double escalier
habilement pratiqué au milieu d'une nappe de fleurs et de
verdure conduisait au sommet du reposoir contenant l'autel dont
l'ornementation était au-dessus de tout éloge. Des emblèmes
religieux, des symboles historiques, des inscriptions rappelant les
fastes de la cité formaient autour de l'édifice monumental des décors
bien propres à le compléter et à l'embellir.

Le cortège fit là une station pendant laquelle des voix mâles
chantèrent l'*Adoro te* de Mozart et le *Tantum ergo*. Alors le P.

---

(1) Le premier Hôtel-de-Ville commencé en 1275, par la princesse Marguerite
de Flandre, ne fut achevé qu'en 1336, sous Guillaume le Bon. Comme on
terminait les fenêtres, il arriva que le bailli d'un village près de Dordrecht
s'empara de la vache d'un sien voisin qui n'avait pas d'autre richesse. Celui-ci
vint à Valenciennes se plaindre au comte qui manda le bailli, et l'ayant convaincu
lui fit trancher la tête. Guillaume, voulant que l'on conservât la mémoire de cet
acte sévère de justice, fit tailler, nous dit Wicart, dans la pierre blanche, sur la
façade de la Maison de Ville la figure de la vache ; elle dura jusqu'en 1612. A cette
époque on rebâtit l'édifice dont la façade fut restaurée en 1778, 1826 et 1867.

Corail s'est avancé jusqu'à la rampe, et, sous l'inspiration du magique spectacle qui se déroulait à ses yeux, il a prononcé une de ces improvisations chaleureuses dont l'effet se prolonge au-delà des circonstances qui les inspirent : « J'ai vu la mer, s'est-il écrié, avec ses vagues soulevées et ses ondes mugissantes ; mais je n'ai rien rencontré jamais de comparable à ces flots humains qui ondulent, qui se pressent autour de moi, de quelque côté que je porte les regards. » Puis il a laissé échapper de sa poitrine émue trois cris qui sont comme le résumé et le résultat de cette fête grandiose : « Gloire à Dieu ! Dans cette marche triomphale à travers les rues de la cité, il a vu s'incliner devant lui et lui faire cortège la royauté de la vertu, de l'honneur, de la richesse, du génie et de la beauté ! Gloire à Marie ! Elle a suspendu les vents et les orages pour récompenser une piété si touchante et une si générale manifestation. Gloire à Valenciennes ! Elle a mis en ces jours le comble à sa grandeur séculaire ; elle a resserré les liens qui l'unissent à la religion et au Ciel ; c'est une assurance pour l'avenir et un gage de prospérité. »

Ces idées commentées avec éloquence, et répondant si bien aux dispositions de tous, ont vivement impressionné l'auditoire. Monseigneur a donné alors la bénédiction du Très Saint-Sacrement au peuple agenouillé pendant que les tambours battaient aux champs.

Sur la place Poterne, les troupes de la garnison avaient dressé un calvaire dont la croix, reposant sur des boulets symétriquement rangés, était faite d'armes de guerre de toute espèce. Les rayons lumineux convergeant vers l'intersection des bras étaient figurés par des lames de sabres, des baguettes et des fleurets.

Au bout de la place Verte on voyait, encadré par les arbres de la promenade, un autre calvaire, dont la convenance et la beauté dénotent le talent des deux habiles décorateurs qui l'avaient construit comme un hommage à Dieu et à sa sainte Mère. Enfin les abords de la récente basilique offraient une profusion d'ornements et de richesses artistiques ; des colonnades, des écussons, des couronnes, des dômes, des étendards aux milles nuances, tout annonçait l'approche du monument consacré la veille au culte de la Reine du Ciel.

Quand le cortège arriva devant le portail, une pluie de fleurs, s'échappant d'une croix suspendue par un fil invisible, vint tomber sur les divers groupes dont se composaient l'escorte de Marie. Il était six heures du soir ; les voûtes de Notre-Dame du Saint-Cordon retentirent des chants d'allégresse, et les paroles d'un *Te Deum* triomphal allèrent porter jusqu'au trône de Dieu l'expression de la joie, de la gratitude et du bonheur de toute une cité.

LA PROCESSION

LA HALTE A SAINT-ROCH

CHAPITRE XXIII

Le troisième Pasteur

E doyen de N.-D. était au comble de ses vœux ; Marie, sa douce patronne, avait reçu d'éclatants hommages et possédait un temple digne d'elle. Pendant la procession, il allait de groupe en groupe, le front épanoui, le sourire ou la prière aux lèvres, jouissant des honneurs rendus à la Reine des Cieux, comme un fils du triomphe de sa mère.

La veille, il avait reçu au nom de l'Empereur Napoléon III la croix de la Légion d'honneur, en témoignage de l'estime publique et comme récompense de son zèle pastoral. Le soir, au banquet (1) qui vint clore cette fête, et que M. Bracq, maire de Valenciennes, offrit dans les salons de l'Hôtel-de-Ville aux prélats consécrateurs, au maréchal Forey et aux personnages de distinction réunis dans nos murs, tous les convives se montrèrent pleins de prévenance et d'affabilité pour M. Pique. Il eut les honneurs du dernier toast qui lui fut porté par le marquis d'Havrincourt. Faisant allusion à la parole que le bon doyen avait dite à plusieurs reprises : « Notre-Dame a retrouvé son église ; je n'ai plus rien à faire ici-bas : *Nunc dimittis servum tuum, Domine,* » l'éminent orateur a exprimé l'espoir que Dieu conserverait longtemps encore à l'affection et au respect des Valenciennois le vénérable pasteur.

Il vécut encore deux ans, et pendant cette dernière période les épreuves ne lui furent pas ménagées par la Providence. Il comptait

(1) V. Fr. Laurent, *Notre-Dame du Saint-Cordon, inauguration solennelle.* Paris, I.. Guérin (1864).

partager avec tous ses collaborateurs, dont il appréciait hautement le zèle, les mille ennuis et les difficultés inséparables d'une nouvelle installation. Mais plusieurs d'entre eux furent forcés par la maladie de s'éloigner, et il se vit presque seul chargé du fardeau de la paroisse. Et puis, la vieillesse était venue avec son cortège d'infirmités. Ses forces diminuèrent en lui rendant tout déplacement pénible et toute fatigue impossible. Une toux opiniâtre acheva de l'épuiser, et il dut se priver du bonheur de célébrer le saint sacrifice de la messe.

Il sentit alors que le moment de paraître devant Dieu n'était pas loin, et il lui offrit, pour son troupeau, les restes d'une vie qu'il avait consacrée tout entière au salut des âmes. Dieu, sans doute, agréa cette généreuse offrande, car le terrible fléau du choléra qui ravageait la population s'acharna sur ce corps débile ; mais ce fut presque sa dernière victime. Le pieux malade, se sentant mortellement frappé, fit mander M. Delattre, curé d'Anzin, son confesseur, et se prépara à se munir du viatique pour le grand voyage. Depuis quelques jours, pour ne pas effrayer la population, la cloche des agonisants et des trépassés restait muette. Elle tinta lugubrement le 6 octobre 1866, annonçant que le pasteur allait quitter ses ouailles pour un monde meilleur. La nouvelle de la mort prochaine de M. Pique se répandit bientôt dans la paroisse, et ce fut au milieu d'un grand nombre de fidèles que M. Defontaine, doyen de St-Nicolas, escorté des membres de la fabrique, vint administrer les derniers secours de la religion à son bien aimé confrère. Il reçut le saint viatique et l'extrême-onction avec les sentiments de la foi la plus vive, et passa le reste du jour dans un calme et un recueillement profonds. Le lendemain, dimanche, après une longue agonie, il expira au moment où la cloche paroissiale appelait le peuple à la première messe.

Il eut pour successeur M. G. Prouvost, doyen de Landrecies, ancien professeur d'écriture sainte au grand séminaire de Cambrai.

CHAPITRE XXIV

Description de l'église Notre-Dame du Saint-Cordon [1]

ARCHITECTURE

L'ÉGLISE que la piété des Valenciennois a ouverte au culte catholique et à la gloire de Marie est digne par son élégance et sa majesté de la noble fin à laquelle on la destinait.

Le style de l'ouvrage est le gothique du XIIIe siècle. Ce genre d'architecture dans lequel domine l'arc en tiers-point qu'on appelle ogive. et qui a produit au moyen âge tant de merveilles, tomba en discrédit pendant trois cents ans ; mais de nos jours il tend à reprendre le rang qui lui est dû par sa beauté et son incomparable grandeur.

L'église de Notre-Dame du Saint-Cordon se présente sous la forme d'une croix pour symboliser l'instrument sacré de notre rédemption. Douze larges piliers séparent chaque travée de la grande nef. et en soutiennent la voûte élevée (2) dont les nervures peu saillantes se croisent, s'entrelacent et semblent de longs bras tendus vers le Ciel. Autour de chacun de ces gigantesques supports se groupent avec symétrie quatre colonnettes effilées qui se détachent à demi de leur épaisseur. Une fausse galerie que simulent des arcades ogivales règne autour du temple à la hauteur des combles des bas-côtés.

(1) V. Cellier, *Notre-Dame du Saint-Cordon.* Valenciennes, Henry (1864).

(2) L'église du Saint-Cordon mesure en longueur 68 mètres 30, et en largeur 20 m. 20. Le chœur occupe 16 m.; le transept a 32 m. 20. Sa voûte a 26 m. 80 de hauteur et celle de la grande nef, 25 m. Le clocher s'élève à 83 m.

Des fenêtres géminées d'une élégante structure, et dont les pointes des lancettes sont surmontées de rosaces à quatre lobes gracieusement découpées, laissent tomber à travers l'émail de leurs vitraux un jour mystérieux sur les ailes et dans le grand vaisseau de l'édifice.

Au transept, les deux ogives qui semblent continuer la galerie disparaissent de chaque côté dans deux plus grandes qui elles-mêmes sont encadrées dans un immense arc en tiers-point dont le dessin ainsi disposé est plein de grâce et de richesse. A l'entrée de l'église est la cuve des fonts baptismaux environnée de quatre statues en pierre représentant les quatre grands prophètes : Isaïe, Jérémie, Ezéchiel et Daniel. Le Chemin de Croix, œuvre de M. Boulanger, est incrusté en demi-relief dans le pourtour des murs. Le nom des donateurs est inscrit sur chaque station.

Le chœur est découpé en hexagone ; dix piliers en soutiennent la voûte. Sa clôture est formée, en avant par une table de communion sculptée dans la pierre, et le long de la galerie latérale par des stalles dont le sommet est ciselé et découpé à jour, et qui sont décorées en face des sacristies de statuettes en bois représentant les quatre évangélistes. Des ornements en pierre dont les fûts minces et effilés permettent au regard de plonger dans le sanctuaire achèvent de remplir l'intervalle des colonnes.

Le maître-autel en marbre blanc est garni de clochetons élancés dont le ciseau a fouillé les derniers recoins. Ils surmontent quatre jolis morceaux de sculpture ; ce sont quatre anges dont les deux premiers sont armés d'un glaive et les autres sont en posture d'adoration. On voit aussi de chaque côté du tabernacle un chérubin tenant un encensoir. La croix se dresse au sommet le plus élevé de la flèche centrale.

Le soubassement renferme un groupe dont le sujet est l'ensevelissement du Christ. On y compte neuf personnages dont l'expression variée et les poses naturelles méritent de grands éloges. C'est l'œuvre de M. Fache, professeur de sculpture à l'académie de Valenciennes.

Le pavé du chœur est composé de dalles blanches et noires combinées en mosaïque d'un excellent effet. On y distingue surtout les armoiries de Valenciennes aux diverses époques de son histoire.

L'écusson valenciennois est double :

Il y a d'abord celui du comte qui, de tout temps, a porté *de gueules*

CHAPELLE DE NOTRE-DAME DU SAINT-CORDON

(Église actuelle)

au lion d'or rampant, armé et lampassé d'azur (1). Quand au XVIe siècle on voulut y ajouter des supports, on l'accosta *de deux cygnes d'argent dans un marais de roseaux,* soit pour se rapprocher de l'étymologie donnée par de Guise au mot Valenciennes, soit pour en faire l'emblème de la position qu'occupe la ville sur plusieurs cours d'eau.

Il y a ensuite celui du châtelain qui est *d'or au castel d'azur garni de trois tours dont les deux latérales sont surmontées d'un soleil et d'un croissant* (2), *et dont celle du centre laisse flotter un guidon portant le lion pour enseigne.* Cet écu constituait le *grand scel* que l'on apposait sur les actes publics et sur les lettres émanées du conseil ; aussi avait-on gravé tout autour cette légende : *Sigillum Castri de Valencenis.*

Il est fort probable que les anciens châtelains, dont la plupart tenaient aux comtes par les liens du sang, ont réuni ces deux blasons, et ont porté *de gueules au lion d'or rampant, armé et lampassé d'azur, avec un écusson d'or au castel d'azur sur le tout.*

Aux quatre angles du pavé sont figurées les armoiries.

La première dalle dessine les armes primitives, sans supports, et surmontées de la couronne comtale aux rayons pyramidaux terminés par de grosses perles.

La deuxième présente le même blason avec des accessoires en style du XVe siècle.

La troisième offre l'écu précédent accosté de deux cygnes.

La quatrième est la reproduction des armes actuelles qui ne se distinguent que par l'ornementation. Elles sont surmontées de la couronne ducale aux fleurons fendus en feuilles d'ache.

Sur la bordure, à égale distance de chaque écusson, on voit le *petit scel* ou *scel des causes,* qui consiste en un lion accosté de deux fleurs de lis.

Le centre du carrelage contient le *grand scel*, tel, à peu près, que nous l'avons décrit.

(1) C'est-à-dire que sur fond rouge *(de gueules)* se détache un lion d'or, s'élevant comme le long d'un rampe *(rampant)*, et dont les griffes *(armé)* et la langue *(lampassé)* sont d'azur.

(2) « On ajoute un soleil et un croissant à l'un et à l'autre côté pour déclarer que nous avons autant de droit que le Hainau de dire que nostre comté est tenu de Dieu et du soleil. » (H. d'Oultreman.)

20

Autour du sanctuaire principal se groupent dans l'abside cinq chapelles, semblables à autant de rayons qui partent du divin chef de Jésus-Christ dont le maître-autel est la figure.

Celle qui occupe le chevet de l'église est dédiée à Notre-Dame du Saint-Cordon. On y a placé la statue vénérée des pieux fidèles; elle a en main une tresse d'argent dont deux anges tiennent l'extrémité. L'autel est en marbre blanc; trois tourelles le dominent; sur celle du milieu se trouve Marie donnant un filet rouge à quatre anges debout sur le sommet des autres éminences.

En s'éloignant du côté gauche, on rencontre la chapelle de Saint-Vincent de Paul et celle du Sacré-Cœur. A droite apparaît d'abord la chapelle des Trépassés, dont l'autel est formé de marbre blanc et noir. Le soubassement offre l'apparence d'un double sarcophage, et la partie centrale est surmontée d'une grande croix au pied de laquelle rampe le serpent infernal. Le style de cet oratoire a un cachet sombre qui convient parfaitement aux cérémonies funèbres auxquelles il est destiné. Ensuite, en remontant vers le fond, on arrive à la chapelle de Saint-Joseph, primitivement dédiée à saint Gilles.

Au milieu du transept et devant le chœur est suspendu un lustre immense en cuivre doré qui rappelle celui de Notre-Dame-la-Grande. Il consiste en deux couronnes inégales et superposées; elles sont reliées ensemble par des ornements qui se croisent gracieusement en forme de guirlandes.

La chaire (1), qui vient de la maison Goyers frères, sculpteurs à Louvain, est dans le style de l'église. Sa cuve hexagonale repose sur un pilier à trois faces. Elle est ornée de statuettes, finement travaillées, qui représentent des personnages de l'ancien Testament, Abraham, Noé, Moïse, les apôtres de N.-S.: saint Pierre, saint Paul, saint Jean, etc., les vertus théologales : la Foi, l'Espérance, la Charité, les dons du Saint-Esprit : la Sagesse, la Crainte de Dieu, la Science, l'Intelligence etc., et des anges en prière.

Le bourdon principal, qui pèse 9000 livres, a une histoire. Appelé improprement Jeanne de Flandre, c'est en réalité la *Bancloche*,

(1) Cette chaire n'était point achevée lors de l'inauguration ; celle qui la remplaça provisoirement est installée dans l'église Saint-Michel, à Toulouse.

c'est-à-dire la *Cloche du ban*. Elle fut coulée en 1358, par les soins du maître fondeur Guillaume, de Saint-Omer, avec une autre cloche célèbre, *Curiande*, la cloche des ouvriers, bourdon de 3800 livres. Toutes deux s'écroulèrent en 1843 avec le beffroi (1) qui les portaient; mais seule la *Bancloche* sortit intacte des décombres. Installée dans le clocher de Notre-Dame du Saint-Cordon, elle fait entendre sa grande voix pour annoncer les fêtes religieuses et communales.

(1) Ce beffroi qui était au bout de la Grand'place avait 70 mètres de hauteur. Le poids des pierres bleues qui en faisaient le couronnement fut une des causes de sa chute. (V. Dinaux : *Le Beffroi*; Caffiaux : *Le Beffroi et la cloche des ouvriers*.)

CHAPITRE XXV

Vitraux

GLORIFICATION DE MARIE

U XIIᵉ siècle, l'art de peindre sur verre, que les anciens n'avaient pas ignoré, prit une extension et acquit une perfection vraiment admirables. On s'en servit pour décorer les temples et les faire resplendir des mille éclats du soleil. Grâce à lui, il fut possible de représenter, d'une manière vivante et à la portée de tous, les faits importants de l'histoire sacrée et les symboles qui rappellent nos mystères les plus redoutables comme les plus augustes.

A l'époque de la Renaissance, l'esprit d'innovation qui s'introduisit partout, mit en défaveur les procédés ingénieux des grands peintres verriers du moyen âge. Les précautions infinies que cet art exige, les labeurs patients qu'il réclame, les résultats incertains qu'il fournit, et qu'un accident compromet si aisément, déplurent aux esprits du temps. Depuis peu néanmoins, on commence à faire renaître un genre de peinture qui a laissé tant de chefs-d'œuvre, et les vitraux de la nouvelle église ne sont pas indignes de figurer avec les productions des siècles écoulés.

Les fenêtres de la grande nef et des ailes offrent au regard des mosaïques dont la richesse du dessin n'est égalée que par la vivacité et l'harmonie des couleurs. Tous les sujets contenus dans les verrières des bas-côtés, du transept, du chœur et de la chapelle du Saint-Cordon servent à célébrer la gloire de Marie, patronne de la basilique nouvelle.

Ce thème ingénieux et fécond se divise en quatre parties (1) :

PREMIÈRE PARTIE (NEFS LATÉRALES)

La Sainte Vierge prédite et honorée dans l'antiquité

1°

MARIE FIGURÉE DANS LES FEMMES ILLUSTRES DE LA NATION
JUIVE. (*Côté droit en entrant.*) (2)

1° *Eve.* — La mère de notre race sort des mains du Créateur,
innocente et pure ; image de Marie dont nous sommes les enfants et
qui jamais n'a contracté la souillure du péché.

2° *Sara.* — Malgré son grand âge, elle donne naissance à Isaac ;
symbole de Marie qui met au monde le nouvel Isaac, comme la
parole de Dieu le lui a prédit.

3° *Rachel.* — Elle eut un fils du nom de Joseph qui fut vendu,
comme Jésus, par ses frères ingrats et cruels.

4° *Débora.* — Cette prophétesse se mit à la tête des armées d'Israël,
et défit Sisara, l'ennemi du peuple de Dieu. Elle est vêtue en
guerrière : sa tête porte le casque et sa main tient un glaive. Elle est
la figure de Marie qui a triomphé des ruses et des efforts du Prince
des ténèbres.

5° *Judith.* — Elle tient par les cheveux la tête d'Holopherne, tué par
son bras intrépide sous les murs de Béthulie ; semblable à Marie qui
a écrasé sous son pied vainqueur le front du serpent infernal.

(1) Le plan des vitraux de Notre-Dame qui ont rapport à la glorification de
Marie, et celui des sujets représentés dans les chapelles qui s'ouvrent dans
le transept, ont été fournis à Levêque, peintre-verrier de Beauvais, par l'abbé
Capelle, doyen de Saint-Géry. Nous donnons à l'appendice EE le projet de
vitraux fait pour une chapelle à saint Jean-Baptiste, projet qui n'a pas été exécuté.

(2) Les sujets sont dessinés au centre des rosaces placées aux fenêtres des
bas-côtés sur les pointes des ogives. Il faut les suivre en commençant près du
portail et en s'avançant vers le chœur.

6º *Esther*. — Cette jeune Juive, épouse d'Assuérus, fit révoquer l'édit qui condamnait à mort tous ceux de sa nation. Elle est ceinte d'un diadème et tient les lambeaux déchirés de l'arrêt fatal. Comme elle, Marie a détourné contre notre ennemi le glaive levé sur nos têtes, et a changé en bonheur notre deuil et nos larmes.

2º

MARIE GLORIFIÉE DANS LE PAGANISME PAR LES HONNEURS
RENDUS A LA VIRGINITÉ. *(Côté gauche en entrant.)*

1º *Un Prêtre des anciens Ethiopiens*. — En Ethiopie le prêtre était reclus et astreint au célibat.

2º *L'Hiérophante des Grecs*. — C'était lui qui présidait aux mystères d'Eleusis : il ne pouvait avoir d'épouse. Comme les prêtres de la Grèce, il est couronné de laurier, et couvert d'un long manteau. Sa main tient une coupe remplie de la liqueur qui sert aux libations.

3º *La jeune Victime des Grecs*. — C'était une vierge ; on l'immolait, dans les calamités publiques, pour apaiser le courroux du Ciel. Elle est ornée de bandelettes et de guirlandes de fleurs comme pour le sacrifice.

4º *Un Druide*. — Ce prêtre des vieux Gaulois rendait un culte spécial *à la Vierge qui devait enfanter*, ainsi que l'atteste l'inscription découverte sur un dolmen à Châlons : *Virgini pariturœ*. Son costume consiste en une longue robe et une couronne de verveine ; il a en main une faucille d'or.

5º *Une Vestale*. — Elle est voilée ; sa robe blanche est relevée par une ceinture azurée ; elle tient une lampe allumée pour rappeler le feu sacré dont elle est la gardienne.

6º *La Sibylle de Cumes*. — Les sibylles étaient des vierges qui rendaient autrefois des oracles. En récompense de ce qu'elles gardaient une virginité inviolable, Dieu communiqua à quelques-unes d'entre elles le don de l'inspiration. La plus célèbre est celle de Cumes qui annonça la naissance du Christ. Le dessin représente une vieille femme ayant un livre à la main.

DEUXIÈME PARTIE (TRANSEPT)

Les Louanges de la Sainte Vierge

1°

MARIE ANNONCÉE AU MONDE PAR LES DIVINES PROPHÉTIES

(Côté gauche en entrant) (1)

1° *L'Ange d'Eden.* — Il est armé d'un glaive de feu pour défendre l'entrée du Paradis terrestre; près de lui se trouve le serpent ailé auquel il répète la sentence divine : *Ipsa conteret caput tuum.* « La femme t'écrasera la tête. »

2° *Abraham.* — Il semble redire les promesses sublimes que Dieu lui à faites : *In semine tuo benedicentur omnes gentes.* « Toutes les nations seront bénies en celui qui naîtra de toi. »

3° *Jacob.* — Avant de mourir il annonce à Juda que le sceptre ne sortira point de sa tribu jusqu'à la venue de celui qui sera l'attente des nations : *Erit expectatio gentium.*

4° *Moïse.* — Il recueille et transcrit la fameuse prophétie de Balaam : *Orietur stella ex Jacob.* « Une étoile s'élèvera de Jacob. »

5° *David.* — Il paraît prononcer une de ses innombrables prophéties à la louange de la Vierge Mère : *Omnis gloria ejus ab intus.* « Toute sa gloire est en dons intérieurs. »

(1) Dans le transept chacune des deux séries commence dans le compartiment le plus éloigné du chœur. Les illustres personnages qui y figurent ont en main des phylactères où se lisent quelques-unes de leurs paroles concernant Marie.

6° *Salomon*. — Il fait entendre cette parole du cantique des cantiques que l'Eglise applique à Marie : *Macula non est in te.* « Il n'y a aucune tache en vous. »

7° *Isaïe.* — C'est le prophète à qui Dieu a révélé plus explicitement le mystère de l'incarnation. Il dit à propos de Marie : *Ecce virgo concipiet.* « Voici qu'une vierge concevra et mettra au monde un fils qui sera Dieu avec nous. »

8° *Jérémie.* — Le prophète des lamentations et des larmes a aussi parlé du Sauveur et de la Sainte Vierge. On lit dans une de ses prédictions les plus célèbres : *Femina circumdabit virum.* « Une femme engendrera un homme. »

2°

MARIE LOUÉE PAR LES PLUS ILLUSTRES DOCTEURS DE L'ÉGLISE

(Côté droit en entrant) (1)

1° *Saint Jean l'évangéliste.* — Dans son apocalypse il a dépeint la Reine des cieux qu'il lui avait été donné d'entrevoir. « Elle avait, dit-il, le soleil pour manteau, » *Mulier amicta sole ;* « la lune était l'escabeau de ses pieds, et une couronne de douze étoiles formait son auréole. »

2° *Saint Cyrille.* — Au concile d'Ephèse, il défendit avec énergie la haute prérogative de Marie attaquée par l'hérésiarque Nestorius, et détermina les pères de l'assemblée à définir comme dogme de foi que Marie est vraiment mère de Dieu : *Virgo Deipara.* Comme évêque d'Orient, il porte sur la tête une sorte de couronne surmontée d'un bourrelet écarlate.

3° *Saint Jérôme.* — Des vêtements en lambeaux couvrent son corps : il a sous les pieds un lion pour montrer qu'il a vécu au désert. C'est de lui que viennent ces mots : *Vita per Mariam.* « C'est par Marie que nous avons reçu la vie. »

---

(1) D'innombrables docteurs ont parlé de la Sainte Vierge : ici on a choisi un représentant dans les rangs divers de la hiérarchie ecclésiastique.

21

4° *Saint Ephrem.* — Son éloquence l'a fait surnommer le *Docteur de l'univers.* Il ne fut jamais que diacre. Il prêcha en cette qualité d'admirables discours dans l'un desquels on trouve ces accents de confiance envers Marie : « O sainte Mère de Dieu, nous n'avons d'espoir qu'en vous ». *Sola in te fiducia.* Il est revêtu de la dalmatique, et porte l'étole de gauche à droite, selon la manière orientale.

5° *Saint Augustin.* — Cet illustre évêque d'Hippone a dit en parlant de Marie : « Quand nous avouons que tous les hommes ont été souillés par le péché originel, nous ne comprenons point dans cette généralité la bienheureuse Vierge. » Ce sentiment a été condensé dans ces mots : *Nullo peccato maculata* : « Aucun péché ne l'a souillée. » Le cœur enflammé que saint Augustin a dans la main est le symbole de son ardent amour pour Dieu.

6° *Saint Grégoire le Grand.* — Ce savant pontife dit de la Reine des anges et des hommes qu'elle est élevée au-dessus des cieux : *Super cælos exaltata.* Il est toujours figuré avec une colombe qui semble lui parler à l'oreille , pour indiquer l'assistance dont l'Esprit-Saint l'a honoré dans la composition de ses admirables écrits.

7° *Saint Bernard.* — Le célèbre abbé de Clervaux est sans contredit le plus grand panégyriste de la Sainte Vierge. Il se plaisait à répéter souvent ces mots énergiques ; *De Mariâ nunquàm satis :* « De Marie on ne parlera jamais assez. »

8° *Saint Bonaventure.* — Il adresse à la Mère du Christ cette prière : *Fac nos filios gratiæ.* « Faites-nous les enfants de la grâce. » Il est vêtu d'une simarre rouge et coiffé du chapeau de cardinal.

———

TROISIÈME PARTIE

(CHAPELLE DE LA SAINTE VIERGE) (1)

Vie réelle de Marie

1°

VIE DE LA SAINTE VIERGE AVANT SA DIVINE MATERNITÉ
(Première fenêtre à gauche en entrant)

1° *La Naissance de Marie.* — Saint Joachim et sainte Anne l'entourent des premiers soins.

2° *Marie enfant.* — Sa mère préside à son instruction.

3° *La Présentation de Marie au temple.* —· Toute jeune encore elle vient s'offrir au grand prêtre et se consacre à Dieu.

4° *Occupations de Marie dans le temple.* — Elle s'applique à des travaux au milieu de jeunes filles vouées comme elle au service du Seigneur.

5° *L'Épreuve des verges.* — Ce sujet légendaire est traité par tous les peintres du moyen âge. Plusieurs jeunes gens prétendaient à la main de Marie. Ne sachant sur qui faire tomber leur choix, ses parents, de l'avis du grand prêtre, tentèrent l'épreuve qui autrefois avait fait désigner Aaron pour suprême sacrificateur. Les prétendants donnèrent chacun leur bâton que le grand prêtre plaça dans l'arche d'alliance ; celui de Joseph fut trouvé fleuri. Le grand prêtre le lui remet entre les mains.

6° *Marie présentée à Joseph.* — Il tient le bâton fleuri miraculeusement.

---

(1) Cette chapelle comprend cinq fenêtres géminées ; chacune d'elles contient dix médaillons placés deux à deux. Pour en suivre les sujets, il faut commencer par le bas ; le n° 1 est celui de gauche pour le spectateur qui fait face à la fenêtre ; le n° 2 est sur la même ligne ; le n° 3 est au-dessus du n° 1, et le n° 4 au-dessus du n° 2, etc.

7º *Les Fiançailles de Marie.* — C'est le sujet si admirablement traité par Raphaël ; seulement les prétendants qui brisent leur bâton se trouvent au cinquième médaillon.

8º *L'Annonciation.* — L'ange vient révéler à Marie les admirables desseins de Dieu sur elle.

9º *Le Sommeil de Joseph.* — Pour calmer ses perplexités, un esprit céleste lui découvre le mystère de l'incarnation divine.

10º *La Visitation.* — Marie va visiter sa cousine Elisabeth : celle-ci vient à sa rencontre.

2º

VIE DE LA SAINTE VIERGE DANS SA DIVINE MATERNITÉ

(Deuxième fenêtre à gauche en entrant)

1º *Le Voyage de Bethléem.* — Marie et Joseph cherchent en vain un asile pour la nuit, et vont se réfugier dans une étable.

2º *La Naissance de Jésus.* — C'est là que le divin Enfant vient au monde. Il est étendu sur la paille : un bœuf et un âne le réchauffent de leur haleine.

3º *Le Champ des pasteurs.* — Des bergers reçoivent la visite d'un ange qui leur annonce le grand évènement arrivé à Bethléem.

4º *L'Adoration des bergers.* — Ils ont quitté leurs troupeaux et sont venus offrir leurs hommages au nouveau-né.

5º *Les Mages devant Hérode.* — Ils l'interrogent pour savoir où se trouve celui dont ils ont vu l'étoile.

6º *L'Adoration des mages.* — Ils déposent aux pieds de Jésus l'or, l'encens et la myrrhe.

7° *La Présentation de Jésus au temple.* — Marie, suivant les prescriptions de la loi, offre son fils au Seigneur. Siméon, vieillard juste et craignant Dieu, venu là par l'inspiration du Ciel, le prend entre ses bras.

8° *La Fuite en Egypte.* — Pour éviter la fureur d'Hérode, la sainte famille se retire en Egypte.

9° *L'Intérieur de la sainte famille.* — Saint Joseph, aidé par Jésus adolescent, travaille de son état de charpentier ; Marie file au fuseau.

10° *Jésus avec les docteurs.* — Il est au milieu des savants d'Israël qu'il ravit par ses sages réponses. Marie, qui l'avait cru perdu, le retrouve dans le temple.

3°

LA SAINTE VIERGE DANS L'ŒUVRE DE LA RÉDEMPTION

(Deuxième fenêtre à droite)

1° *La Mort de saint Joseph.* — Saint Joseph mourut, selon une pieuse croyance, peu de temps avant la vie publique du Sauveur. Au moment d'expirer, il reçoit les soins de sa sainte épouse ; Jésus lui montre les cieux.

2° *Les Noces de Cana.* — A la prière de Marie, Jésus y fait son premier miracle en changeant l'eau en vin.

3° *La Prédication de Jésus.* — Marie mêlée à la foule écoute les nobles accents qui sortent de cette bouche divine.

4° *Le Chemin du calvaire.* — Tandis que Jésus marche au supplice, il rencontre sa mère : il la regarde avec amour pour la consoler.

5° *Marie au pied de la croix.* — Jésus est mourant ; sa mère, le cœur navré, assiste à ses derniers instants.

6· *Jésus apparaît à sa mère*. — Après sa résurrection, le fils de Dieu va visiter Marie. Ce fait, dont l'Evangile ne parle pas, a été révélé à plusieurs saints personnages.

7º *L'Ascension de Notre-Seigneur*. — Marie est au milieu des disciples devant lesquels Jésus monte au Ciel.

8º *La Pentecôte*. — Marie reçoit le Saint-Esprit dans le cénacle avec les apôtres.

9º *Marie après l'Ascension*. — Elle est seule, en prière, soupirant après le moment qui la réunira à son fils bien-aimé.

10º *La Mort de la Sainte Vierge*. — Une tradition vénérable transmise par saint Jean Damascène qui dit la tenir de saint Denis raconte qu'au moment où Marie quitta la terre, les apôtres dispersés dans le monde, furent transportés miraculeusement près de son lit de mort. Ils reçurent ses derniers conseils, lui fermèrent les yeux, et la mirent dans un tombeau où, trois jours après, ils ne trouvèrent plus que des fleurs fraîchement écloses.

4º

GLORIFICATION DE LA SAINTE VIERGE. (*Première fenêtre à droite*)

1º *L'Assomption de Marie* — Elle est enlevée au Ciel par les anges.

2º *Le Couronnement de Marie*. — Elle reçoit le prix de ses vertus et s'assied sur un trône auprès de l'Eternel.

3º *Les honneurs rendus à Marie par les solitaires du Mont-Carmel*. — Dès le premier siècle, la Sainte Vierge fut l'objet d'un culte au Mont-Carmel, où vivaient retirés des hommes qui disaient succéder aux anciens disciples du prophète Elie : c'est entre leurs mains que se trouvait le portrait de Marie peint par saint Luc. Ces moines donnèrent naissance à l'ordre des Carmes, dont ils portaient la robe et le manteau blanc, moins le scapulaire.

4° *Le Concile d'Ephèse.* — Il eut lieu en 431, sous la présidence de saint Cyrille d'Alexandrie, légat du Saint-Siège. On y proclama la maternité divine de Marie comme dogme de foi. Après la session, les évêques furent reconduits chez eux, escortés d'hommes tenant des flambeaux, et précédés par les grandes dames de la ville qui brûlaient des parfums.

5° *Les vieux Guerriers Francs portant l'image de Marie sur leurs drapeaux.* — C'est un fait acquis à l'histoire. Il y eut aussi au moyen âge un ordre de chevalerie dont l'étendard portait d'azur parsemé d'étoiles d'or avec l'image de la Vierge au milieu.

6° *Rois offrant à Marie leur couronne.* — Il y en eut un grand nombre ; le dernier fut Louis XIII, roi de France.

7° *Présents du peuple à l'autel de Marie.* — Des hommes et des femmes viennent apporter des fleurs pour orner le sanctuaire de la Madone.

8° *L'Etoile de la mer.* — L'astre, emblème de Marie, brille au Ciel ; de pauvres matelots invoquent l'assistance de la Vierge pendant la tempête.

9° *La définition du dogme de l'Immaculée Conception.* — Pie IX, entouré de cardinaux et d'évêques, déclare solennellement que Marie a été conçue sans péché. Il tient en main la bulle sur laquelle on lit : *Maria sine labe concepta.*

10° *L'Image de Marie immaculée.* — C'est celle que l'on appelle vulgairement la médaille miraculeuse.

5°

L'HISTOIRE DU SAINT-CORDON (*Fenêtre centrale*)

1° *La Peste de l'an* 1008.— Les rues de Valenciennes sont jonchées de cadavres ; des fossoyeurs les transportent dans des charniers publics.

2° *La Visite de Marie à Bertholin.* — Le moine prie avec ferveur ; la Sainte Vierge lui commande de transmettre au peuple ses ordres et ses promesses.

3° *La Prédication de l'ermite.* — Les habitants groupés autour de lui écoutent avidement sa parole.

4° *La Nuit du miracle.* — Marie plane dans les airs ; les anges reçoivent d'elle un fil dont ils entourent la cité.

5° *La première Procession.* — On recueille le Saint-Cordon avec respect.

6° *Le Saint-Cordon est renfermé dans une châsse.* — Cette cérémonie eut lieu quelque temps après le miracle.

7° *La Confrérie des Royés.* — Des bourgeois se font inscrire sur les registres, et reçoivent les insignes de l'association.

8° *La Cour sainte de Marie.* — Les fiertes et les statues qui doivent servir de cortège à Marie pour la procession sont réunies dans le chœur de Notre-Dame-la-Grande ; les pieux fidèles viennent prier devant elles.

9° *La Procession.* — On voit passer divers groupes et la riche bannière de Marie.

10° *La Consécration de l'église actuelle.*. — Le prélat commence les cérémonies devant le seuil du temple ; un nombreux clergé l'environne.

QUATRIÈME PARTIE

LA SAINTE VIERGE DANS LES CIEUX (FENÊTRES DU CHŒUR)(1)

1° *Marie, Reine des cieux.* — Elle est assise sur un trône ; la lune est à ses pieds ; son front est couronné de douze étoiles.

Reine des Anges

2° *Saint Michel.*

3° *Saint Gabriel.* — Il porte en main un lis.

Reine des Patriarches

4° *Saint Jean-Baptiste.*

5° *Saint Joseph.*

Reine des Prophètes

6° *Daniel.* — Il est vêtu d'habits somptueux comme dignitaire de la cour babylonienne ; une chaîne d'or est suspendue à son cou ; il semble compter sur ses doigts les soixante-dix semaines d'années qui doivent s'écouler jusqu'à la venue du Messie.

7° *Ezéchiel.* — Son costume est celui des Juifs ; il a un compas en main comme pour mesurer le temple de Jérusalem dont il a prédit la réédification.

Reine des Apôtres

8° *Saint Pierre.*

9° *Saint Paul.*

Reine des Martyrs

10° *Saint Etienne.*

11° *Saint Laurent.*

(1) Les sujets de cette série sont placés dans l'ordre suivant : Marie occupe le centre, le n° 2 est à sa droite, le n° 3 à sa gauche, le n° 4 à la droite du n° 2, le n° 5 à la gauche du n° 3, etc.

Reine des Confesseurs

12° *Saint Léon, pape.*

13° *Saint Louis, roi de France.*

Reine des Vierges

14° *Sainte Agnès.*

15° *Sainte Cécile.*

CHAPELLE DE SAINT-VINCENT DE PAUL ET CHAPELLE DU SACRÉ-CŒUR

La chapelle de Saint-Vincent de Paul a trois fenêtres contenant chacune dix médaillons dans lesquels sont dessinés les faits principaux de la vie réelle, de la vie miséricordieuse et de la vie posthume du glorieux apôtre de la charité.

La chapelle du Sacré-Cœur, à l'origine, chapelle du St-Sacrement, ne possède que deux fenêtres à vitraux. Les sujets qu'on y traite ont tous rapport soit aux figures de l'Eucharistie, soit à la fête spéciale établie en son honneur.

1°

LES FIGURES (*Fenêtre à gauche*)

1° *La Manne.* — Elle tombe au désert sous la forme d'une neige éblouissante ; Moïse indique aux Hébreux qu'ils doivent la ramasser.

2° *La Cène.* — Jésus-Christ offre à ses apôtres la véritable manne qui peut rassasier leur faim spirituelle et leur donner la vie.

3° *Les Pains de proposition.* — Sur chacune des tables on en compte six qu'un prêtre est en train de ranger.

4° *La Salle du Festin royal.* — Tous y sont admis pour participer au banquet du Roi des rois.

5° *L'Autel des Parfums.* — Le grand prêtre y met l'encens qu'on doit consumer.

6° *Le Convive irrespectueux.* — Ce malheureux qui s'était présenté sans être revêtu de la robe nuptiale est chassé ignominieusement.

7° *Elie nourri miraculeusement.* — Un ange lui apporte dans sa détresse un pain cuit sous la cendre.

8° *Le Viatique.* — L'homme dans ses dernières souffrances est soutenu par le pain des forts.

9° *Le bon Pasteur.* — Jésus conduit son troupeau dans les plaines fertiles de la nouvelle Sion.

10° *La Messe.* — C'est là que, poussant l'amour jusqu'à l'excès, le Christ se dérobe sous de fragiles apparences pour devenir notre nourriture.

2°

CULTE DU SAINT-SACREMENT (*Fenêtre du Fond*)

1° *L'Ichthus.* — Ce sujet qu'on rencontre souvent dans les catacombes montre Jésus-Christ invitant quelques personnes assis à table avec lui à manger un poisson mystérieux qui est le symbole de son corps et de son sang.

2° *L'Adoration des Anges.* — Ils se prosternent devant l'Homme-Dieu caché sous les espèces sacramentelles.

3° *La Vision de la bienheureuse Julienne.* — La bienheureuse Julienne du Mont-Cornelion avait une dévotion particulière envers le Saint-Sacrement. Une vision céleste l'avertit un jour que Dieu voulait qu'on instituât une fête spéciale en l'honneur de la divine Eucharistie.

4° *Sa Conversation avec l'Archidiacre.* — Elle fit part de la faveur dont elle avait été l'objet à l'archidiacre de Liège qui fut dans la suite Urbain IV.

5° *Le Miracle de Bolséna.* — Un prêtre, disant un jour la messe dans un château non loin de Rome, eut des doutes sur la présence réelle, après les paroles de la consécration. Soudain il vit du sang jaillir de l'hostie et rougir le corporal.

6° *Le Linge sacré est montré au Pape.*— Urbain IV, frappé de ce prodige, se souvint des instances de Julienne du Mont-Cornelion, et ordonna la célébration dans toute l'Eglise de la fête du St-Sacrement.

7° *Le Concile de Vienne.* — Urbain mort, son successeur, Clément V, au concile de Vienne (1316), approuva la nouvelle solennité.

8° *Saint Thomas compose l'Office du Saint-Sacrement.* — Son crucifix est devant lui; il puise dans cette vue l'inspiration.

9° *Il le lit au Pape.* — Saint Bonaventure, qui avait composé un travail analogue, en entendant cette suave et ravissante poésie, déchire un à un les feuillets qui contiennent son œuvre.

10° *La Procession du Saint-Sacrement.* — Elle se déploie dans toute sa splendeur et tout son éclat.

CHAPELLE DES TRÉPASSÉS

Montrer la sanctification de l'homme par la souffrance physique et morale, telle est l'idée d'ensemble qui domine dans la classification des sujets contenus dans cette chapelle.

La première fenêtre, dans ce qu'a enduré l'Homme-Dieu pendant sa passion, nous montre que notre salut s'est opéré par la douleur.

La deuxième, dans la peinture des principaux tourments qui accablent notre humanité, nous enseigne à changer en mérites les afflictions d'ici-bas.

La troisième offre l'image des bonnes œuvres par lesquelles nous pouvons soulager ceux qui souffrent dans le purgatoire.

1°

JÉSUS NOUS RACHETANT PAR LA SOUFFRANCE (*Fenêtre centrale*)

1° *Jésus trahi par Judas.*

2° *Jésus accusé chez Caïphe.*

3° *Jésus méprisé chez Hérode.*

4° *Jésus flagellé*

5° *Jésus montré au peuple couronné d'épines.*

6° *Jésus condamné par Pilate.*

7° *Jésus chargé de sa croix.*

8° *Jésus attaché à la croix.*

9° *Jésus expirant sur la croix.*

10° *Jésus après sa mort remis à sa mère.*

2°

LES SOUFFRANCES D'ICI-BAS (*Deuxième fenêtre à droite*)

1° *Job sur son fumier.*

2° *Lazare à la porte du mauvais riche.*

3° *L'Enfant prodigue gardant les pourceaux.*

4° *Jésus-Christ guérissant la belle-mère de saint Pierre.*

5° *Le Paralytique au bord de la piscine de Siloë.*

6° *L'Aveugle-né demandant à Jésus sa guérison.*

7° *La Veuve de Naïm suivant le convoi de son fils.*

8° *Le Voyageur blessé secouru par le bon Samaritain.*

9° *Le Fils du père de famille mis à mort par les ouvriers de la vigne.*

10° *Les dix Lépreux.*

3°

LES BONNES ŒUVRES ALLÈGENT LES SOUFFRANCES
DU PURGATOIRE (*Première fenêtre à droite*)

1° *Service funèbre.*—On distingue le catafalque entouré de cierges, et l'autel où l'on célèbre la messe.

2° *La Prière sur un tombeau dans un cimetière.*

3° *L'aumône d'argent et de pain.*

4° *L'Aumône de vêtements.*

5° *L'Aumône du verre d'eau.*

6° *La Visite aux prisonniers.*

7° *Le Rachat du captif.*

8° *Tobie ensevelissant les morts.*

9° *La Consolation à l'âme affligée.*

10° *La Propagation de la foi.* — On voit un navire en partance : le missionnaire reçoit l'aumône qu'on lui offre au moment où il va quitter le rivage.

———

CHAPELLE DE SAINT-JOSEPH ET SAINT-GILLES

Saint Gilles (1), titulaire primitif de cette chapelle, est le patron de Valenciennes. Lorsqu'au VIIe siècle on voulut rebâtir l'hôpital et la chapelle que Valentinien avait fait élever sur l'emplacement d'une maison de Vestales, le nouveau temple fut consacré en l'honneur de saint Gilles. Ce pieux personnage mort peu auparavant avait rempli toute la Gaule du bruit de ses miracles ; Childebert l'avait eu en grande vénération ; on comprend donc aisément pourquoi il fut choisi comme titulaire de l'église. C'est le premier saint à qui Valenciennes voua un culte spécial : aussi est-il devenu le patron de la ville tout entière.

La dévotion qu'il inspira au peuple s'est continuée à travers les âges. L'ancienne bannière de la ville portait d'un côté son image et de l'autre le lion d'or valenciennois (2). Son nom fut donné à la tour que les bourgeois élevèrent contre Jean II d'Avesnes et qui fut démolie en 1570, par ordre du duc d'Albe Le premier hôtel de Ville, achevé en 1336, par Guillaume le Bon, avait sur sa façade la statue de notre saint avec celles de N.-D. et de S. Saulve (3). On orna également de sa statue la fontaine de Castres, coulant à la porte de Famars, et qui dès lors s'appela fontaine Saint-Gilles. Les diverses phases de sa vie, représentées vers la fin du XVIIe siècle en huit pièces de tapisserie de haute lisse (4) par Philippe de May, d'après les

(1) V. E. Rembry : *Saint Gilles : sa vie, ses reliques, son culte en Belgique et dans le nord de la France.* Bruges. Gailliard.

(2) « Du passé l'on portoit dans les guerres la grande bannière de ceste ville, qui avoit d'un costé l'image de Sainct Gilles, de l'autre les armes de la ville qui sont de gueules au lion d'or, armé et lampassé d'azur. »

(P. d'Oultreman, *Cour sainte*, IV, 4.)

(3) Les 3 statues furent refaites agrandies en 1572. Elles ont disparu dans une reconstruction postérieure de la façade.

(4) Les sujets de ces tapisseries sont ainsi énumérés dans le compte dressé par l'eschevin Seppa :

1º Saint Gilles dans le désert, avecq lequel une biche s'est venue familiariser.

2º Saint Gilles dans le désert, à qui le Roy de France est venu rendre une visite.

3º La chasse du Roy de France dans le bois dans lequel saint Gilles s'estoit retiré.

4º Saint Gilles donnant la bénédiction aux animaux dans le désert.

dessins de J. Gérin, décoraient la chapelle du Magistrat (1). Sa fête y était célébrée en grande pompe (2).

Sa légende est reproduite dans trente médaillons distribués en trois fenêtres.

PREMIÈRE FENÊTRE

1º *Naissance de saint Gilles.* — Il vit le jour à Athènes ; son père, Théodore, était de famille royale.

2º *Son Éducation.* — Les plus habiles maîtres du temps furent ses précepteurs. Malgré ses succès dans les sciences profanes, il aimait avec prédilection les saintes lettres où il puisait l'amour de Dieu et le mépris des grandeurs.

3º *Il guérit un malade.* — Un jour qu'il se rendait à l'église, il rencontra un malade presque nu ; il le revêtit de son manteau, et aussitôt le pauvre recouvra la santé.

4º *Mort des parents de saint Gilles.* — Il leur rendit pieusement les derniers devoirs.

5º *Il guérit un homme piqué par un serpent.* — La blessure était mortelle ; Gilles qui sortait de l'église sauva miraculeusement l'infortuné de tout péril.

5º Saint Gilles qui donne son manteau à un pauvre estropié.

6º Un ange qui présente une crosse à saint Gilles dans le désert.

7º L'embarquement de saint Gilles.

8º Saint Gilles près de sa grotte, blessé d'un coup de flèche à la main, et le Roy de France à ses pieds surpris d'étonnement de ce que ses chasseurs ont blessez un saint vieillard au lieu d'une biche qu'ils poursuivoient.

(1) C'était la chapelle Saint-Pierre située sur le même rang que l'Hôtel-de-Ville. (Cf. Cellier : *La chapelle Saint-Pierre.*)

(2) « Le jour de Sainct-Gilles, patron de ceste ville, chacun an se célébrera une messe solennelle avecq la musique à l'honneur dudict sainct. » (Règlement de 1623).

6° *Il délivre un démoniaque.* — Un jour qu'il assistait à l'office divin, il chassa le démon du corps d'un possédé qui troublait les fidèles par ses cris.

7° *Il prêche devant l'aréopage.* — Son éloquence captiva tous les esprits et entraîna tous les cœurs.

8° *Il apaise une tempête.* — Fuyant sa patrie où sa réputation contrariait son goût pour l'humilité, il prit la mer. Un orage violent s'éleva ; mais à la prière de Gilles les vents s'apaisèrent ; tout l'équipage le regarda dès lors comme un dieu.

9° *Il s'embarque pour Arles.* — Après être resté trois jours dans une île avec un saint vieillard, il remonta sur un vaisseau, et se dirigea vers la Provence. Il resta deux ans à Arles.

10° *Il habite avec un pieux ermite* — Il entra près d'Uzès dans une solitude où vivait le moine Vérédème, Grec comme lui ; Gilles devint son disciple, et fit de grands progrès dans la vertu.

DEUXIÈME FENÊTRE

1° *Nouveau miracle.* — Il guérit une personne malade de la fièvre.

2° *Miracle des récoltes.* — Les habitants des environs, dans un temps de sécheresse, le supplièrent d'intercéder pour eux auprès du Seigneur. Il s'adressa à Dieu, et une pluie abondante vint sauver la moisson.

3° *Il s'enfonce dans la solitude.* — Pour éviter les honneurs que lui attiraient ses prodiges, il pénétra seul dans une profonde forêt, où il goûta les consolations ineffables du commerce avec Dieu.

4° *Le Seigneur lui envoie une biche.* — Le Ciel permit qu'une biche vint tous les jours le nourrir de son lait ; elle prit son refuge dans la caverne de l'ermite.

5° *Saint Gilles est blessé par le roi de France.*— Childebert, roi

23

des Francs, dans une chasse, poursuivit la biche qui se sauva dans la grotte. Il lui lança une flèche dont le saint fut grièvement blessé ; toutefois, saisi de frayeur, il n'osa entrer.

6° *Le Roi et l'Evêque le visitent*. — Le lendemain, Childebert, accompagné d'un évêque, revint à la caverne ; on y pénétra, le saint fut découvert, et on pansa la blessure qu'il avait reçue.

7° *On lui bâtit un monastère*. — Le roi, qui venait souvent le voir, obtint, à force d'instances, de lui bâtir un cloître pour y finir ses jours.

8° *Consécration du monastère*. — Elle se fit avec une pompe extraordinaire, et attira sur beaucoup de personnes les bénédictions d'en haut.

9° *Apparition d'un ange*. — Il vint un jour voir le roi qui se recommanda à ses prières, parce que, disait-il, il avait commis une faute honteuse dont il n'osait s'accuser même au saint. Le dimanche suivant, pendant la messe, Gilles vit un ange déposer sur l'autel un écrit.

10° *Prophétie*. — Rentré au couvent, il prédit aux moines que bientôt les ennemis ruineraient le monastère (1).

TROISIÈME FENÊTRE

1° *L'Ecrit est présenté au roi*. — Il contenait le péché que le prince n'osait dire, et l'annonce que, grâce aux prières de Gilles, il serait pardonné à son repentir. Touché de ce miracle, le monarque se confessa humblement et se convertit.

2° *Résurrection d'un mort*. — En revenant, saint Gilles rendit la vie au fils d'un prince à Nîmes.

3° *Il fait jeter les portes de cyprès dans le Tibre*. — Saint Gilles alla à Rome offrir au pape son couvent. Le Souverain-Pontife lui fit

---

(1) Ce sujet devrait être le second de la troisième fenêtre. Les deux qui suivent remonteraient alors d'un rang.

présent de deux portes de cyprès enrichies de sculptures pour orner son monastère. Il les fit jeter dans le Tibre et les confia au fleuve.

4° *Il va les chercher en procession.* — Ayant appris à son retour que deux belles portes étaient venues échouer au rivage, il alla les prendre avec tous ses religieux.

5° *Il les place au monastère.* — Tous les assistants bénissent le ciel du nouveau prodige.

6° *Il prédit sa mort.* — Les moines rangés autour de lui écoutent ses derniers conseils.

7° *Trépas de saint Gilles.* — Il eut lieu le 1ᵉʳ septembre, vers la fin du VIᵉ siècle : les anges firent entendre autour de son corps de mélodieuses symphonies.

8ᵐᵉ *Ses Funérailles.* — Un grand concours de peuple y assista.

9° *Miracle à son tombeau.* — Dieu signala sa sainteté en faisant un éclatant miracle à son tombeau.

10° *Saint Gilles devant le Père éternel.* — Il lui donne la récompense de ses héroïques vertus (1).

(1) V. Appendice FF.

APPENDICE

A

De fundatione oppidi Valencenensis

ROINDE Senonenses audientes secessum Belgorum, animati, decreverunt omnes dictas civitates simul obsidere. Et pertranseuntes juxta civitates Cambri, solis *(Solesme)*, Fanique Martis, supra ripuariam Scaldi, in paludibus, insulas plures, in paludum medio, reperientes, decreverunt abhinc dictas civitates obsidere. Unde illuc, pro opportuno recursu, fortalitium *(forteresse)* et aggeres, turres, portam et oppidum munitum et forte construxerunt, vallemque senonensium sibi nomen imponentes, pro nunc a modernis Valentianis appellatur. Bremo et Brennio in stationibus Brevitici quod nunc dicitur Buvraiges, a dicto Bremo, et Brenæ pausantibus, sic a Brennio dictæ, quæ usque ad tempora Caroli-Magni dicto nomine vocabatur ; seb ob reverentiam gloriosi martyris Salvii, mutato nomine, Sanctus Salvius a cunctis nunc appellatur. Paludes vero intermedii a Brutis, id est, a Britonibus, in eisdem commorantibus, dictæ sunt Bruel *(Bruai)* : qui quidem Britones cum Bremo et Brennio a Britannia discesserant.

J. DE GUISE, *Ann. Hann.* III, 25.

B

Divers récits du miracle

I

E preud'homme vint apporter les salutifères nouvelles au peuple fort vexé de mortelle maladie, les admonestant d'obeir aux sacrés commandements, à quoi unanimement et de tres bon cœur tous consentirent et se disposèrent d'instituer à toujours mais, entretenir ladite procession, et ce fait la peste cessa ; et fut ordonné le thour comme il est du present lequel contient environ deux lieues de loing. Le dit hermite aussi certifia avoir veu la bonne dame tenir ung filet en sa main et que ung ange environnoit la ville, et pour memoire de l'ange le jour de la procession on porte un ange devant la fierte de la Vierge Marie.

L. DE LA FONTAINE dit WICART, *Antiquités de Valenciennes*.
(1ʳᵉ partie) (Man. de 1552.)

II

«...« La glorieuse Vierge s'apparut au sainct personnage, et luy revela que sa priere luy avoit esté aggreable, et que pour la charité dont il avoit esté poussé vers les habitans de Valencienne, l'infection seroit de bref bannie. Et pour mettre à chef sa promesse si ioyeuse, elle manda et commanda par ledit hermite, que tous les bourgeois de la ville le 7 iour de septembre ieunassent et s'addonnassent à l'oraison, que de nuict elle feroit chose grande, et un coup merveilleux de la puissante main du Tres Hault.

« La même nuict, lors que la pluspart des bourgeois veilloit et prioit sur les remparts, on apperceut la Royne des Cieux, revestuë de ses beaux accoustrements de gloire, accompagnee d'un bon nombre des Bienheureux, qui tournoyoit la Ville, et l'environnoit d'un filet à la veuë des sentinelles, du Magistrat, et d'un monde de peuple, qui, à la semonce d'une clarté extraordinaire, vindrent voir ce beau spectacle.

Ce fut alors que la bonne Dame s'apparut derechef au S. Hermite, et luy commanda de faire continuer la devotion tout le lendemain, ascavoir le 8 de septembre, auquel iour l'Eglise faict la Feste de la Saincte Nativité de ceste leur Bienfaictrice, et qu'on fist une Procession tout allentour de la Ville, suyvant la piste du filet et du cordeau, et qu'aussy tost tout l'infection cesseroit.

« Le devot hermite apporta volontiers ces ioyeuses nouvelles, et le desir que tous avoient de se voir affranchis de tant desastreuse maladie, leur fit augmenter le courage et la devotion. Car le lendemain tout le clergé, Messieurs du Magistrat et les habitans firent une belle Procession, et recueillirent ce celeste Filet, qu'ils ont touiours gardé en memoire d'un benefice tant inopiné, et à l'honneur de la Mere de misericorde leur singuliere Patronesse ».

P. G. MARC, *La devote et solemnelle procession quy se faict en la Ville de Valencienne, le huictiesme iour de Septembre*. Valencienne. I. Vervliet (1614).

III

...« Nocte igitur sequenti, cum civium bona pars vigiliis et precibus intenta supra muros consisteret, en virgo Dei-Para splendidissimis gloriæ suæ vestibus refulgens, ac innumeris Beatorum spiritibus comitata urbem ipsam circumire, filoque ipsam circumdare visa est ; omnium in conspectu tam magistratus quam vulgi innumerabilis ; qui, insolito maximæ lucis splendore acciti, eo propere convolarant : hinc iterum ɩ ei-Para dicto pio anachoretæ conspiciendam sese præbens, jussit ut toto insequenti die sexto Idus septembris (qui dies nascenti primum Virgini sacer est et solemnis) ut, inquam, toto illo die, cives omnes in incœpto pietatis et orationis officio contineret : moneretque insuper, ut cives fili cœlestis a se conspecti vestigia relegentes, pari circuitu supplicationem solemnem circum urbis muros instituerent. »

A. Raissius, Ad natales SS. Belgii auctarium. Douai (1626).

« Eodem in oppido in augustissima beatæ Mariæ basilica quæ est Præpositura a cœnobio Hasnoniorum dependens, in prædivite capsa inclusum est filum quo beata Virgo innumeris beatorum spiritibus comitata, ornatu et splendore mirifico, oppidum Valentianense anno mviii, lue tum contagiosa mirum in modum sæviente, circumdare visa est, ac, ejusdem ope, miraculose liberati fuere incolæ : illa autem capsa, ipsa Nativitatis Virginis matris Mariæ luce, a confraternitatis fimbriatorum, gallice royez, sodalibus nudis pedibus in supplicatione (nam ob tam insignis beatæ Deiparæ Virginis favoris memoriam, quotannis, ab innumeris hominum turbis, celebratur) ad duarum leucarum spatium circumfertur : inscripti vero huic capsæ gallici versus leguntur, qui modum in mirum antiquitatem redolent. »

A. Raissius, Hierogazophylacium belgicum. Douai (1628).

IV

« A une demi-lieue de Valenciennes, se void le petit ermitage qu'on nomme aujourd'hui Fontenelle; auparavant on l'appelait Notre-Dame-de-la-Fontaine, à l'occasion duquel l'an 1008 arriva une chose remarquable. Car la peste ravageant tout-à-fait la ville de Valenciennes, la Sainte Vierge apparut à l'ermite, qui estoit un sainct homme, l'avant-veille de sa nativité, et lui ordonna de dire aux habitants de sa part qu'ils jeunassent le lendemain et passassent la nuit en prières, et qu'elle leur ferait voir des merveilles. Tous se mirent incontinent en devoir d'obéir. La nuit venue, les voilà pour la plus part sur les murailles en prières et dévotions. Comme ils prioient avec ferveur, la Sainte Vierge descendit du ciel à la veue de tous, plus luisante que le soleil, accompagnée d'un nombre infiny de bienheureux, et avec un cordeau qu'elle tenoit à la main, elle enceignit toute la ville à la rondeur de deux lieues, et cela fait, elle se rendit à la logette de l'ermite, luy enjoignant expressément d'aller de rechef trouver les consuls, et leur commander de sa part, de passer encore le lendemain, qui étoit le jour de sa feste, en dévotion, et de faire une procession générale à l'endroit où elle avait laissé le cordeau, ajoutant que, par ce moyen, la contagion cesseroit. La chose avint tout ainsi qu'elle l'avoit prédite, et en reconnoissance d'une tant signalée faveur, tous les ans, pendant l'octave de la nativité, la procession générale fait chaque jour une partie de ce tour de deux lieues que la Sainte Vierge marqua. Le cordeau miraculeux est gardé avec beaucoup d'honneur parmy les plus précieuses reliques de la ville; et dès lors on institua une confrérie que l'on appelle de <i>Royés</i>, à cause que ce jour-là les confrères portent des habits rayés en signe de réjouissance, et pour conserver la mémoire d'un si remarquable bienfait. »   P. Poirée, <i>Triple Couronne.</i> (1643).

V

...« Eadem nocte, cum major pars civium in mœnibus vigilaret et oraret, visa est cœli Regina gloriosis vestibus induta, et magno beatorum numero comitata urbem circumire, et circumdare filo, spectantibus excubitoribus, magistratu, et magna populi multitudine, quæ, evocata nova et extraordinaria luminis claritate ad hoc spectaculum accurrit. »

COLVENÈRE, Kalendarium Virginis Mariæ. Douai (1638).

VI

...« Ceste mesme nuict, lors que la pluspart des bourgeois veilloient et prioient sur les murailles de la ville à la faveur d'une grande et céleste clarté, qui, faisant jour à la nuict, tira le Comte sur le rempart, avec le Magistrat, et principaux de Valentiennes : on vit la Mère de Dieu revestue de gloire, et accompagnée d'un escadron d'Anges et de Bienheureux environner la ville d'un certain filet.

H. D'OULTREMAN. Histoire de la ville et comté de Valentiennes.
Douai, M. Wyon (1639).

VII

...« Sur les minuict apperceurent une grande clarté descendre du ciel et au millieu d'icelle une Royne accompagnée et environnée d'une grande multitude d'anges, l'ung desquels marchant devant, tenoit en sa main ung filet rouge, et alloit en telle équipage autour de la ville, commençant et finissant le circuit d'icelle en la chappelle de Nostre Dame, sur laquelle se tenoit la Bienheureuse Vierge entourée comme dessus et d'une clarté nompareille. Le thour entièrement achevé, la vision cessa, laissant seulement le cordon pour mémoire, lequel fut recoeillé du peuple avec grande humilité révérence et dévotion, comme estant ung don venant du ciel, et fut porté en la susdite chappelle pour y être gardé à perpétuité. »

S. LE BOUCQ, Histoire ecclésiastique de la ville et comté de
Valentienne (1650). Imprimé en 1844.

VIII

Imago B. V. Miraculosa

DE EREMITORIO VALENCENIS

Prope urbem eremita habitavit, et Deiparæ imaginem impense colebat, et ut credibile est, urbem peste afflictam ei commendavit: apparuit illa viro, et in mandatis dedit ut magistratui denunciaret jejunium vigilia nativitatis suæ imminente, tota urbe: si id facerent, postea cives mira visuros : facto jejunio populus mœnia implevit, visurus quæ promittebantur mirabilia ; visa denique est Deipara exire ex eremitorio, angelorum sanctorumque comitata choro, et funiculo mensurare totum urbis circuitum duarum leucarum, et iterum in eremitorium redire quod eremita sibi in sacelli formam ædificaverat ; jussit insuper ut processio perpetua festo Nativitatis suæ institueretur. Funiculus hodie adhuc servatur. Processio habetur, sed circuitus duarum leucarum non totus una vice perficitur.

GUMPPENBERG, Trias Atlantis Mariani (1672)

C

Sur la Peste

STANCES

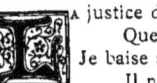A justice de Dieu n'est pas moins adorable
    Que son charmant amour.
Je baise sa main droicte, alors que favorable
    Il nous fait un beau jour ;
Mais j'aime esgalement les ombres de sa gauche,
Où moins il nous paroist, et plus de nous approche.

Et la peste et la guerre, et la faim sont fantomes
    Qui cachent sa bonté,
Et jettans la terreur dans les esprits des hommes
    Chassent la volupté.
Ce monstre carnassier sous un beau masque d'anges
Nous pipe et nous entraine en des malheurs estranges.

La peste tout d'un coup raffle bergers et princes,
    Comme on fauche un blé vert ;
Ravage lès cités, désole les provinces,
    Fait du monde un désert.
Son nom mesme est horrible, et tant on le déteste
Qu'à moins d'une disgrâce, on ne peut dire : Peste.

C'est un venin coulé par l'antique vipère
    Dans ce morceau maudit
Qui les dents agaça des enfants et du père
    Qui la pomme mordit.
Par ceste bresche entra la mort dessus la terre
Avecques ses fourriers, peste, famine et guerre.

Mais nostre Dieu sçait bien des pestes les plus fines
    Tirer la guérison ;
Former la thériaque, et les drogues divines
    D'un funeste poison.
Il faict poindre le jour au milieu des ténèbres,
Et retire la vie hors des tombes funèbres.

Valentienne aujourd'hui doit l'honneur de ses grâces
    A la peste des corps,
Qui là fit un charnier, tout comblé de carcasses
    Et d'un peuple de morts.
Car le feu des bubons luy servit de cautères
Pour arrester l'humeur qui gastoit ses artères.

Ceux qu'emporta la mort dans leurs peines cruelles
  Payèrent leurs excès,
Et tous les survivans, broyés jusques aux moelles
  Quittèrent les péchés.
Tous apprirent que Dieu n'est pas moins un bon père
Dans un sort orageux que dedans un prospère ;

Qu'icy bas la fortune au plus haut de la roue
  Où sont logés les rois
N'est qu'un bouillon luisant, dont un enfant se joue
  Sur des coques de noix.
Dieu mérite tout seul qu'on le craigne et qu'on l'aime,
Seul objet du bonheur et du malheur extrême.

P. d'Oultreman, *Cour sainte*, I, 3.

D

Le Miracle

... Devexo interea propior fit vesper Olympo.
Eventu suspensa rei, pars major in urbe
Urbis adit muros, nocturnaque tempora junctis
Dum terit excubiis, videt admirabile lumen
Undique dispergi ; viso mox lumine cives
Accurrunt, sed et ipse comes, comitante senatu.
Nec mora, lucifluam cunctis spectantibus æthram,
Incedit magna superum comitante caterva
Sancta Dei genitrix, ducens per mœnia filum.
Ut vidit populus, clamoribus æthera complet.
Personat applausu læta cum plebe senatus,
Nec minus ipse Comes : vix circumcinxerat urbem,
Subtrahit adspectum, fontanaque tecta colenti
Rursus adest, mandatque jubens, ubi crastìna lucem
Orta dies dederit, celeri pede reppetat urbem,
Cœptarumque precum reagi pia munera curet ;
Admoneatque dehinc, ut (qua patet ambitus urbis)
Ipsius ad fili ductum processio fiat,
Qua demum exacta, morbi lethalis ab igne
Reddet inoffensos cives, gentemque propinquam.
Postera lux aderat, Mariano nobilis ortu,
Et comes et clerus, pius hinc cum plebe senatus
Continuare preces gaudent, juxtaque Beatæ
Virginis imperium, solemnem ducere pompam,
Qua monstrabat ìter Mariani semita funis ;

Queis ita finitis solitæ sub prandia mensæ,
Omnis ab urbe lues celerem deflectere gressum,
Atque novercalis dulcescere spiritus æthræ.
Cœlicus at funis (velut indelebile pignus
Muneris accepti terra reverenter ab ipsis
Civibus exceptum) fuit arca divite clausus.

PH. BRASSEUR, *Par sanctorum martyrum, hoc est SS Marcellinus et Petrus,
Hasnoniensis ecclesiæ patroni, præmissa breviter ejus descriptione, fundatione
et reparatione. Dictorum martyrum gestis subtexitur origo cultus B. Mariæ
Foyensis, reliquiarum catalogus, abbatum series et scriptorum indiculus.
Additur descriptio, fundatio, donatio, dedicatio, sanctitas et magnificentia
eminentissimæ basilicæ S. Mariæ-Majoris Valencenis Hasnonio subjectæ,
subjuncta dicti oppidi anniversaria processione.* Montibus, typis Joannis Havart,
in platea Nimiana, sub signo Montis Parnassi. (1643).

LA VILLE DE VALENCIENNES

délivrée de la peste par la protection de la Sainte Vierge

Quel spectacle, grand Dieu, par quels coups effroyables
S'exerce ta fureur sur nos têtes coupables ;
Et répand à la fois sur ce funeste bord
L'horreur, le désespoir, le ravage et la mort !
Tel au temps de David, dans les murs de Solime.
De ton bras redoutable Israël fut victime,
Quand un souffle, vomi par l'enfer en courroux,
Vengea les justes droits dont ton cœur est jaloux.
La mère alors, la mère, à son fils qu'elle allaite,
Présente un tendre sein, et coupable elle apprête
Le funeste poison où, par un triste sort,
Dans le sein de la vie il rencontre la mort.
Des malades la soif sèche et démesurée
De l'onde de l'Escaut ne peut être appaisée ;
La toile la plus mince, un léger vêtement,
Aux membres altérés deviennent un tourment.
L'un, pour se rafraîchir, dans l'eau se précipite.
Et l'horreur de la mort trouble l'autre et l'agite ;
La frayeur, la tristesse et le sourcil froncé,
Une toux violente, un sang demi glacé,
La respiration tantôt libre et fréquente,
Tantôt entrecoupée, embarrassée et lente,
La salive acre et jaune au plus puissant effort
A peine peut céder, et de la gorge sort,
Les yeux étincelants et la tête embrasée,
La langue foible et rude, et l'haleine infectée,

Des ulcères sanglants interceptants la voix,
Tous les nerfs retirés, les mains et les pieds froids,
La bouche s'entr'ouvrant d'une manière horrible,
Les membres frissonnants, et le regard terrible,
On coupe à l'un les bras ou l'on cerne les yeux,
L'air partout retentit du cri des malheureux,
Dont la mort d'un seul coup, de sa faulx meurtrière,
Des jours coupe la trame et finit la carrière.
De cadavres hideux, l'un sur l'autre entassés,
L'odeur au loin fait fuir les oiseaux affamés ;
De carnage et de sang si quelque bête avide
Sur sa proye en tremblant porte une dent timide,
Elle expire ; ou sa fuite aux hôtes des forêts
Communique du mal les lugubres effets.
Tel un feu souterrain, ou caché sous la cendre,
S'allume, éclate, embrase et cherche à se répandre;
Ainsi naguère on vit la désolation
Aux rives de l'Escaut, quand la contagion
De l'ombre de la mort couvroit toute la Ville,
Et d'un souffle infectoit la compagne fertile.
Nous périssions, hélas ! si dans le fond des bois
Un solitaire au Ciel n'eût élevé la voix,
Et d'un Dieu courroucé si la Mère propice
N'eût de son bras vengeur arrêté la justice.
Achève, Vierge Sainte, et du plus haut des Cieux
Daigne veiller encore au salut de ces lieux.
Un fléau plus terrible a causé nos allarmes,
Plusieurs fois à nos yeux il fit verser des larmes :
L'impie de l'erreur arbore le drapeau ;
De la foi verroit-on s'éclipser le flambeau ?
Ce peuple est ta famille, allume dans son âme
L'amour de tes vertus, que la céleste flamme
Du vice, sans retour, consume le foyer ;
Qu'il connoisse le bien et qu'il sçache l'aimer ;
Qu'une intention droite, une ferveur sincère
Soit de ses actions l'auguste caractère.
Ecarte loin de nous, écarte de nos cœurs
Le goût des faux plaisirs et la peste des mœurs.

A Douay, chez Jacques-François Willerval, imprimeur ordinaire DU ROI, rue des Ecoles au Saint-Esprit (1774).

NOTRE-DAME DU SAINT-CORDON

I

LE VŒU

Humble héritier des Trouvères pieux,
J'aime à chanter le doux nom de Marie,
Et, dans mes vers voués à nos aïeux,
Je veux redire à ma belle patrie
Tous les bienfaits de la Reine des cieux.
J'ai célébré son voile de dentelle
Couvrant Cambrai d'une égide immortelle;
Et j'ai montré, par son bras triomphant,
Lille au berceau ravie au fier géant
Qui l'étreignait entre ses mains indignes:
A tes échos, vallon chéri des cygnes,
Je viens chanter les divines faveurs
Dont te combla la Vierge des douleurs,
Quand la cité, sombre de funérailles,
Vit Notre-Dame attendrir à ses pleurs,
D'un saint cordon enclore ses murailles,
Et la sauver des mortelles vapeurs.
Oh! si ton souffle inspirait ma mandore,
Toi que j'évoque, ange du souvenir:
Oh! si vainqueur, je pouvais obtenir
La coupe offerte au chant le plus sonore;
Pleine de fleurs, à toi j'irais l'offrir,
          Toi qui ne cesses de fleurir,
Rose du Ciel que Valenciennes implore!

II

VALENCIENNES EN L'AN 1008

Depuis l'an mil, huit ans étaient passés;
Et, délivré des angoisses cruelles
Où l'univers, croyant ses jours fixés,
Trembla longtemps sur ses bases mortelles,
On retournait aux plaisirs insensés.
Or, Valencienne, avec fureur naguère
Frappée en vain du fléau de la guerre,
Dans l'hypocras de coupables festins
Noyait remords, malheurs, maux et chagrins.
Débauche, orgueil, ambition, colère
A leurs excès donnaient un libre cours.

Les sept péchés signalaient les sept jours ;
Le frère était sans pitié pour son frère :
Devant ce peuple, un honnête payen
Eût fait rougir du beau nom de chrétien.
Dans la chapelle où jadis Charlemagne (1)
Eternisa son pieux repentir,
Le chant des clercs vient-il à retentir,
Une voix pure à peine l'accompagne :
Et Notre-Dame, au milieu des ingrats,
Seule, pour eux tendait au Ciel les bras.
Mais leur malice étouffant sa prière,
Des cieux déjà s'élançait le tonnerre :
« Grâce, dit-elle, ô mon fils, ô mon roi,
Encore un jour ! je vois venir vers moi,
Sur les degrés de mon temple en ruines,
Deux chastes cœurs où vit encor ta loi :
Suspens pour eux tes vengeances divines. »
En ce moment, s'unissant par la main,
Deux fiancés, Reinelde et Bertelain,
Devant le prêtre, à l'autel de Marie,
Juraient d'aimer d'une voix attendrie :
Leur doux hymen à peine était béni,
Pâle, Reinelde en gémissant chancelle,
Et se cachant au sein de son ami :
« Je meurs, adieu ! ne pleure pas, dit-elle :
Notre patronne à sa cour me rappelle ;
A moi bientôt tu seras réuni :
Fuis cette ville ; au bois de Fontenelle
En saint ermite attends l'ordre de Dieu :
Va ! c'est le vœu de ta céleste mère.
Mon cœur vivra dans le tien sur la terre ;
Mon âme seule au Ciel s'envole...adieu ! »
Triste, éperdu, mais à sa voix docile,
Et pour compagne emportant un tombeau,
Au sein du bois qui descend d'un coteau, (2)
Le jeune époux va chercher son asile.

---

(1) Ce fut à Valenciennes, dit-on, que Charlemagne répudia Désidérate, fille de Didier, roi des Lombards, qu'il avait épousée contre les lois de l'Eglise, l'année précédente. Pressé par les remontrances du pape et des évêques, il reprit Hildegarde, sa femme légitime, et renvoya Désidérate. On croit que c'est en expiation et en gage de repentir qu'il bâtit la chapelle dédiée à la Ste-Vierge, qui fut remplacée, après le miracle du Saint-Cordon, par l'église de Notre-Dame-la-Grande.

(2) Le Mont Joui (Mons Jovis), au bas duquel se trouvait le bois de Fontenelles, où vivait l'ermite Bertelain, suivant l'histoire.

III

LE FLÉAU

Quand l'Eternel, regardant la cité,
De la vertu n'y vit plus une trace,
Il la maudit de son bras irrité,
Et de ses fils il détourna la face.
Satan, au fond des antres infernaux,
Bondit d'ivresse, et de ses arsenaux
Sortant armé pour tourmenter sa proie,
Il la saisit en rugissant de joie.
Plein de poisons ravis au gouffre impur,
Il respire et, des cieux souillant l'azur,
Soudain son souffle a corrompu la vie.
Horreur ! la peste en sortant de son sein,
Dans Valencienne à sa chaîne asservie,
De rue en rue a jeté son venin.
Et la cité qui s'endormit la veille
Le front paré des myrtes du festin,
Livide, hélas ! aux lueurs du matin,
La mort au cœur, en sursaut se réveille.
Oh ! qui peindra ta désolation,
Fille infidèle à ta divine mère ?
Aux vautours même objet d'aversion,
Tu n'offres plus qu'un vaste cimetière.
Mais, qu'ai-je dit ? la vie avec la mort,
Hurlant en vain du nœud qui les rassemble,
Sur tes pavés noircis gisent ensemble.
Nul ne fuira l'inévitable sort !
Où s'épanchaient les flots d'or de la bière,
Où trépignait la danse aux pieds lascifs,
On ne voit plus que spectre solitaire
Brûlant d'un feu que rien ne désaltère ;
On n'entend plus qu'appels, qu'adieux plaintifs.
Et pour la ville, où son onde vitale
Portait toujours quelque trésor nouveau,
L'Escaut se change en un étroit tombeau,
Sépulcre ouvert d'où le trépas s'exhale.
Morne, le peuple a vu, dans sa stupeur,
Tous les voisins qu'en vain sa voix réclame,
Loin de ses murs s'enfuir, saisis d'horreur,
Et contre lui s'armer d'un fer vengeur.
Il se souvient alors de Notre-Dame :
Remords tardif qu'aiguillonne la peur,
Le repentir entre enfin dans son cœur.
Tournant leurs yeux éteints vers leur patronne,

Et soulevés d'espoir les moribonds
Ont fait monter jusqu'à son divin trône
Ces vœux ardents et ces soupirs profonds :
« Viens nous sauver, ô toi, clémente mère !
Montre à ton fils les coups de sa colère :
Sur tant de maux son cœur s'attendrira ;
Rappelle-lui qu'il se fit notre frère :
Devant le Christ le juge fléchira.
Viens ! de l'abîme où gémit sa misère,
A ton aspect, ton peuple renaîtra ! »
A peine, autour de l'antique chapelle,
Asile aimé de la Reine des cieux,
Ont retenti ces cris religieux,
Qu'un étranger, de la cité mortelle
Osant franchir le seuil pernicieux,
Vers les mourants vient d'un air radieux ;
C'est l'hôte saint du bois de Fontenelle :
« Gloire, dit-il, à la Vierge fidèle !
Frères, j'apporte un message joyeux :
Depuis trois jours, le front dans la poussière,
Je fatiguais le Ciel de ma prière ;
Enfin, daignant apparaître à mes yeux :
— Va, Bertelain, dit la Reine des anges ;
Va vers mon peuple, et change ses clameurs
En un concert d'amoureuses louanges.
La nuit où Dieu, dans le val de douleurs,
Par ma naissance a tari tant de pleurs,
A Valencienne, en toute ma puissance,
J'irai moi-même apporter délivrance. —
Redouble donc, ô peuple trop heureux !
De foi, d'amour, d'espérance et de vœux. »
Baume divin, le discours de l'ermite
Rendait la vie à ce peuple abattu ;
Et, confiant dans l'oracle rendu,
Son cœur charmé d'un saint émoi palpite.

IV

LE MIRACLE

La nuit régnait dans sa sérénité.
Environnant sa chapelle chérie,
Le peuple entier par l'attente agité
Redit en chœur les doux chants de Marie.
Mais effaçant les splendeurs de la nuit,
Et soulevant ses plus épaisses voiles,
Un fleuve d'or dans les cieux resplendit,

Et fait pâlir les tremblantes étoiles.
Alors, du haut de l'immortel séjour,
Parmi les chœurs des célestes phalanges,
O Valencienne ! oui, la Reine des anges
Vers toi descend en souriant d'amour.

Quand le sommet de son humble chapelle
Eut effleuré son voile de dentelle,
A son appel, un brillant séraphin
Vint recevoir, de sa divine main,
Un fil de pourpre ; et, d'une aile rapide,
Il vole enclore avec ce saint cordon
Qui, dans les airs, immense, se dévide,
Tout le pays étreint par le démon.
Teint dans le sang que redoute ta haine,
Satan, ce fil saura rompre ta chaîne
Et du Très-Haut contraindre le pardon.
Ayant fourni sa course aérienne,
Le séraphin rejoint sa souveraine ;
Et, frémissant d'un vol harmonieux,
Les chœurs sacrés la ramènent aux cieux.
L'air, embaumé par sa douce présence,
Répand partout la vie et le bonheur.
Et transportés d'amour, avec ferveur
Tous ses enfants, en un cantique immense,
Chantent Marie au fil libérateur.

Du jour suivant quand vint briller l'aurore,
A la cité l'ermite Bertelain
Apporte encore un message divin :
« Frères, dit-il, la Vierge veut encore,
Pour vous ravir au mal qui vous dévore,
Qu'en priant Dieu de vous rouvrir son sein,
Du fil sacré vous suiviez le chemin.
Frères, marchons ! je serai votre guide. »

Et, sur ses pas, l'humble procession
Priant suivait, dans la rosée humide,
Les saints replis du précieux cordon.
Du divin cercle on achevait les traces,
Quand, se jetant à genoux, Bertelain :
« Entends ma voix, ô juge souverain ! »
S'écria-t-il, et je te rendrai grâces :
Pour apaiser le glaive de ta main,
Peut-être encore irrité par le crime,
Je m'offre à toi, volontaire victime :
Frappe, ô Dieu juste, et deviens père, enfin ! »

25

Il dit, il tombe en proie à l'agonie :
Son corps, brûlé du fléau furieux,
Rompt ses liens, et son âme bannie
Rejoint déjà sa fiancée aux cieux.
Il meurt, béni par toute l'assistance.
Nul, après lui, n'eut à subir son sort;
Dans la cité ne régna plus la mort.
Et recueillant son fil de délivrance
Dans une fierte ouvrée avec splendeur,
Le peuple veut que le temps destructeur
Soit sans pouvoir sur sa reconnaissance.
De nos Royés qui, sous ce doux fardeau,
Suivant sa voie ainsi par eux transmise,
Vont, tous les ans, conjurer le fléau,
Le corps pieux à l'instant s'organise.
Ce n'est pas tout : en une vaste Eglise (1),
Asile étroit pour tant de pèlerins,
L'humble chapelle où la fierte fut mise,
Se voit bientôt transformer par leurs mains.

Oh ! montrez-moi ce temple vénérable
Qu'ont enrichi le pauvre avec le souverain :
J'y veux prier la Mère secourable
Que vous n'avez jamais priée en vain...
Vous vous taisez ! des merveilles divines
Où la foi vous parlait en mystiques dessins,
Du tabernacle étincelant des saints,
Quoi ! rien ! plus rien ! pas même des ruines !

Pourtant, ô Valencienne, entre toutes cités
Tu n'as pas cessé d'être belle ;
Et, protégé par la Reine immortelle,
Ton peuple industrieux voit les yeux attristés
De tes rivaux couver ta fortune nouvelle.
A ton fidèle appui ne sois pas infidèle ;
Leurs efforts envieux par toi seront domptés.
De ces trésors que te donna MARIE,
Pour l'honorer, sois prodigue à ton tour :
Rends-lui son temple et rends-lui ton amour.
Tu la verras, dans sa cité chérie,
Ramener les faveurs de sa céleste cour.   H. CARION.

Au concours de poésie de 1838, par la Société d'Agr. de Valenc., cette pièce a obtenu le premier prix (vare d'argent ciselé). Le rapporteur dit : « Nous regardons ce petit poème comme la première pierre du Temple de Marie que notre cité réclame : puissent les vers harmonieux du poète renouveler les merveilles d'Amphion. » A Dinaux.

(1) L'église de Notre-Dame-la-Grande, bâtie sur l'emplacement de la chapelle de Charlemagne en mémoire du miracle du Saint-Cordon.

E

Les Royés

Ex illo nascente Dei genitrice Maria,
Festivam statuere diem redeuntibus annis ;
Neve perinsignis premeretur gratia facti,
Constituere sacrum fieri debere quotannis
Circuitum, sanctique dehinc sub nomine fili
Confratres statuere, quibus dat Fimbria nomen.
Confratrum veneranda cohors ab origine prima,
Sex et viginti tantum constabat honestis
Civibus, et merces vendentibus, immo quibusdam
Nobilibus, pluresque modo primoribus annis
Coutinet : inque rei signum, de more vetusto,
Distinctum a reliquis portant in veste colorem,
Seu variegatos limbos in veste togata :
Quodque magis mirere, solent hi Virginis arcam
Nudatis pedibus portare decenter ob urbem
Ad geminas leucas, factoque subinde regressu,
Pransuri veniunt ad publica tecta senatûs.

Ph. BRASSEUR.

F

SOMMAIRE

Des pardons et indulgences accordés par notre Saint Père le Pape Benoit XII, et confirmés par Urbain VIII, le 13 Avril 1637, impétrés par les confrères des Royés.

ÇACHENT tous que l'an 1335, le 10 de Juin, première année du pontificat de Benoit XII, Guillaume, archevêque lors d'Antisbar, et quatorze évêques avec lui résidants en Avignon, ont octroyé à tous ceux et celles qui visiteront la fiertre des Royez, les fêtes ci-dessous déclarées, chacun d'iceux quarante jours de pardons de pénitence enjointe, qui porte six cents jours, lesquels pardons, Guy, alors évêque de Cambray, confirma le Lundi après la Magdelaine, en l'an que dessus, et y contribua aussi quarante jours de pardons qui font tous ensemble six cent quarante jours pour chacune fois.

1. Toutes les fêtes de Notre-Dame, comme en Assomption, Nativité,Conception, Purification et Annonciation, au Noël, le jour de l'An, aux Rois, le Vendredi-Saint, à Pâques, Ascension, Pentecôte, le jour de l'auguste Trinité, du vénérable

Saint-Sacrement, l'invention et l'exaltation de la Sainte-Croix, et durant les octaves des susdites, si toutefois elles en ont de coutume.

Item. Le jour de saint Michel, nativité et décollation de saint Jean-Baptiste, de saint Pierre et saint Paul, comme aussi de tous les autres apôtres et évangélistes, à la Toussaint, Commémoration des âmes, et durant les octaves ordinaires.

Item. Le jour de saint Martin, saint Etienne, saint Nicolas, saint Laurent, saint Grégoire, saint Augustin, saint Ambroise, saint Jérôme, et durant les octaves, s'ils en ont.

Item. Le jour de sainte Catherine, de sainte Marie-Magdelaine, sainte Marguerite, sainte Cécile, sainte Lucie, sainte Agathe, sainte Agnès et onze mille Vierges.

Item. Tous les Dimanches, Mardis et Samedis de l'année.

Item. Quiconque par dévotion ou par prière, ou par façon de pèlerinage, visiteront ladite fiertre, ou bien assisteront à la messe, prédication, matines, vêpres ou autres offices divins, ou qui feront le tour de la procession le jour même ou les huit en suivant, et même qui dévotement feront le tour de l'église de Notre-Dame-la-Grande, en vénération des saintes et spéciales reliques qu'elle possède, particulièrement en la fierte des Royez, gagneront pour chaque fois les pardons susdits.

Finalement, gagneront les mêmes pardons ceux et celles qui suivront le corps de Notre-Seigneur ou les Saintes-Huiles, quand on les porte à quelqu'un des confrères ou consœurs de ladite confrérie. Toutes lesdites indulgences et pardons sont à perpétuité.

SOMMAIRE

Des indulgences octroyées à perpétuité par notre Saint Père le Pape Urbain VIII à la confrérie de Notre-Dame-des-Royez, en l'église de Notre-Dame-la-Grande, à Valenciennes, donné à Rome, le 13 Avril, l'an 1637.

1. Tous fidèles chrétiens de l'un et l'autre sexe, au jour de leur entrée en ladite confrérie, étant confessés et communiés, gagneront indulgence plénière.

2. A l'article de la mort, étant confessés et communiés, ou, s'il ne se peut faire, contrits et repentants de leurs péchés, invoquant le saint nom de Jésus, de bouche ou de cœur, gagneront indulgence plénière.

3. *Item.* Les mêmes qui, étant confessés et communiés, visiteront dévotement la susdite église, en la fête de la nativité de Notre-Dame, depuis les premières Vêpres jusqu'au soleil couchant du même jour, et y prieront pour l'extirpation des herésies, prospérité du Pape, conversion des hérétiques, exaltation de notre mère la sainte Eglise, pour la paix et la concorde entre les princes chrétiens, gagneront indulgence plénière.

4. Es-jours du Saint-Sacrement, de l'Annonciation, Assomption et Conception de Notre-Dame, visiteront semblablement ladite, et y priant aux fins que dessus, gagneront sept ans de pardons et autant de quarantaines.

5. Toutesfois qu'ils assisteront aux offices divins célébrés dans la même église,

ou aux assemblées publiques ou secrètes qui s'y feront pour exercer quelque œuvre pieuse, ou aux processions, ou à l'enterrement des trépassés, ou accompagneront le vénérable Saint-Sacrement, quand on le portera aux malades ; n'y pouvant aller, lui fléchiront les genoux, disant un *Pater* et un *Ave Maria*, pour le bien du malade, ou ramèneront quelqu'un au chemin du salut, ou enseigneront la doctrine chrétienne aux ignorants ; à chacune de ces œuvres pieuses qu'ils exerceront ils gagneront soixante jours de pardons.

Notre Saint Père le Pape Clément XIII, touché de la piété et du grand nombre des confrères et consœurs de Notre-Dame-du-Cordon. a favorablement accordé le 3 Février 1763 que lesdits confrères et consœurs puissent gagner pendant l'octave de la nativité de la Sainte Vierge, une seule fois chaque année, l'indulgence plénière qu'Urbain VIII leur avait octroyée pour les jours de la susdite fête. Cette extension fut visée par le vicariat de Cambray le 27 Avril de ladite année.

G

NOMS DE MM. LES ROYEZ (1713)

OM Rupert Delos. abbé d'Hasnon.
Pierre-Norbert Hevin, ancien.
Jacques Bayart.
Jacques Lexin, s^r d'Ogimont.
Charles Liénard.
Melchior Miroux.
Jean Descamps.
Adrien-Joseph Fassart.
Alexandre Bussy.
Nicolas Fiévet.
Maximilien Lamoral Burlion, licencié ès loix.
Pierre Roger.
Joseph Bourdon.
Philippe-Joseph Noël.

NOMS DE MM. LES CONFRÈRES DES ROYEZ (1755)

Dom Theodore Crespin, abbé d'Hasnon.
F. Jérôme Bondu, abbé de Vicoigne.
Dom Benoit Dehaut, abbé de Saint-Saulve.
Mess. François Lesaffre, abbé de Saint-Jean.
Dom François Delfœulle, abbé de Crespin.
Dom Norbert de Limal, prieur du Val N.-D.-lez-Walincourt en Cambresis.
Dom Colomban Berne, curé de N.-D.-la-G.
Mess. Bonaventure de Gand, R. de St-J.

M. Pierre-Charles-Ig. Grebert, prêtre.
Pierre Le Francq, ancien.
Jean-Charles Estienne.
Bon Par Le Juste.
Jacques-François Lengrand.
Adrien-François-Joseph Boulon.
Pierre-Joseph Noël.
Pierre-Dominique Le May.
Thomas Bouly.
François-Joseph Gerard.
Charles-Joseph Baillieu.
Jean-Louis Mortiez.
Joseph Descornaix.
Philippe-Nicolas-Joseph Roland.
Eloy-Dominique Humez.
Louis-Joseph Estienne.

NOMS DE MM. LES CONFRÈRES DES ROYEZ (1768)

Ildephonse Lernould, abbé d'Hasnon.
François Lesaffre, abbé de Saint-Jean.
François Delfœulle, abbé de Crespin.
Jean-Baptiste Duplessy, abbé de Vicoigne.
Benoît Buvry, abbé de Saint-Saulve.
Jean-Joseph Mustelier, doyen du Chapitre collégiale de Saint-Géry.
Bonaventure Degand, R. de Saint-Jean.
Pierre-Charles-Ignace Grebert, prêtre.
Pierre-Joachim-Léonard-Joseph Mortiez, prêtre, chanoine de St-Géry.
François-Joseph Dumenil, curé de Sebourg.
Bernard Delionne, R. d'Hasnon.
Amé-Joseph Deleghe, prêtre, chanoine de Saint-Géry.
Maurice Breton, R. d'Hasnon.
Jacques-Philippe Lambert, ancien.
Pierre-François Lengrand.
Thomas Bouly.
François-Joseph Gerard.
Charles-Joseph Baillieu.
Jean-Louis Mortiez.
Philippe-Nicolas-Joseph Roland.
Louis-Joseph Estienne.
Pierre-Ignace Cisaire.
Charles-Joseph Leroy.
Pierre-Joseph Wibail.
Louis-Joseph Flory.
Antoine-Joseph Vacheron.
Jean-François-Joseph Ravestin.
Jacques-Joseph Daneau.

Hermenegilde-Joseph Hego.
Pierre-Joseph Hego.
Jacques-François Becquereau.
Antoine-Joseph Barbieux.
Charles-Emmanuel-Joseph Payen.

H

Ph. Brasseur, dans la description sommaire qu'il fait des reliques de N.-D.-la-Grande, parle ainsi de la fierte des Royés (1) :

RINCIPIS altaris sublimi in pegmate pendet,
    Antiquæ necnon divitis artis opus.
Virginis id feretrum est, sacro venerabile fune,
    Quo spatiosam urbem tempore pestis obit,
Quove, secunda velut Raab, a morte solutos
    Protexit cives, visa cuique palam.
Funis hic usque hodie dicta servatur in arca,
    Cum Divûm variis ossibus adpositis.
Nomina præteriens, alibi memoranda relinquo,
    Ut mea contracto Musa tenore fluat.

Ph. BRASSEUR.

I

Origo pompæ solennis apud Valencenas quotannis agitatæ

ÆC fuit institutio pompæ, quam Valencenenses quotannis agitant. Anno Domini millesimo octavo, exitiosa lues ita grassabatur, ut totum pene hominum genus demeteret. Corruit acervatim miserabile vulgus. Una pereunt optimates immatura morte; rapiuntur juvenes animosi et innuptæ puellæ. Deiparæ Virginis ædem exterriti cives adeunt, eamque donis ac votis lacessunt. Nec mora, funiculus mystice innexus e cœlo sensim delabens, trans mœnia urbis splendenti tramite circulum describit. Intra hunc circulum, subito convalescunt ægri, et sospitantur omnes. Miraculo permoti cives, qua funiculus ille salubris per agros mœnia cinxerat, hanc pompam duci voluerunt. Hæc religio, posteris tradita, etiamnum viget; hinc frequens populorum Belgii concursus. Festa fronde et floribus odoratis viæ sternuntur; aulæis decorantur domorum limina. Primo longoque ordine procedunt viginti

---

1) Il s'agit de la fierte datant de 1567. Par suite d'un déplacement de phrase, la note (1) de la page 26 ne l'indique pas clairement.

quatuor artificiorum sodalia quorum vexilla volitant; subsequuntur confraterni-
tates variæ, quarum vestigiis inhærent monachi diversorum ordinum, veste et
colore distincti. Proxime eminent capsæ circiter centum vigenti, quibus
sanctorum reliquiæ, sacra pignora, conduntur; aliæ argenteæ, quas, magistratus
toga induti, nudis pedibus, obstipo capite, humeris suppositis gestant. Extremo
ordine, clerus hymnos pro more decantat. Antecedit præsulem insignem infulis,
cui assistunt quinque abbates, mitra et pastorali baculo conspicui. Hinc et inde
densissima irruentium hominum agmina; flexi poplites, oculi in cœlum sublati,
manus junctæ, vultus hilares, ora benedictionibus præsulis inhiant. E fenestris
prodeunt capita pendula, quæ deorsum avidis oculis pompam depascuntur,
scilicet alacres pueri, nitidæ virgines, venerandæ matresfamilias, patres longævi,
quibus canities decor et dignitas. Ubi pompa trans mœnia in campum apertum
devenit, præsul tentorio carbasino protectus, et sedens cum præsbyterio
monachum concionantem per horam audiit. Postquam monachus fuse perorasset,
pompa omnis ante profectionem jam abunde epulata, ne in itinere faciendo deficeret,
iterum convivari cœpit. Abbates ipsi, mitra, cappa, sandaliis et chirothecis auro
pictis ornati, genio indulgent, vina læti coronant, scyphos collidunt, epotant
crateres; præsuli sibique invicem propinant: emicat genialis æmulatio. Quibus
studiose peractis, omnes ordines, exceptis præsule et abbatibus, per agros extra
suburbium, duarum leucarum spatio iter fecere. Concentu pio valles quas
Scaldis interluit collesque insonant. Redeunti turbæ illudunt variæ monstrorum
formæ. Hac prosiliunt dæmones cornuti, et villis horridis ferina membra
imitantes; illac miratur vulgus draconem squamiferum atque ignivomum, cui
pedibus insultat victor Michael. Complures angeli et sancti, huc et illuc passim
concursant. B. Virgo asino vecta, puerum Jesum ulnis complectens, petit
Ægyptum, sponsusque pone sequens jumentum agit. Hæc inter pia et ludicra
ædem Deiparæ, unde processerant, ovantes subeunt. Pulsantur campanæ;
tympana concita astra feriunt. Exstruuntur mensæ in atriis præfecti; apponuntur
dapes opiparæ; instaurantur læta per græcantium certamina. Hic est ritus
solennis quo Valencenæ urbs beata salutem olim sibi cœlitus concessam grato
animo commemorat.   FÉNELON.

J

Sur le filet de Notre-Dame

STANCES

Iche cordon filé par de célestes doigts,
Rien n'est égal à vous en toute la nature.
Vous n'avez pas besoin d'emprunter la teinture
Qui rehausse l'esclat de la pourpre des rois.

Comme votre couleur n'est l'objet de nos yeux,
Aussi n'avez-vous pas de prix en la matière.
Le soleil, en tissant ses filets de lumière,
Approche aucunement vostre estre précieux.

Vous ne relevez pas de la bave des vers,
Non plus que des toisons des arbres de la Chine.
Seriez-vous pas créé par la dextre divine,
Ainsi que du néant il tira l'Univers ?

Filet qui nous servez d'un piège très heureux,
Pour préserver nos pieds de choir dans ceste fosse
Où sous le nom pipeur d'une liberté fausse
Le diable nous appreste un joug très dangereux.

Il est pris le Dragon qui ravageoit nos eaux,
Et qui de son haleine empestoit notre ville.
La Vierge l'a pesché de sa ligne subtille ;
Ce filet tient serrés sa gorge et ses nazeaux.

Peste, fièvres, charbons, et la guerre et la faim,
Tristes avancoureurs de la nuict éternelle,
Quittez ce beau vallon : vostre louche prunelle
Ne peut souffrir le jour qui nous luira sans fin.

Ceste Reine, à qui Dieu dans son sein incarné
A donné dez longtemps tout le monde en partage,
Prend Valentienne à soy, comme un propre héritage,
Ayant de son cordon tout son peuple encerné.

O sort, o lot heureux ! nous sommes donc à vous,
Nous sommes donc à vous, adorable Princesse ;
Nos pères nous l'ont dit, nous le dirons sans cesse,
Mais nous dirons aussi que vous estes à nous.

O céleste cordon, o beau lien d'amour,
Plus puissant mille fois que la chaîne d'Homère
Qui joint la terre au Ciel, les enfants à la mère,
Marie à Valentienne, aux ténèbres le jour !

Grande Reine, estreignez, mais d'un nœud gordien,
Avecque ce cordon et nos corps et nos ames.
Si que la faux du Temps, ny les profanes flammes
Ne corrompent jamais cest aimable lien.

Nous voulons pour tousjours vivre dessous vos loix,
Orgueilleux de porter le nom de vos esclaves.
Qu'ornés de chaînes d'or d'autres facent les braves,
Nous préférons nos ceps aux sceptres des grands Rois.

P. D'OULTREMAN, Cour Sainte, II, fin.

K

Statuts de la Confrérie du Saint-Cordon

OUTE personne de l'un ou de l'autre sexe qui voudront s'associer à la confrérie de Notre-Dame du Saint-Cordon, dite des Royez, et participer aux prières, messes et obits de ladite confrérie, s'adresseront aux confrères qui se tiendront en l'église de Notre-Dame-la-Grande, tous les jours des fêtes de la Sainte Vierge, de Noël, de Pâques, de la Pentecôte, du Saint-Sacrement, de la Toussaint, et pendant la neuvaine de la procession de Valenciennnes, auxquels jours la fiertre sera exposée à la vénération du public, ou bien ils donneront leurs noms par écrit à l'offrandière de la chapelle de Notre-Dame du Saint-Cordon, qui les remettra aux confrères pour les inscrire sur le livre des associés.

2. Ils réciteront le jour de leur entrée, aux pieds de la Sainte Vierge, la formule de la réception dans l'association de ladite confrérie.

3. Ceux ou celles qui voudront avoir un obit à leur mort devront payer six patars tous les ans pendant la neuvaine de la procession.

4. Chaque confrère et consœur fera son possible pour assister aux processions quand on portera la fiertre du Cordon miraculeux.

5. On les exhorte à faire leurs dévotions aux fêtes auxquelles on exposera la fiertre, et d'y rendre leur visite pour gagner les pardons et indulgences susdits, et pour mériter de plus en plus la protection de la Sainte Vierge.

6. Pour porter à juste titre le nom de serviteurs et servantes de la Sainte Vierge, ils ne passeront aucun jour sans lui offrir quelque prière particulière, et spécialement le soir avant le sommeil, pour être préservés de mort subite pendant la nuit, et le matin en se levant pour passer heureusement la journée.

7. On prie les confrères et consœurs, lorsqu'ils sauront quelqu'un des associés malades, de lui rendre visite et tous les services dont ils seront capables.

8. Quand quelqu'un des associés vient à mourir, tous les autres en étant avertis diront un *De Profundis* ou cinq *Pater* et cinq *Ave*, pour le repos de son âme; les parents du défunt donneront un billet au prédicateur de Notre-Dame-la-Grande pour le publier en chaire, et un autre au valet de la confrérie, pour faire décharger l'obit auquel l'on prie tous les associés d'y assister.

9. Ils exhorteront charitablement le prochain, dans les occasions, à être dévot envers la Mère de Dieu, l'assurant avec saint Bernard et saint Bonaventure, qu'un véritable serviteur de cette divine Princesse ne peut périr malheureusement.

Formule pour les fidèles de l'un et de l'autre sexe pour s'associer à la confrérie de Notre-Dame du Saint-Cordon

Je, N..., jure par le Dieu tout puissant, et sur la damnation de mon âme, que je crois tout ce que croit la sainte Église catholique, apostolique et romaine, que je tiens la doctrine qu'elle a toujours tenue et tient sous l'obéissance de notre Saint Père le Pape; détestant toute doctrine contraire à icelle, si comme des luthériens, calvinistes, anabaptistes et de tous les autres hérétiques et sectaires, et tant qu'en moi il sera, je m'y opposerai avec force. Ainsi m'aide Dieu et tous les saints, promettant aussi d'observer les règles de l'association à la confrérie de Notre-Dame du Saint-Cordon, à laquelle je me dédie et consacre aujourd'hui à la plus grande gloire de Dieu et de la Sainte Vierge immaculée.

AINSI-SOIT-IL.

L

Balduini diploma

Templum augustum, ingens, quo non præstantius ullum
Extat in Hannonia, positis hinc inde columnis
Conspicuum, et specula clarum signanter ab alta.
At modo si quæras templi quæ causa struendi,
Sic proprio *Baldinus* eam diplomate narrat.
« His, ego Balduinus, præsentibus atque futuris
Attestor, quod ego, materque Richildis, utrinque
Curando nostram Præcessorumque salutem,
Quoddam palladium sanctæ sub honore Mariæ
Cœpimus extruere exstructumque rogavimus ambo
Virginis, et sanctæ Fidis sub honore dicari.
Qui locus emerito cultu ne forte careret,
Selectos inibi divina sorte ministros
Fecimus institui ; clerique favore, locellum
Reddidimus quovis immunem a jure petendo.
Hinc Bruilum (*vicina loco tunc prata jacebant*)
Indeque cambarum reditus, mediamque subinde
Alneti partem dictæ donavimus ædi.
Sed postquam mea mater humum defuncta reliquit,
Exoptans divina sacræ penetralia Matris
Amplificare magis, templique subinde Ministros
Arctius obstringi, mihi persuadente sacrati
Provisore loci Dominoque favente Gerardo
(Atria cum templo benedixerat ipse recenter)
Huncce locum exemptum, penitus cum rebus eidem
Annexis, claustrumque ipsum, velut atria, sancto
Donavi Petro, cœlos qui clave catenat,
Hasnonioque præest, veteris ab origine fani.
Lege quidem posita, quod eo transmitteret Abbas
Hasnonii Monachos Benedicti castra sequentes ;
Utque sibi propriam prædicto munere Cellam
Tam sibi, quam Monachis æterno jure teneret,
Quod donum a cunctis firmumque ratumque teneri

Ipse volo, fidis ad prælibata vocatis
Testibus, et nostro confirmo notata sigillo.
Nemo igitur vivos inter modo, nullus et inter
Posthac victuros, donum infirmare malignis
Artibus attentet, nullus præsumat ab æde
Hasnonia quocumque modo, per fasque nefasque,
Dictum auferre locum, nullus premat, atque molestet
Degentes inibi Monachos : concessaque propter
Munera, nullus iis torturam inferre sit ausus.
At vero si quis prædicta statuta meorum
Atque meæ matris scelerum pro labe fuganda,
Frangere molitus fuerit, sciat ille tremendo
Judicio per tale nefas se rite subesse,
Et nisi pertæsum fuerit, causante reatu,
Inferni pœnas subiturum tempus in omne.
Muneris iste tenor, testesque fuere Segardus,
Arnulphus, fraterque dehinc Walterus et Odo,
Et plures alii quos hic producere longum. »

Ph. Brasseur.

M

Templi B. M. V. admiranda

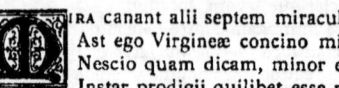

Mira canant alii septem miracula mundi,
Ast ego Virgineæ concino mira Domus.
Nescio quam dicam, minor est vox omnis, at ipsam
Instar prodigii quilibet esse putet.
Anne probis opus est ? specialiter ipse probabo
Per varias partes, quas opus istud habet.
Ut de structura nihil eloquar, arte locatus
Ordo columnarum quoslibet ipse trahit.
Namque triplex ille est, partim de marmore, partim
Ex porphyrite, trinaque claustra facit.
Hinc infra, supraque, triplex pulcherrima fornix,
Præbet collectis atria longa viris.
Quid modo de medii templi cruce proloquar? ipsi
Quamlibet Europæ non reor esse parem.
Illa etenim longa est, et quod mireris, in orbem
Desinit, ut sacri quilibet umbo Chori.
Adjice nunc speculam, media quæ mole superstat,
Mirus in hac decor est, mirus et hujus apex.
Quid loquar odeium? cunctis mirabile visu est,
Marmora sive vident, sive tuentur opus.

Idque Michaelis (1) opus est, sed et istius urbis
Gloria semper erit, perpetuumque decus.
Est quoque mirandum, conjuncta videre sacella,
Quæ gemini artificis sunt fabricata manu.
Ima fuit pars patris opus, natique suprema est;
Utraque mirifici martis et artis opus.
Unius est fornix geminis suffulta columnis,
Subtinet alterius una columna basim.
Cætera quid memorem tot pulchra sacella? quid ipsum
Virginis Hallensis, navis in introitu?
Illud ut est amplum, sic pulchro schemate structum,
Multa ubi vis populi sæpe coire solet.
Ara per hunc Abbam pretioso marmore compta est,
Atque aliis per eum nobilitata modis.
Adjice magnificas vestes, quas ille recenter
Ædibus hisce dedit Matris honore Dei.

Ph. Brasseur.

N

Priòre

ED tu, Diva Parens, fons gratiæ, et ara salutis,
Dum tibi nunc solitæ pompæ renovamus honorem,
Huc ades, atque tuos exaudi, Diva, clientes.
En tibi protensis tua circum altaria palmis
Sternimur, atque pio simul hic de more vocati,
Depromptos imo puroque ex pectore grates
Reddimus, acturi de sæclo in sæcula, quamvis
Unde referre pares possimus, non habeamus.
Interea quascumque tibi de more litamus,
Accipe; quosque olim violenta peste levasti,
A cunctis defende malis, quæ sæpius in nos
Congerit, heu! nostræ tenor et mala regula vitæ.
A nobis diverte luem, bellumque, famemque,
Pauperiem, casusque graves, et plurima passim,
Quæ nos mille modis adversa pericula cingunt:
Sic tua venturos miranda canemus in annos,
Sic redeunte tui Natalis luce diei,
Ibimus assueto tua per vestigia gressu.

Ph. Brasseur.

(1) Michel de Raisme, abbé d'Hasnon. V. p. 59.

O

Épitaphes

D. J. THÉRY

ic ubi prisca vides Mariana sacella, sub arcu
Corporis imposita mole, sepultus inest.
Præpositus sancti dum floret in æde Vedasti,
Abbatis meritum gaudet habere decus.
Conspicuum virtus dedit, et pia vita verendum,
Censoremque Gregis norma sacrata tulit.
Hæc regnante illo cœpit succrescere moles
Qua vix in patria pulchrior extat humo.

D. M. DU QUESNOY

Natus Amandiaci, lituo dignissimus abbas,
Virtutum cumulus conditur hoc tumulo.
Terdenos quatuor vitæ dum duceret annos,
Prætulit emeritum (res modo rara!) pedum.
Interea prudente senes moderamine vicit,
Maturumque tulit per sua gesta Patrem.
Quinque velut lustris multa cum laude serenus
Præfuit : hinc functi posthuma fama manet.

D. J. FROYE
Jacet in Choro ad gradus altaris

Principis altaris jacet e regione sepultus,
Præclarus scriptis Froyus ubique libris.
Lætia sacra pium, doctumque per omnia fecit,
Hasnia facundum fovit, et inde pium.
Cujus ut Hannonidum fuit apta peritia turbis,
Nec minus Hasnonidum rebus inepta fuit.
Qui Blosii, patriæque simul percarus Achates
Extitit, a fatis carior ipse Deo est.

PH. BRASSEUR.

P

Gloires littéraires d'Hasnon

D. J. FROYE

RÆTULIT hic Blosium virtutis imagine patrem,
Doctrinæque ducem per sua scripta tulit.
Utque disertus erat, tanti pia scripta Magistri
Ordine digessit, clausit et ipsa tomo.
Nec satis ; *ut plebi daret intellecta, per artem*
Transtulit e Latio, fecit et aucta notis.
Causa proinde manet, lingua quod utraque seorsim
Et simul, eximii scripta legantur Heri.
Adde quod Hannoniæ Sanctis compendia scripsit
Quæ tamen in schædis semisepulta jacent.

D. ANDRÉ DU CROCQUET

Dum Præceptoris sequitur dictata Galeni,
Ejus ad exemplum plurima scripta dedit.
Edidit imprimis Cathechista scripta Magistri,
Præloquium ex horto queis dedit ipse suo.
Utque erat hic Doctor patria adclamatus in urbe,
Plurima perdocto texuit inde stylo.
Scripsit enim *Christi Catecheses nomine dictas,*
Hinc *Paulum* Scholiis compsit utrinque suis.
Indeque *Sermones varios* idiomate Gallo,
In Psalmos David flentis utrumque scelus.
Insuper Hasnonios varianti carmine *Patres*
Extulit, et pictos jam locus unus habet.

D. J. LE PRÉVOST

Aspice Præpositum solo tibi nomine notum,
Præpositum in Sanctæ Virginis æde tulit,
Quo minus ignores calamum, tibi suscipe *Rythmos,*
Seu mage transfusas in metra sacra preces.

PH. BRASSEUR.

Q

Observations de MM. les Confrères des Royés à faire aux Dames Abbesse et Chanoinesses du noble Chapitre de Sainte Remfroye de Denain qui doivent entrer et prendre possession de l'église et prévosté de Notre-Dame-la-Grande à Valenciennes.

EPRESENTER aux dites Dames que les Confrères jouiront des mêmes droits, usages et privilèges qu'ils ont toujours eus depuis l'origine de la confrérie jusqu'à présent, et s'il est question d'en donner le détail, en voicy les principaux articles tels que s'ensuit, savoir :

La châsse du cordon de la sainte Vierge, dans laquelle sont aussi renfermées les saintes et notables reliques, appartient à la dite confrérie qui en a toujours eu la maniance, entretien et direction.

La dite châsse se pose toujours dans le chœur de la dite Eglise, près du sanctuaire du côté de l'Evangile, le jour de la feste de Dieu, celuy de la Nativité, de la sainte Vierge et durant toute la neuvaine qui est dédiée à son honneur, et d'autres jours lorsqu'il arrive des processions générales, particulières ou prières publiques auxquelles la châsse est portée.

Les dits confrères es dits jours ont l'entrée et séance dans le même chœur, estant vêtus de leurs robbes et escharpes durant les offices et obits de leurs confrères et consœurs.

Ils ont l'usage de la chapelle où la châsse repose actuellement derrière le chœur de la dite Eglise jusqu'à ce qu'il soit trouvé mieux convenir au gré et consentement de l'un et l'autre de mettre la dite châsse dans le grand autel qui a été fait et destiné à cet effet, dont un confrère a donné une somme assez considérable pour contribuer à la confection du dit autel, et les noms et armes de ces confrères sont mesme taillés sur les deux costés du dit autel qui est de marbre, dans le milieu duquel il y a une niche pour mettre la dite châsse, qui est cachée par le tableau représentant le sujet du miracle de la sainte Vierge.

. . . .

On espère qu'on accordera la liberté aux dites confrères d'aller à leur chapelle, comme aussi au peuple d'y aller faire leurs prières et dévotions, d'autant qu'il y a des indulgences qui sont accordées à cet effet, de même que pour faire le tour durant la neuvaine de la procession dans la dite Eglise.

R

Privilèges de l'Eglise de N.-D.-la-Grande

Si primas inter non est antiquior ædes,
Est tamen has inter juribus ampla suis.
Namque Patronatum propriæ sibi vindicat œdis,
Pastoremque creat Hasnonii Monachum.
Providet Azinio, templisque subinde duobus,

Sive Vedaste tuo, sive Jacobe tuo.
Fecit et hæc olim speciali jure Scabinos,
Ampla quibus Bruilum tecta dedisse ferunt.
Jus habet ad cambas, quæcunque Paræcia fusa est,
Finibus includens bina sacella suis.
Principis exequias celebrat curante Senatu,
Inque rei specimen pendula signa vides.
Totius hinc anni pompas, illamque notanter,
Quam nascente Dei Matre quotannis agunt.
Denique nulla potest ecclesia, sive sacellum,
(Ne veniam dederit Præses) in urbe strui.
Hinc merito Primas ibi dicitur, estque secundus
Prælatos inter, dum simul esse solent.

PH. BRASSEUR.

S

B (M. V. Ecclesiæ profanatio a Gheusiis an. 1566

 UM maia libertas mixto clamore vocata,
Cuncta Valencenis turbâsset, eaque favente
Gheusius accinctas vires misceret in unum,
Virginis hic templum (ne cætera totius urbis
Eloquar) extemplo porcorum compita fecit,
Immo dæmonii simulacrum, aut futile monstrum.
Utque sacri tot damna loci tangamus ab ovo,
Seditiosa cohors, facto velut impete, clausas
Ecce fores reserat; stridentia saxa per ædem
Pars jacet, at ferro pars altera, et altera bombis
Rem gerit; hic sudibus contisque trabibus alter.
Excutiuntur humi simulacra nitentia Divum,
Baptismi fontes, veneranda ciboria, et aræ;
Organa franguntur, calices calcantur, et ipsa
Crux ruit in præceps, ferro grassante petita.
Non loquor in Superas jactata opprobria mentes,
Prætereo exutos libros archivaque sacræ
Tot populalta Domus, non dico peristyla fracta,
Atque aliis illata modis nocumenta per ædes:
Sed tamen hoc unum nolim reticere, deinceps
Ut confundantur qui Gheusia signa sequuntur.
Forte erat ante fores sublimi in pegmate fixus
Armipotens Michael substrato Dæmone plantis :
Angelicam, heu ! statuam gens impia fregit, eamque
Deturbavit humi, Satanam tamen ipsa reliquit

28

Intactum, nec sede sua dimovit ; ut esset
Omnibus indicio, Kacodæmonis esse ministros,
Bella Deo, Sanctisque simul quicunque facessunt :
Namque velut simili res ipsa simillima gaudet,
Sic Satanæ proles simulacra paterna reliquit
Illæsa, et Sanctos cum jam non lædere possit
De vultu ad vultum, furiata mente Sacrorum
Irruit in statuas, basibus quoque decutit ipsis.

Pʜ. Brasseur.

T

Procès-verbaux de pèlerinage

1°

ous soussignez certifions que pour unanimement accomplir nos vœux à la Sainte Vierge, pour une grâce si spéciale obtenuë de son secours invoqué et réclamé jour et nuit, tout le temps du dernier siége de Valenciennes, qu'aprés nous avoir, avec grand nombre d'Ecclésiastiques et Bourgeoisie, qu'aprés, dis-je, nous avoir, au son de la cloche, assemblez en l'Eglise collegiale de S. Pierre en Doüay, les Pères Capucins nous joignans en corps avec leur Croix, nous sommes allez processionnellement chantans, le troisiéme jour après le Désiege, à ladite Ville de Valenciennes, où étant arrivez, aprés avoir fait une Procession parmi la Ville avec les Religieux de N.-D. la Grande et les Confreres des Royez, qui aussi processionnellement nous étoient venus recevoir jusques sur la campagne, nous nous sommes ensemble rendus dans leur Eglise pour y chanter le *Te Deum*, ensuite le *Salut* à la Vierge, et y laisser les cierges devant la Fiertre du Cordon, attendans le lendemain que Mr le Reverend Prelat de Hasnon chanteroit, à nôtre instance, la grande Messe, et porteroit le venerable saint Sacrement à une seconde Procession que nous fîmes assistez des Religieux, les Confreres des Royez y portans leur Fiertre, selon le respect accoûtumé, à pieds nuds ; puis au retour d'icelle, le *Te Deum*, par ledit Reverend Prelat fut chanté en musique, differans encore jusques au lendemain à célébrer un Service pour nos pauvres soldats trépassez au combat. Quoi fini, nous retournâmes en même façon qu'étions venus.

Petrus de Lalaing, *S. Theol. Doctor ac Professor, Præses Seminarii sancti Salvatoris vulgò Henneniani.*

M. Hieronymus Bauvré, *S. Theol. Licent.*

D. Colomban Parent, *Rel. de S. Amand et Professeur de la Philosophie à Doüay.*

2°

Nous soussignez confirmons que pour unanimement rendre et accomplir nos vœux dûs à la Sainte Vierge, pour un benefice si signalé qu'avons reçûs ;

reclamans son secours tout le temps du Siége de Valenciennes, qu'aprés nous avoir assemblez dans nôtre lieu de Pesquencourt, nous sommes venus processionnellement jusque dans l'Eglise de N. D. la Grande, où nous avons laissez nos dons et presens devant la Fiertre des Royez, attendans le lendemain que Mr le Reverend Prélat de S. Saulve chantast nôtre grande Messe, aprés laquelle il entonna le *Te Deum*, et donna la benediction du venerable saint Sacrement, puis en même ordre comme étions venus sommes retournez, y ayant laissez nos cierges et affiges pour absolution de nos vœux.

D. H. Marchois, *Religieux d'Anchin, Doyen de Pesquencourt.*

J. Delecourt, *Prêtre, Ecolatre de Pesquencourt.*

Gille Freuille, *Mayeur.*

U

Extrait d'une lettre du maire de Valenciennes, en date du 22 octobre 1866, adressée aux journaux de la ville.

MONSIEUR LE RÉDACTEUR,

UNE épidémie cruelle est venue s'abattre sur notre malheureuse cité. Les victimes ont été nombreuses, et, s'il est vrai que tous sont égaux devant la mort, tous l'ont été devant le terrible fléau. Toutes les les classes, tous les quartiers ont été indistinctement frappés et atteints, les malheureux dans une proportion moindre peut-être. A côté de cet immense désastre, une pensée consolante vient adoucir l'amertume de notre douleur. Cet adoucissement, nous l'avons puisé dans le spectacle de la bonne volonté, de l'admirable dévouement de la population tout entière. Commissaires de quartiers, administrateurs du bureau de bienfaisance, sœurs de charité, le clergé qu'on trouve toujours sur la brèche, les frères de la doctrine chrétienne, médecins de la ville, internes étrangers, tous les services publics, l'administration supérieure, préfet, député, tous ont été admirables de dévouement ; qu'ils me permettent de leur offrir au nom de la ville ce tribut de ma profonde reconnaissance et de mon admiration. Au milieu d'une population si sincèrement religieuse, l'espérance devait s'éveiller au souvenir de l'an 1008. La foi dans la divine protectrice de la ville de Valenciennes ne devait point être trompée. Toute trace de choléra, nous pouvons le dire, a disparu aujourd'hui...

LE MAIRE, BRACQ.

V

La procession de Valenciennes du 8 Septembre 1719

A ville de Valenciennes toujours penetrée des plus vifs Sentiments de de reconnoissance de la puissante Protection dont la Sainte Vierge la favorisa, en la délivrant miraculeusement de la cruelle Peste qui la ravageoit il y a plus de sept siècles, veut pour transmettre à la posterité la gratitude qu'elle a reçue de ses Peres envers sa celeste Protectrice, produire encore cette année aux yeux du public les mêmes monuments qu'elle luy en érigea à la precedente Procession : par trois superbes Chars de Triomphe qu'elle fera paroître de nouveau avec le même appareil et dans le même ordre qu'on les vit il y a un an, et dont voici encore une fois l'explication.

PREMIER CHAR

Le Seigneur est dans le haut, avec la foudre à la main, irrité contre ce peuple, qu'il punit du Fleau de la Peste. La Mort, dans le bas, execute les ordres de la Divinité : Elle fait, en peu de temps, un ravage effroyable. Une trouppe de Pestiferez exprime sa douleur pour cet horrible châtiment. L'Hermite Bertelin prie la Bien-heureuse Vierge, d'un côté, pour eux, et Marie obtient leur délivrance, de l'autre, qu'elle annonce à ce Saint Homme, et luy au peuple.

LE SEIGNEUR

Assez et trop long temps
Du peuple de ce lieu, j'ay souffert l'insolence.
(1) Les crimes redoublez de ces impenitens
Emportent la balance.
(2) Ils se sont élevez contre eux,
Jusques au Trône de mon Pere.
Exterminons ces mal-heureux,
Dans ma juste colere
Perissez, coupables mortels,
Qui meprisez mes loix et mes Autels.

LA MORT

Mourez, mourez, perfide engeance :
Vos forfaits demandent vengeance.
Il faut que ma terrible main
Emporte icy jusqu'au dernier humain.

UN DU PEUPLE

La Peste impitoyable
Remplit ce lieu d'horreur.
Rien ne résiste à sa fureur :
Elle exerce par tout un ravage effroyable.

(1) Appensus es in statera, et inventus es minus habens. *Dan* 5, 27.
(2) Ascendit malitia ejus coram me. *Joan.* 1, 2.

UN AUTRE

On ne voit plus, de toutes parts,
Que Morts et mourans épars,
Helas, un sort si deplorable
Doit-il, toûjours, être durable!

UN AUTRE

La Mort, l'horrible Mort va rendre, en peu de téms,
Ces murs denuez d'Habitans.

UN AUTRE

Ciel, êtes-vous inexorable
Aux vœux d'un peuple gemissant!
Ne luy tendez vous pas une main secourable,
Dans le danger le plus pressant!

L'HERMITE A MARIE

Ecoutez, Mère charitable,
La soupirante voix de ces Infortunez!
La mort leur est inévitable,
Si, dans leur triste sort, vous les abandonnez.
(1) D'un cœur, contrit de son offense,
Quand il recourt à vous, vous prennez la défense.
Ceux-ci sont-ils les seuls, qu'au plus fort du danger
Vous cesserez de protéger!
(2) Jettez, ô Vierge Sainte, un regard favorable
Sur cette trouppe misérable.

MARIE AU SEIGNEUR

(3) Dans les transports d'une juste fureur,
Cessez, mon Fils, de punir ces coupables.
(4) Des forfaits les plus noirs, s'ils ont été capables,
Du moins ont-ils tous fuy l'erreur.
Que pourra vous servir leur perte,
Qui va rendre, dans peu, leur demeure déserte!
(5) Les corps, que l'ombre du trépas
A déjà mis en cendre,
Ni tous ceux qu'aux enfers leurs crimes font descendre,
Ne vous béniront pas.
(6) Les vivants seuls, comme les Anges,
Vous doivent donner des loûanges,

---

(1) Refugium peccatorum. *Des lit. de la Sainte Vierge.*
(2) Tuos misericordes oculos ad nos converte. *De l'Ant. Salve Regina.*
(3) Domine, ne in furore tuo arguas me, neque in ira tua corripias me. *Ps.* 6 et 37, v. 1.
(4) Licet enim peccaverint, tamen te non négaverunt. *Des command. des Morts.*
(5) Non mortui laudabunt te, Domine, neque omnes qui descendunt in infernum. *Ps.* 133, v. 17.
(6) Sed nos qui vivimus, benedicimus Domino. *Ibid.*

(1) Retracez-vous, Seigneur, à quel supplice affreux
La tendresse, autrefois, vous a livré pour eux,
Et, dans le souvenir de cet excés de peine,
    Epargnez-les à vôtre haine.

LE SEIGNEUR

(2) Le Ciel n'est que facile au pécheur insolent,
(3) Quand il veut le punir, c'est d'un pas toujours lent :
(4) Il n'en veut pas la mort, mais qu'il se convertisse.
C'en est fait, tant de vœux retiennent ma justice ;
    Ils la font céder, en ce jour,
    Aux tendres efforts de l'amour.

MARIE A L'HERMITE

    (5) Le juste obtient tout par ses larmes,
Et jamais l'Eternel ne résiste à leurs charmes.
Vous l'avez, pour ce peuple, en ce jour, attendri :
Il exauce, à mes vœux, nos soupirs et leur cry.
    Allez, de ce pas, leur apprendre
Le calme à leur séjour par mes soins qu'il doit rendre.

L'HERMITE AU PEUPLE

    Cessez de repandre des pleurs,
Vous que la mort persécute, en furie.
  . Le Ciel, touché de vos malheurs,
En doit finir le cours, par les soins de Marie.
    Vous verrez, pour vous, éclater
    La faveur, dans peu, la plus tendre.
    Préparez-vous tous à l'attendre.
Je viens, sur sa parole, exprés, vous en flatter.

SECOND CHAR

L'Ange, élevé dans les nuës, tient le Sacré Cordon qu'il a receu des mains de la Sainte Vierge : il en environne la Ville, avec une trouppe d'autres esprits bien-heureux, qui paraissent plus bas, pour faire ainsi cesser l'affliction de la Peste.

L'ANGE

    Voici le Symbole Sacré,
Que pour ceindre ces murs, Marie a préparé.
De leur peuple, long-temps, désolé par la peste

---

(1) Recordare Jesu pie quod sum causa tuae viae. *De la Prose Dies iræ, dies illa.*
(2) Benignus et misericors est, et præstabilis super malitia. *Joel*, 2, 13.
(3) Patienter expectat, ut in plenitudine peccatorum puniat. 2, *Mac*, 6, 14.
(4) Nolo mortem impii, sed ut convertatur et vivat. *Ezech*. 33, 11.
(5) Desiderium suum justis dabitur. *Prov*. 10, 24.

Il doit sauver le triste reste.
Laissons, par tout, ce gage précieux
Des touchantes bontez de la Reine des Cieux.
L'Ange et ceux de sa suite répètent les deux derniers vers.

TROISIÈME CHAR

La Bien-heureuse Vierge paroît dans le haut, comme la Protectrice de ce peuple, qu'elle vient de délivrer du fléau de la peste : Elle est accompagnée de la Miséricorde et de la Charité. Le Saint Hermite, agenoüillé à ses pieds, luy rend des actions de grâces pour ses faveurs. Une troupe de Génies de Valenciennes, plus bas, forme avec luy un concert de musique, à l'honneur de Marie, auquel les vertus joignent aussi leurs voix.

L'HERMITE

Du ravage horrible et funeste
Que faisoit, dez lon têms, une implacable peste,
Vous avez épargné, Reine Auguste des Cieux,
    Les tristes peuples de ces lieux.
    Ce bien-fait, gravé dans l'histoire,
(1) En va faire à jamais rappeler la mémoire.
Jusqu'au têms reculé de nos derniers neveux,
On verra tous les ans vous en rendre des vœux.

MARIE

    Des faveurs, que le Ciel accorde,
    Peut-on trop se ressouvenir !
    On doit, sans cesse, le benir,
Pour les dons trop heureux de sa misericorde.
(2) S'il part des châtiments, quelquefois de ses mains,
    C'est pour le bonheur des humains.
(3) Il n'est même, souvent, des traverses du monde
Que pour ceux qu'il chérit, par sa bonté profonde.

L'HERMITE

C'est à votre appuy seul, que ces Infortunez
    Doivent leur délivrance.
La mort n'auroit, sans vous, que fini leur souffrance ;
    Ils seroient tous exterminez.
            Il dit aux Génies.
    O vous, que cette Reine Auguste
    D'un danger terrible a sauvez,
Reconnoissez les faveurs, il est juste,
Et rendez-luy les vœux que vous devez.

---

(1) L'institution de la Procession et le vœu qu'on en fit pour jamais à la Sainte Vierge.
(2) Ipse vulnerat et medetur, percutit, et manus ejus sanabunt. *Job.* 5, 18.
(3) Multæ tribulationes justorum . *Ps.* 33, 20.

Que pour cette digne Princesse,
Jamais votre zèle ne cesse !
Faites retentir, dans les airs,
Son nom Sacré par vos Concerts.

LE GRAND CHŒUR répète avec l'Hermite

Que pour cette digne Princesse,
Jamais notre zèle ne cesse.
Faisons retentir, dans les airs,
Son nom Sacré par nos Concerts.

PETIT CHŒUR DES GÉNIES

Publions, pour notre Patrie,
Les soins touchans de Marie.
Nos malheurs, par son secours,
Ont fini leur triste cours.

MARIE AUX GÉNIES

Rapportez au Trés-Haut, à sa sagesse Immense,
La fin de vos gémissements,
(1) Il a, pour vous, aux châtimens
Préféré la Clémence.
Peut-on, de son amour de plus tendres effets !
(2) Chantez, à jamais, ses bien-faits.

*Le Chœur répète les deux derniers Vers, avec Marie, l'Hermite
et les Vertus, en disant,* Chantons, *au lieu de* Chantez.

À LA PLUS GRANDE GLOIRE DE DIEU ET DE LA BIEN-HEUREUSE VIERGE.

Le Char de Triomphe de la Confrérie de Saint-Jacques le Grand (3) à la Procession de Valenciennes, du 8 Septembre 1722

ETTE Confrérie, tirant son origine dez l'an 1004, et ayant été remise en son ancien lustre en 1400, par Guillaume troisième, Duc de Bavière et Prince des Pays-Bas, les Confrères ont toujours eu le plus à cœur de signaler leur zèle et de contribuer autant qu'ils ont pû aux Magnificences de la Procession. C'est aussi pour ce sujet, et afin de correspondre à l'empressément et aux générositez du Magistrat, qu'ils ont pris soin de faire encore dresser leur char de triomphe, cette année, avec autant et plus de pompe que jamais, dont voici l'ordre et la disposition.

Hérode Agrippa, que l'Empereur Claudius avoit élevé sur le trone de la Judée, paroit au haut du Char, avec sa Cour, accompagné de la Reine Cypros.

(1) Ira Domini in misericordiam conversa est 2 *Mac*, 8, 5.
(2) Cantate illi : quia fecit vobiscum misericordiam suam, *Tob.* 12, v. 6 et 18.
(3) C'était la confrérie de S.-Jacques le Grand, et non celle du Petit St Jacques, qui organisait les chars de triomphe. La note 4 de la page 90 doit être interprétée dans ce sens.

son épouse, et du Souverain sacrificateur, Abiatar. Ce prince, animé par le grand prêtre, dont le faux zèle avoit fait arrêter l'Apôtre Saint Jacques, prêchant dans Jérusalem, condamne ce saint Homme à la mort, pour faire ainsi plaisir aux Juifs, et par là se concilier leur affection. Il prononce le même Arrêt contre Josias, l'un des Scribes, lequel, après s'être saisi du S. Apôtre pour le conduire au tribunal, et le voiant marcher joieusement au martyre, avoit confessé d'être aussi Chrétien. Des Actes des Apôtres, chap. 12, v. 2 du brev. Rom. en la Feste de Saint Jacques, le 25 juillet, et de la Légende en la Vie de Saint Jacques le Majeur.

LE GRAND PRESTRE

Jusques dans le lieu saint ce fourbe nous insulte :
Par un principe étrange et criminel,
Il lutte à renverser la loy de l'Eternel,
Et le Temple, bientôt, va devenir sans culte.
Perdez, grand roy, le scribe et l'imposteur.
Que, par leur mort, l'erreur soit assoupie !

HÉRODE

Périsse cet impie,
Et son perfide sectateur !
Extermine, bourreau, par le dernier supplice,
L'auteur du crime et son complice.

Au milieu du char, on voit d'un côté le décolement de Josias, et de l'autre l'Apôtre Saint Jacques qui se prépare au martyre : un Ange paraît au-dessus de luy qui lui montre la couronne d'immortalité et l'anime à souffrir la mort, comme le premier des Apôtres qui doit verser son sang pour la gloire de Jésus-Christ. Il luy assûre la foy invincible des peuples qu'il a éclairez des lumières de l'Evangile, et lui fait connoître la célébrité de son tombeau, que toutes les nations de la terre iront honorer dans le royaume d'Espagne.

L'ANGE

Mourez, grand saint, mourez content :
Voici la couronne de gloire
Qui doit suivre votre victoire.
Mourez, grand Saint, mourez content ;
Votre Maitre au Ciel vous attend.
Un grand peuple, par vous, qui suit la loy nouvelle,
Portera de vos soins la mémoire éternelle
Aux nations de l'univers.
Votre tombeau sera célèbre :
On viendra l'honorer de cent climats divers,
Sur les rives de l'Ebre.
Mourez, grand Saint, mourez content :
Mourez, le premier des Apôtres,
Pour en donner l'exemple aux autres.
Mourez, grand Saint, mourez content :
Votre Maitre au Ciel vous attend.

A l'entrée du char se voit une troupe de Génies de l'Espagne, dont Saint Jacques a toûjours été le protecteur : Ils remercient ce grand Apôtre de les avoir amenez à la connaissance du vray Dieu, d'avoir chassé les Mores de ce royaume, et y empêché l'entrée des hérésies.

UN DES GÉNIES

Des erreurs de l'idolâtrie
Par vous ce climat fut purgé :
Contre d'affreux mortels, venus de Barbarie,
Vous l'avez depuis protégé.
Par vous cet ennemi, contraint de passer l'onde.
Laissa couler nos jours dans une paix profonde.

UN AUTRE GÉNIE

Un monstre échappé des enfers,
L'hérésie, en tous lieux, a porté son ravage.
Jamais des novateurs, ni leurs dogmes soufferts,
N'ont souillé ce rivage.
Toûjours la pureté, par votre heureux secours,
Y conserva son libre cours.

PETIT CHŒUR DES GÉNIES

Que des peuples de l'Ibérie
Votre mémoire soit chérie !
Puissions, à jamais, célébrer, par nos chants,
Vos soins et vos bienfaits touchans !

Le grand Chœur répète ces 4 vers.

AUTRE PETIT CHŒUR

Puissent toujours, sous vos auspices,
Les Cieux nous être propices !
Puissions-nous vous voir, un jour,
Dans cet heureux séjour !

Le grand Chœur répète aussi ces 4 vers.

Plus bas est une trouppe de Mores défaits par Dom Ramire, Roi d'Espagne, à la fameuse victoire de Clavijo, où il en fut tué plus de soixante mille, par la protection visible de l'Apôtre Saint Jacques, qui parut à la tête de l'Armée Chrétienne, monté sur un cheval blanc, avec l'étendart à la main : et c'est par là que l'Espagne ayant été purgée des Mores, fut aussi affranchie d'un tribut qu'il falloit livrer, tous les ans, à ces barbares.

Une trouppe d'Espagnols tient autant de Mores enchaînez.

A la plus grande gloire de Dieu et du bien-heureux Apôtre Saint Jacques.

Le Chan de Triomphe dressé par les Confrères de Saint Jacques-le-Grand, à la procession de Valenciennes, du 8 Septembre 1733, de la libéralité de Messieurs les Magistrats.

ENDANT que les Mores occupoient la plus grande partie de l'Espagne, leurs victoires continuelles sur les peuples de ce royaume les portèrent à un tel excès d'insolence, qu'on n'en put obtenir la paix qu'à des conditions dures et iniques. On fut même réduit, pour acheter son repos, dans la cruelle nécessité de leur livrer, tous les ans, un tribut de cent victimes qu'on immolait à ces barbares. Dom Ramire, alors Roy d'Espagne, résolut, à quelque prix que ce fût, de délivrer les Espagnols de cette tyrannie. Ayant à cet effet levé une puissante armée, en l'année 834 de notre salut, il marcha contre celle des Mores, avec autant de disposition que d'intrépidité ; mais soit par un événement qu'on ne comprend pas, soit par les décrets éternels de Dieu, qui donne la victoire à qui il trouve bon, il eut le malheur d'estre repoussé par les infidèles. Dans la consternation où il en estoit, il implore le secours du Ciel. L'Apôtre Saint Jacques, qui fut toujours le protecteur de l'Espagne, luy apparut la nuit, luy dit de ramasser, le lendemain, le débris de son armée, et l'assura, par son secours, de l'entière défaite des barbares. Ce qui arriva, en effet, à la fameuse bataille de Clavijo, où le saint Apôtre ayant paru à la teste des troupes, il fut fait un tel massacre des ennemis, qu'il en demeura plus de 60 mille sur la place : et par ce moyen, les Mores ayant estés chassez de l'Espagne, le Royaume fut délivré de l'injuste Tribut.

La scène est à Clavijo.

DISPOSITION DU CHAR

L'apôtre Saint Jacques paraît dans le haut, monté sur un cheval blanc, avec l'étendart de Jésus-Christ à la main. Plus bas on voit Dom Ramire, Roy d'Espagne, sous sa tente avec les princes de sa cour, et les généraux de ses troupes triomphantes. Au-dessous le Roi More abattu avec les siennes.

Les victimes destinées au Tribut des Infidèles, paraissent enchaînées dans le bas du Char. Ensuite le peuple de l'Espagne, et la symphonie : D'un côté, l'Armée du Roy Ramire ; de l'autre côté, celle du Roy des Mores : sur le devant, les Mores battus et enchaînez. Le Char sera traîné par huit chevaux montez d'autant d'Espagnols tenans les Mores enchaînez, qui de pied serviront à conduire le Char et les chevaux.

Les victimes espagnoles destinées au Tribut des Infidèles font leur juste remontrance au Roy de leur esclavage, et l'excitent au combat pour leur délivrance.

A des Mores affreux, inondant ce rivage,
   Nos corps vont estre offerts :
Délivrez-nous de l'esclavage,
   Grand Roy ! brisez nos fers.

LE CHŒUR

Délivrez-nous de l'esclavage,
Grand Roy ! brisez nos fers.

Le Roy, pénétré de leur plainte juste et douloureuse, prend la résolution de combattre les Infidèles, implore le secours du Ciel sur ses armes, pour délivrer l'Espagne de la cruauté du Tribut, et eucourage ses troupes à la victoire.

LE ROY

Grand Dieu du haut du Ciel ! sois propice à nos armes ;
Soutenus, animés de ta céleste ardeur,
Nous irons des Chrétiens apaiser les alarmes,
Et nous finirons leur malheur.
    Combattons, courons à la gloire,
    Courons, magnanimes guerriers,
    L'Apostre annonce la victoire,
    Courons moissonner des lauriers,
        Courons tous à la gloire.

LE CHŒUR

Combattons, courons à la gloire,
L'Apostre annonce la victoire,
    Courons tous à la gloire.

L'APOSTRE SAINT JACQUES

Contre ces mécréans, l'Eternel se déclare ;
Leurs forfaits dez longtemps provoquent sa fureur.
    Portons dans tout le Camp barbare
    Et la mort et l'horreur.

LE CHŒUR

Portons dans tout le Camp barbare
Et la mort et l'horreur.

Le combat commence entre les deux armées, au bruit des instrumens de guerre, pendant que les captifs espagnols animent les troupes à la victoire.

    Combattez, courez à la gloire,
    Courez, magnanimes guerriers ;
    L'Apostre annonce la victoire,
    Courez moissonner des lauriers,
        Courez tous à la gloire.

LE CHŒUR

Combattez, courez à la gloire,
Courez, magnanimes guerriers ;
L'Apostre annonce la victoire,
Courez moissonner des lauriers,
    Courez tous à la gloire.

Après la victoire remportée par l'armée chrétienne, les captifs en félicitent le roy, et se réjouissent de leur liberté.

Des monstres par la force à vos pieds étouffez,
Grand Roy ! vous triomphez.
Chantons après tant de souffrance,
Chantons votre victoire et notre délivrance !

LE CHŒUR

Grand Roy, vous triomphez.
Chantons votre victoire et notre délivrance.

La musique est de la composition de Mr Ponchelet.

À LA PLUS GRANDE GLOIRE DE DIEU ET DU BIENHEUREUX APOSTRE SAINT JACQUES

A Valenciennes chez HENRY, Imprimeur-Libraire, au marché aux poissons.

Ordre de la procession de la ville de Valenciennes, le 8 Septembre 1774

Es corps de métiers et les marchands seront à la tête de la procession, précédés chacun de leurs torches avec leurs attributs ; suivront les Maisons de Charité, tous les Ordres mendiants et les différentes confréries avec leurs châsses, celles de toutes les églises de la ville, des abbayes royales de Vicoigne, Denain, Crespin, Saint-Saulve, d'Hasnon et de la prévôté d'Haspres, toutes des plus belles, richement ornées et d'un prix inestimable. La châsse du Cordon sera portée pieds nuds par les confrères des Royez, environnée d'une légion d'anges, lesquels, par leurs chants célébreront le bonheur d'un dépôt si précieux ; ensuite marcheront les clergés en corps de toutes les paroisses, les chanoines réguliers de Saint-Augustin, de l'abbaye royale de Saint-Jean et du chapitre royal de Saint-Géry, Messieurs les abbés de Saint-Saulve, Saint-Jean, Vicoigne, Crespin et Hasnon en habits pontificaux.

Termineront la procession, Messieurs le Commandant de la place, suivi des gardes de M. le Gouverneur en habits d'ordonnances avec leurs armes et bandouillères ; l'Intendant de la province et le Magistrat en corps, précédés de leurs huissiers audienciers à verges et héraut couvert de sa cotte d'armes, suivis de leurs sergens de ville en habits d'ordonnance, drapeaux déployés, tambours battans, précédés des armes de la ville, représentées par le lion et les deux cygnes pour supports ; ils seront montés par des enfants richement vêtus. La compagnie des Chevau-légers, bien habillée, montée et armée avantageusement, ayant timbales et trompettes à sa tête, fermera la marche de cette procession.

Il y aura trois chars de triomphe qui seront des plus magnifiques et d'une structure admirable, chacun placé dans son lieu.

PREMIER CHAR

LE TRIOMPHE DE SAINTE CORDULE

Onze vierges représentant la troupe de sainte Cordule, chantant des cantiques avec solos et chœurs.

DEUXIÈME CHAR

La Bienheureuse Vierge paraît sur son trône comme protectrice de ce peuple, qu'elle vient délivrer du fléau de la peste. Elle est accompagnée de la Miséricorde et de la Charité. Un saint Hermite, agenouillé à ses pieds, lui rend des actions de grâces pour ses faveurs. Plus bas, une troupe de génies forme avec lui un concert de musique à l'honneur de Marie, auquel les Vertus joignent aussi leurs voix.

L'HERMITE

Du ravage horrible et funeste
Que faisoit de longtemps une implacable Peste,
Vous avez garanti, Reine auguste des Cieux,
Les tristes peuples de ces lieux ;
Ce bienfait, gravé dans l'Histoire,
En va faire à jamais rappeler la mémoire,
Jusqu'au temps reculé de nos derniers neveux,
On verra tous les ans vous en rendre des vœux.

MARIE

Des faveurs que le Ciel accorde,
Peut-on trop se ressouvenir ?
On doit sans cesse le bénir
Pour les dons trop heureux de sa miséricorde.
S'il part des châtiments quelquefois de ses mains,
C'est pour le bonheur des humains :
Il n'est même souvent des traverses du monde
Que pour ceux qu'il chérit par sa bonté profonde.

L'HERMITE

C'est à votre appui seul que ces infortunés
Doivent leur délivrance :
La mort n'auroit sans vous que fini leur souffrance,
Ils seroient tous exterminés.

Il dit aux Génies.

O vous que cette Reine auguste
D'un danger terrible a sauvez,
Reconnoissez ses faveurs, il est juste,
Et rendez-lui les vœux que vous devez,
Que pour cette digne Princesse
Jamais votre zèle ne cesse ;
Faites retentir dans les airs
Son nom sacré par vos concerts.

Le grand Chœur répète avec l'Hermite.

Que pour cette auguste Princesse
Jamais notre zèle ne cesse ;
Faisons retentir dans les airs
Son nom sacré par nos concerts.

LA MISÉRICORDE ET LA CHARITÉ

Publiez pour votre Patrie
Les soins touchants de Marie;
Vos malheurs par son secours
Ont fini leur triste cours.

Le petit Chœur répète avec les deux Vertus.

Publions pour votre Patrie
Les soins touchants de Marie;
Nos malheurs par son secours
Ont fini leur triste cours.

MARIE AUX GÉNIES

Rapportez au Très-Haut, à la Sagesse immense,
La fin de vos gemissements
Il a pour vous aux châtiments
Préféré la clémence.
Peut-on de son amour de plus tendres effets?
Chantez à jamais ses bienfaits.

Le Chœur avec Marie, l'Hermite et les Vertus

Peut-on de son amour de plus tendres effets?
Chantons à jamais ses bienfaits.

La légion des Anges qui accompagnera la Châsse du Cordon chantera :

LA RENOMMÉE

Accourez, peuples heureux, vénérez ce Cordon ;
C'est un don précieux de la Vierge Marie,
Qui, sensible à nos maux, délivra ce canton
D'une mortelle Peste, et nous sauva la vie.

DEUX ANGES

Publiez les bontés de la Reine des Cieux ;
Vénérez en tous temps ce Cordon précieux.

LE CHŒUR

Publions les bontés de la Reine des Cieux
Vénérons en tous temps ce Cordon précieux.

DEUX AUTRES ANGES

Peut-on de son amour de plus tendres effets?
Chantons à jamais ses bienfaits.

LE CHŒUR

Chantons à jamais ses bienfaits.

TROISIÈME CHAR

REPRÉSENTANT L'HEUREUX AVÈNEMENT AU TRONE DE LOUIS XVI ET DE MARIE-ANTOINETTE D'AUTRICHE

La Renommée marchera à la tête d'une cavalcade des plus brillantes, composée de la maison du roi ; elle aura à sa droite un Génie qui portera en main un lys et ces mots gravés sur son écusson : UT RELIQUOS INTER COLLUCENT LILIA FLORES. *Parmi les autres fleurs on voit briller les lys.*

IDÉE GÉNÉRALE DU CHAR

La France, accompagnée des Vertus et d'une troupe de jeunes Français, présente des couronnes d'or au Roi et à la Reine, pour témoigner l'ardeur de leur amour et de leur fidélité pour leur Souverain.

DISTRIBUTION

Deux astres nouveaux qui brillent au firmament et paraissent se fixer et étendre sur toute la France leurs rayons lumineux ; ce royaume en ressent déjà l'heureuse influence.

Un arc-en-ciel, symbole de la sérénité, et type de l'alliance de la divinité avec les mortels ; au milieu de cet arc paraissent deux grandes étoiles rayonnantes de lumières. Cette gloire forme le dossier d'un trône éclatant, sur lequel sont assis le Roi et la Reine, revêtus de leurs habits royaux ; ce trône occupe la partie supérieure du char et est établi sur des groupes de nuages clairs et brillants. Au-dessus du trône, deux génies ailés soutiendront une grande couronne formée de cœurs flamboyants.

De chaque côté du trône sont deux femmes, dont l'une, richement vêtue, représente la bienfaisance de nos augustes souverains, en tenant dans ses bras, d'un air de complaisance, une grande et large corne d'abondance, d'où sortent des fruits de toutes espèces et quantité de monnaies d'or et d'argent.

L'autre, sous le symbole de la France et vêtue à la royale, présente au Roi et à la Reine, sur un carreau de velours, des sceptres et couronnes d'or et de fleurs.

Au pied du trône et paraissant le soutenir, sont assises cinq vertus personnifiées : la Religion, la Justice, la Force, la Clémence et la Prudence sous la forme de Minerve, avec les attributs distinctifs.

Vers le milieu du char et parmi des faisceaux de branches de fleurs et d'olivier, est le globe de la France, aux trois fleurs de lys d'or, sur lequel s'élève un autel à l'antique, où est écrit en gros caractères d'or : *Ex votis omnibus* ; une troupe de petits génies entourent l'autel d'une guirlande de fleurs ; d'autres tiennent en leurs mains des cœurs flamboyants qu'ils y déposent pour marquer que tous fidèles doivent généreusement se sacrifier pour leur Roi.

Un peu plus bas que l'autel, sur un socle de marbre, est assise une femme levant les yeux et les mains vers le trône, et tenant dans ses bras « un grand ancre de vaisseau entouré de fleurs », pour désigner l'espérance flatteuse du bonheur des peuples sous un roi aussi vertueux.

Ensuite une troupe de jeunes français des deux sexes, représentant les grands de la cour et le peuple, donne par leurs chants des marques de la joie qu'ils ressentent â l'avènement au trône de leurs nouveaux souverains et font des vœux pour leur conservation.

Ce char sera attelé de huit beaux chevaux richement caparaçonnés ; chacun des huit chevaux monté par un jeune homme casqué, vêtu d'une cotte d'armes, tenant en main un bouclier et un étendard sur lesquels seront des emblêmes symboliques.

La musique de ce char, composé par le sieur *Pételard,* habile musicien de cette ville, sera exécutée par des instruments du régiment Royal-Etranger cavalerie, tels que timbales, trompettes, clarinettes, etc.

Les chars arrêteront pendant la marche de la procession aux endroits marqués comme s'en suit :

EN ALLANT	EN REVENANT
A la place de Notre-Dame.	A la place de la Chaussée.
Devant l'église de Saint-Vaast.	Au milieu de la Grand'Place.
Devant le Chaudron, rue Saint-François.	A la place de Saint-Jean.
Au coin de la place, devant Saint-Pierre.	A la place à Lille, proche les Jésuites.
Devant la Bourse.	Au Marché au Filet.
Devant l'Hôtel-Dieu.	A la place de Notre-Dame.

Un très beau feu d'artifice, d'un goût nouveau et allégorique au sujet de la procession, inventé et exécuté par le sieur Thenadey, habile artificier italien, sera tiré à huit heures du soir.

Le lendemain de la procession, la compagnie des Chevau-légers donnera une course de bagues des plus curieuse et digne d'être vue ; celle des Gladiateurs et des Canonniers feront aussi leur Roi dans les jours suivants, pendant lesquels il y aura différentes réjouissances publiques.

Et le dimanche 11 du même mois, les trois chars décorés et garnis de même que le jour de la procession, feront à trois heures après-midi le même tour qu'ils auront fait le 8.

A Valenciennes, de l'Imprimerie de la veuve J.-B. G. Henry, Imprimeur ordinaire du Roi, au Marché aux Poissons, 1774.

W

Arrivée des reliques de S. Sévérin et de son compagnon à Valenciennes (1)

'AN 1613, environ les Pasques, les sainctes reliques furent entrousselees en petits paquets, lesquelles quelques mois apres arriverent à Tournay, et de là furent transportees à Douay.......

Nous voicy au samedy, iour de l'entree et introduction des Saincts Corps en la ville.

... Les Peres revestus de surplis chargerent les sainctes quaisses sur les espaules, et les ayant disposees dans les carosses, ils se mirent en chemin.

Le clergé des paroisses marchoit devant entonnant des Hymnes à la louange

---

(1) Ce récit nous donne d'intéressants détails sur la manière dont on célébrait jadis les fête religieuses à Valenciennes.

des Saincts, accosté d'un monde de paysans. Toute la noblesse quy avoit mis pied à terre monta de rechef à cheval au son de la trompette, et après quelques voltigemens et vire-voltes, se rangea autour des Carosses.

Abordez que fusmes à la banlieue de Valencienne, voicy en pleine campaigne un escadron de quatre cents citoyens, tous gens d'eslite, rangez en bataille, tous en brave équipage, à enseigne deployee, et tambours battans. A l'abordee des Saincts Corps, ils se prosternerent tous en genoux, les piques hautes le bois, les musquets sur leur fuse ; les carosses et tout l'arroy passé, ils dechargerent gaillardement la salve.

La foule pressoit tellement aux Fauxbourgs quil ny avoit pas quasi de passage. A ce que rien ne manquast à la solemnité, on mit le feu aux pieces, et on dechargea le canon sur les remparts, qui fit un grand tonnerre et brouissement de ioye.

Sa Seigneurie Reverendissime, (Mgr d'Arras), le corps du Magistrat, les religieux d'Hasnon, et les Peres de la compaignie estoient à la porte de la Ville, où ils receurent et accueillirent avec honneur les Saincts Corps. Quatre Recteurs porterent les châsses. On se mit en ordre de Procession tirant vers l'eglise de Nostre-Dame-la-Grande. Les maisons estoient ornees de tapis, le pavé des rues de ionchee. On voyoit contremont les ramparts comme des amphitheatres et montagnes d'hommes en presse y amassez pour iouyr de la veue de ce beau spectacle. L'air retentissoit de la melodie du chant.

Après quelque espace on fit alte, reposant les Châsses sur un autel dressé à ceste fin. Ayant changé de porteurs, on se remit à poursuyvre la route. Desja la troupe des citoyens armez s'estoit plantee auprès de l'église Nostre-Dame-la-Grande, bordant les deux costés de la ruë. Les reliques entrees, ils redoublerent sans epargne leurs musquetades.

Un Autel estoit hautement eslevé en ceste Eglise contre le chœur, dans un pavillon où l'on montoit à neuf ou dix marches, ayant force cierges et flambeaux disposez aux costez ; là furent posez les Saincts Corps, pour y estre gardez la nuict. La musique fut chantee à trois chœurs, meslez avec les orgues, haut-bois, clairons et autres instrumens. Puis Monseigneur le Reverendissime, ayant leu l'Oraison commune des Martyrs, ferma ceste iournee avec la benediction. Quelques uns tant Religieux que seculiers par devotion percerent toute la nuict pres des Corps des SS. Martyrs.

Le lendemain sur les neuf heures, la Procession commença à marcher en belle ordonnance. Les Orphelins, habillés de la livree de leurs fondateurs, sortirent premiers de l'Eglise, puis ceux qui portoient les torches et flambeaux. Suivoit un petit enfant representant la personne de nostre Redempteur Iesus, chef des Martyrs, lequel a commencé son martyre des le berceau, et l'a continué iusques à la Croix, laquelle il portoit, avec les autres instrumens de sa passion dans un coffin. Il estoit accompagné d'un escadron de petits soldats, c'estoient les ames des Martyrs, desquels les Reliques ont été levees du Cimetiere de Priscille. Après une bande de Sainctes Vierges et Martyrs du mesme Cimetiere. De là S. Ursule avec ses compagnes, S. Maurice avec la Legion des Thebeens, tous avec leurs Lauriers de Victoire. S. Severin et son compagnon estoient menez en triomphe sur un chariot haut eslevé, remply d'Anges où la Felicité eternelle leur tenoit une couronne par-sus la teste. Huit chevaux quy le tiroient estoient montés de personnages representans les vertus heroïques des Martyrs, avec certains Emblemes et significations.

On donna aux Religieux en la procession l'ordre quy leur appartenoit. Les Reverends Peres Capuchins marchoient les premiers ; puis le convent des RR. Peres Recollets, après le R. P. Provincial des Carmes avec ses Religieux ; en suitte l'ordre de S. Dominique. Ceux de la Compaignie avec le Clergé près de leurs Reliques, portoient tous un flambeau de cire blanche. Les Abbés, Chantres et Archidiacres estoient autour de sa Seigneurie Reverendissime, avec plusieurs autres personnes d'honneur. Le Magistrat suyvoit et un nombre infini de peuple.

On marcha par la rue Capron à la rue Cambrisienne, de-là au marché, puis de la place Sainct Ian on se rendit à l'Eglise de la Compaignie.

Il faisoit beau de voir les ruës tapissées, ionchées en bas, croisées en haut de belle verdure. Les Autels et reposoirs estoient magnifiquement revestus, practiqués au milieu des ruës, aux endroits plus larges, à quatre colonnes disposées en quatre, billebarrees de rubans diversement coulourez, lesquelles soustenoient un poile enrichy de varieté d'ornements.

Devant la maison de ville, une Compagnie de Musquetiers receut la procession avec une vive et chaude descharge de leurs bastons.

Arrivez qu'on fut à la longue ruë qui conduit droit au college, on s'esmerveilla de la voir toute tendue d'un escarlat riche de deux cents pourtraitures faictes en emblemens, avec leurs portes triomphales et iolys compartiments, tranchez avec le pinceau en pointes de Diamans, se rapportant à la vertu heroïque et constance genereuse des Martys.

L'Eglise estoit ornée selon ce qu'il estoit seant à la solemnité du iour. On entre dedans. On descharge les Châsses des Saincts Corps sur un autel empavillonné d'une couverture de feuillages couché sur un fond blanc en lozanges, treillissé à l'entour de fleurs et de verdure, et partout illuminé de cierges. Elle estoit remplie de la multitude de gens qui y vouloient apporter leur devotion, tant de la ville que de tous les lieux voysins. Sa Seigneurie Reverendissime chanta la Messe. La Musique fut belle et pleine, accordee à trois chœurs, avec les orgues, violons et autres instrumens.

Apres midy on alla aux Vespres, et de là, la devotion continua jusques à minuict. Cependant Monsieur le Prevost avec ses gens et staphiers s'en alla en personne le flambeau en main, mettre le feu dans un bucher de ioye dressé au marché devant la maison de Ville. Un autre fut allumé devant le portail de l'Eglise de la Compaignie. L'artillerie tonnoit sur les remparts, les clairons et haut-bois sur le beffroi, les trompettes en l'une des tours du College, un doux bruit de feste et de resiouyssance couroit par la ville.

P. G. MARC. *La dévote et solemnelle Procession.*

X

Châsses des SS. Pierre et Marcellin

THURA det hic Phæbo voti reus, æstruat aras ;
Sed mage Martyribus gratia danda venit.
Dum Leodegarius malesano corpore Præsul
Ter morbum patitur, ter relevatur eo.
Nam Marcellinum, Petrumque in vota vocatos
Sensit adesse sibi, terque levatus ope est.
Muneris ergo memor, cygnorum Vallis in urbe,
Magnificum feretrum condidit ære suo.
Inque illud veteri ex loculo sacra transtulit ossa,
Quod modo cælatis fulget ubique notis.
Hasnonium memori factum testabitur ævo,
Ipsaque collatam theca loquetur opem.
Adspice, Lector, in hanc varianti lumine thecam ;
Mentoris exsculptam dixeris esse manu.
Ipsa quidem sedecim, supraque infraque tabellas
Monstrat, et in gemina fronte subinde duas.
Infima pars octo prælustris utrimque figuris,
Sancti Martyrii gesta decora notat :
Altera tecti instar, totidem quoque compta tabellis,
Restructi Hasnonii remque, modumque refert.
Hinc utriusque rei summam cupis ? octo decemque
Distinctas tabulas inspice, certus eris.

PH. BRASSEUR.

Y

Compte-rendu de la Procession (1840)

LA procession de N.-D. du Saint-Cordon a eu lieu dimanche, 13 septembre 1840, avec le concours de monde qu'on prévoyait. Elle est sortie de l'église N.-D. à dix heures du matin, elle a passé devant les autres paroisses de la ville, puis elle a commencé son tour *extra muros* par la porte de Famars et la digue. Tout le clergé de la ville et du faubourg, les séminaristes en vacances, les quatre croix, la bannière de Notre-Dame, les confrères dits *Royés* escortaient la statue de N.-D. du Saint-Cordon dans ses plus beaux atours et chargée d'*ex-voto* en argent. Cinquante jeunes filles, habillées de blanc et voilées, marchaient deux à deux en avant de la Vierge ; les chantres suivaient et récitaient les hymnes du jour. Ce cortège suivi d'une population innombrable venue pour la plus grande partie de la campagne, et qui n'avait pu trouver place dans N.-D. pendant l'office, s'arrêta hors la porte de Famars où la grande tente de la ville avait été dressée. Là, se déposèrent les croix, les chandeliers, les ornements sacerdotaux qui ne devaient pas aller plus loin, et l'on se prépara au *grand tour* hors des murs qui est presque un voyage. La procession prit alors le chemin de la porte de Paris, passa derrière la citadelle, fit une station à la croix d'Anzin, descendit dans les marais de l'Epaix par le chemin dit *Chemin de la Procession*, et passa l'Escaut sur le pont St-Roch. Ce fut en cet endroit qu'eut lieu la grande station et que le repas du milieu du jour fut pris par tous les assistants. La Vierge fut déposée sous un portique de feuillage préparé à cet effet, et gardée par les confrères de N.-D.; des villageois des environs vinrent faire toucher à son image des couronnes de joncs et de fleurs qu'ils emportaient avec soin, puis on les vit se disséminer sur les deux rives de l'Escaut pour prendre un repas frugal apporté dans des paniers. Le spectacle de cette foule éparse sur la verdure et divisée par groupes sur la berge de la rivière était des plus pittoresques. Après une heure de repos la procession reprit sa marche derrière le cimetière, passa aux limites de St-Saulve, du *Roleur* et de Marly, et vint traverser la Rhonelle sur le pont du *Cheval-marin*; elle se porta au hameau de la Briquette et dans le faubourg Ste-Catherine, puis revint à la tente de la porte de Famars. Il était quatre heures et demie quand elle rentra en ville, toujours accompagnée d'une foule immense qui croissait plutôt qu'elle ne diminuait. Le temps le plus agréable a favorisé cette excursion religieuse que chaque année voit recommencer à Valenciennes depuis tantôt huit siècles.

Z

La Procession de N.-D. du Saint-Cordon à Valenciennes (1885)

LE culte des saints Patrons et la pratique des dévotions locales et traditionnelles envers la T. S. Vierge et Notre-Seigneur ont été de tout temps le moyen providentiel par lequel les masses ont été maintenues dans giron de l'Église, dans l'arche sainte hors de laquelle il n'y a point de salut. On l'a trop oublié en France après cette désastreuse Révolution qui avait fait table rase de toute nos institutions religieuses. Le clergé se hâta de relever l'essentiel du culte, il laissa trop souvent dans l'oubli l'accessoire qui jusque-là avait servi de rempart à la vraie foi et aux pratiques nécessaires au salut.

On ne tarda point à s'apercevoir qu'il manquait quelque chose à l'âme du peuple ; et, pour le rattacher au Dieu dont il s'éloignait, on eut recours aux grandes et saintes dévotions du Sacré-Cœur de Jésus, de l'Immaculée Conception de la T. S. Vierge, qui bientôt produisirent partout de grands fruits de salut. Mais il faut bien le dire, ces dévotions n'atteignent guère que les âmes un peu élevées au dessus du vulgaire. La masse du peuple, dominée par la matière avec laquelle elle est en contact à toute heure, à qui elle doit chaque jour arracher son pain, ne se dégage pas facilement de ses étreintes pour s'élever à la contemplation des grands mystères de la foi et des grandes manifestations de l'amour divin.

Aussi partout actuellement on sent la nécessité de restaurer le culte des saints locaux et des patrons de corporation qui, toujours et partout, ont été les intermédiaires obligés entre le peuple et Dieu.

L'homme du peuple a besoin de sentir pour ainsi dire autour de lui la présence habituelle de son saint, du saint qui a prêché la foi dans son pays ou s'y est rendu célèbre par ses miracles, du saint qui a exercé son propre métier. Il sait qu'il peut compter sur son assistance, il recourt à lui avec la familiarité dont on use envers les siens ; et sa foi simple et naïve en obtient facilement des faveurs extraordinaires qui le confirment dans son attachement à la religion. Les méchants le savent aussi bien que nous. Voyez à Paris, pour ne prendre que cet exemple : toutes les fois que la Révolution les a rendus maîtres, ils ont tout fait pour anéantir le culte de Sainte-Geneviève ; aussi bien en 1885 qu'en 1830 et en 1793.

Ces pensées se présentaient à mon esprit avec une force particulière dimanche dernier, à Valenciennes, où j'assistais à la procession de N.-D. du Saint-Cordon que je n'avais plus vue depuis seize ans.

Les Valenciennois ont leur Patronne : c'est la T. S. Vierge, c'est Notre-Dame, Notre-Dame du Saint-Cordon. Eux n'ont pas cessé de la connaître et de l'honorer, même aux plus mauvais jours de la Révolution, et elle n'a pas cessé de les protéger. Ceux qui ont vu, en 1849, comme je l'ai vu en 1866, ce dont le maire de la ville a alors rendu officiellement témoignage, le choléra cesser subitement ses ravages aussitôt que Marie eut été solennellement invoquée par une procession ; ceux qui ont entendu les Valenciennois raconter les faveurs particulières dont ils se reconnaissent personnellement redevables à leur Dame, ne s'étonneront point de l'amour dont elle est l'objet et de la confiance qu'elle leur inspire.

C'est au jour de sa fête, au dimanche dans l'octave de la Nativité, que cet amour et cette confiance éclatent le plus et prennent pour se manifester des formes qui semblent être d'un autre âge.

Après les grand'messes chantées à huit heures, le clergé des quatre paroisses se réunit et escorte processionnellement la statue de N.-D. jusqu'à la tente dressée en dehors des remparts de la ville. La sainte image y est dépouillée de ses plus riches ornements, parée du manteau et du voile qu'un plus long usage a rendu moins précieux ; et, escortée d'un peuple immense priant et chantant, elle est portée tout autour de la ville, à une distance telle que, sortie à dix heures du matin, elle ne rentre au plus tôt qu'à quatre heures de l'après-midi. Elle ne guide point sa course sur les chemins battus, mais va à travers champs, à travers marais, suivant une ligne dont le tracé s'est transmis de génération en génération depuis près de neuf siècles. En l'an 1008, la T. S. Vierge, avec le ministère des anges, avait enceint d'un cordon la ville décimée par la peste ; et la contagion, arrêtée par cette barrière, s'était immédiatement éteinte sur place. Les Valenciennois portèrent aussitôt leurs actions de grâces là où s'était manifestée la miséricorde ; et depuis ils ont eu soin d'y renouveler chaque année et leurs chants de gratitude et leurs confiantes prières.

La sainte image est portée tour à tour par le clergé, par les hommes et par les femmes. Chaque ordre a ses étapes traditionnellement marquées. Pour que chacun puisse placer ses épaules sous le précieux fardeau, un signal donné de vingt pas, je crois, en vingt pas le fait passer à d'autres porteurs, mais dans un tel ordre et avec une telle célérité que la marche n'est point suspendue. Les hommes du peuple montrent grand empressement à cet acte de piété, et les hommes de la société n'y laissent voir nul respect humain. Plusieurs prennent aux arbres des branches qu'ils font toucher à la statue vénérée pour les emporter dans leurs maisons ou en abriter leurs champs. Sa dévotion satisfaite, chacun va au gré de ses convenances ou de son allure, récitant le chapelet, chantant des hymnes et des cantiques avec ceux qu'il trouve près de lui, se rapprochant autant que possible des prêtres qui, de loin en loin, dirigent les chœurs ; et ainsi la procession s'espace sur un parcours sans fin. Vers le milieu du trajet, à Saint-Roch, une halte permet à un prêtre d'adresser quelques paroles d'édification à la multitude, qui s'assied ensuite sur l'herbe pour prendre une légère réfection.

A son retour à la tente, la Vierge trouve réunie toute la partie de la population qui n'a pu la suivre dans sa longue excursion et qui la ramène triomphalement dans le splendide sanctuaire que la piété valenciennoise lui a élevé, il y a quelques années, en remplacement de Notre-Dame-la-Grande, détruite aux jours de la Révolution.

Cette année, la fête de Notre-Dame du Saint-Cordon recevait de la présence de Mgr l'archevêque un éclat tout particulier.

Comme l'a fait remarquer M. l'archiprêtre dans sa harangue, notre nouveau Prélat ne cesse point de témoigner sa dévotion envers la T. S. Vierge et d'appeler ses bénédictions maternelles sur son ministère. Après les pèlerinages à Notre-Dame de Lourdes, à Notre-Dame de Bon-Secours et Notre-Dame des Dunes, Sa Grandeur a voulu, malgré les occupations et les fatigues de la retraite pastorale, présider aux offices de la Neuvaine de Notre-Dame de Grâce, puis elle s'est rendue au couronnement de Notre-Dame de Boulogne, el la voici à la procession de Notre-Dame du Saint-Cordon.

Sa condescendance à bénir les petits enfants, à encourager du regard les pères et les mères qui n'osaient rompre les rangs pour les lui présenter, a touché bien des cœurs et fait couler des larmes. Combien, au débouché de certaines rues, nous avons vu d'ouvriers et de pauvres femmes dont les vêtements décelaient la misère et, hélas ! le travail sans repos, accourir, un enfant sur chaque bras, plusieurs autres à leurs côtés, les présentant tous aux bénédictions du Pontife. Le sens surnaturel que le baptême, la première communion, la confirmation, ont mis au fond de ces âmes abandonnées ou livrées aux plus funestes influences, paraît trop souvent étouffé et comme détruit par la prédominance des mauvais instincts ; mais non, il sommeille, et un rien suffit à le réveiller. Que l'on explique autrement l'empressement dont nous avons été témoin, qu'aucune indication n'avait préparé que rien n'avait pu faire prévoir à personne, et si considérable que mille fois il retint Mgr éloigné de son cortège.

Nous ne pouvons terminer sans dire un mot de la beauté des offices et du chant. Mais si l'exécution si achevée de la messe pontificale nous a charmé, ce charme, quelque délicieux qu'il fût, ne peut être mis en comparaison avec l'émotion qui a transporté notre âme, lorsqu'à Vêpres les milliers de voix de l'assistance se sont jointes spontanément au chœur pour crier à Marie : *Ave maris stella ! Solve vincla, reis Profer lumen cæcis, Mala nostra pelle, Bona cuncta posce. Monstra te esse Matrem.* *(Semaine Religieuse de Cambrai.)*

AA

CANTIQUES DU PÈLERINAGE

CHANSON SUR LA PROCESSION

EUPLES qui portez dans l'esprit
Le doux souvenir de la grâce
Que la Mère de Jésus-Christ
Fit aux auteurs de votre race :
Vous qui gardez dedans vos cœurs
Le sentiment de ses faveurs ;

Chommez, mais d'un zéle tout sainct,
Chommez, bourgeois de Valenciennes,
Ce jour qui tous les ans nous peint
L'ombre des grâces anciennes.
L'Aube, Mère du vrai Soleil,
A ce jour vint poindre à notre œil.

Notre horoscope fortuné
Fut le beau jour de sa naissance,
Sous l'astre de la Vierge est né
Nostre destin, plein d'asseurance ;
Et tous les ans à mesme jour
Ceste Reine icy tient sa cour. |

Qu'on marie au son des tambours
La fanfare de la trompette ;
Que l'on publie aux carrefours
Pour le jour suivant ceste feste ;
Que l'estranger y soit ravy
De vous voir paroistre à l'envy.

Les cloches, ces bouches d'airain
De langues de fer emperlées,
Eveillent dez le bon matin
Les trouppes qui sont appelées
Aux doux accords des carillons,
Pour se ranger en bataillons.

Je vois la file des mestiers,
Devancés d'un gros de gendarmes,
Marcher deux à deux par cartiers,
Sans qu'aucun d'eux porte autres armes
Qu'un baston blanc, signe joyeux
Du mal qui toucha nos ayeux.

L'escharpe verte et les bouquets,
Dont les baguettes ou couronne,
Et mille salves de mousquets,

Et la musique qui fredonne,
Chantent d'un discordant accord
La main qui vous sauva de mort.

Les croix, les chars, les gonfanons,
Les mythres, les chappes, les cierges,
Les estendars et les pennons,
Les sibyllettes et les vierges,
Les anges, les diables, les saincts
N'ont pas de différens desseins.

Chacun, quoy qu'en habit divers,
Compose un triomfe à Marie,
Qui, Reine de tout l'univers,
A cette ville tant chérie,
Plantant en elle ses trofés
Sur tant de monstres estouffés.

La peste, l'enfer et la mort,
Attachés au char de sa gloire,
Confessent que son bras très fort
Sur eux emporta la victoire,
En faveur des Valentiennois
Qui gemissoient dessous leurs loix.

Prenons nostre route en sortant
De chez Nostre-Dame-la-Grande ;
Et que d'un pas grave et constant
Un chacun là mesme se rende.
Tous les ruisseaux nés de la mer,
S'en vont dans elle s'abysmer.

Vous estes la Mer de tout bien,
Marie, adorable Princesse,
Et de vous ceste ville tient
Le bonheur qui luy vient sans cesse.
Recevez donc en vostre sein
Nostre naissance et nostre fin.

Faites qu'en vostre très saint Nom
Tout nostre œuvre soit meritoire,
Et qu'il n'ait d'autre but sinon
D'avancer en tout vostre gloire,
Et vous voir un jour triomfant
Dans le Ciel avec vostre Enfant.

      P. d'OULTREMAN, *Cour sainte*, IV, *fin.*

NOTRE-DAME DU SAINT-CORDON

O Notre-Dame
Du Saint-Cordon,
Implore pour notre âme
Le céleste pardon.

Ah ! souviens-toi qu'un chrétien qui te prie
Trouve à sa voix ton cœur ouvert toujours :
Nous t'invoquons, ô puissante Marie.
L'enfer nous presse : au secours ! au secours !

Dis à notre âme une douce parole,
Quand le Seigneur l'éprouve ou la punit ;
Jette sur nous ton regard qui console,
Touche nos fronts de ta main qui bénit.

D'affreux périls notre route est semée :
L'esprit du mal surveille tous nos pas.
Contre Satan, ô mère bien-aimée,
Prête à tes fils la force de ton bras.

Astre des mers, sur l'océan du monde
Au gré des flots nous errons ballottés ;
Prends en pitié notre nef vagabonde,
Et guide-là par tes douces clartés.

Combien de fois notre cœur trop fragile
S'est détourné de l'amour de Jésus !
Fais-nous chérir le Christ et l'Évangile,
Et retrouver nos premières vertus.

Lorsque du Ciel qu'ont irrité nos crimes
Les noirs fléaux se déchaînent sur nous,
Plaide en faveur de coupables victimes,
Du divin Maître apaise le courroux.

J.

TE SERVIR !

En ce jour   Notre-Dame,
Mon âme   Ton amour,
Proclame,   Oui, proclame
Ton amour.

Te servir,	Le chrétien,	Fais-moi fuir
Marie	Sur toute	Les trames
Chérie,	Sa route,	Infâmes
C'est ma vie,	S'il t'écoute,	Où tant d'âmes
Mon plaisir.	Ne craint rien.	Vont périr.

Être à oi,
Te plaire,
Ma mère,
Sur la terre
C'est ma loi.

Si Satan
Me presse,
Sans cesse
Ta tendresse
Me défend.

Le pécheur
Possède
Une aide,
Un remède
Dans ton cœur.

Des enfers
Je traîne
La chaîne :
Brise, ô reine,
Tous mes fers.

Qu'à la mort
Ma frêle
Nacelle,
Par ton zèle,
Entre au port.

J'ai l'espoir,
O bonne
Patronne,
Sur ton trône,
De te voir !
                    J.

AU SECOURS !

Au secours, ô Notre-Dame !
Du péril viens sauver nos jours.
C'est notre cœur qui te réclame:
O Notre-Dame,
Sauve nos jours !
O Notre-Dame,
Au secours ! au secours !

Jadis par un fil tutélaire
Tu délivras notre cité :
Et ce miracle séculaire
Dit ta puissance et ta bonté.

La mort t'a cédé la victoire,
Elle a reculé devant toi ;
Nos aïeux ont chanté ta gloire,
Et nous héritons de leur foi.

Aujourd'hui le mal sur la terre
Etend son règne destructeur ;
Chasse le souffle délétère
De ce fléau dévastateur.

L'enfer en courroux nous assaille,
Les dangers planent sur nos jours;
Protège-nous dans la bataille
Du bouclier de ton secours.

Salut, noble et sainte patronne !
Écoute les nobles accents
Que font monter jusqu'à ton trône
Tes serviteurs reconnaissants.

Au Ciel ton amour nous convie ;
Guide notre esquif vers le port ;
Sois notre soutien dans la vie,
Et notre espérance à la mort !   J.

AVE

Les saints et les anges,
Dans leurs chœurs joyeux,
Chantent tes louanges,
O Reine des Cieux !
     Ave Maria.

Tes fils sur la terre
Disent à leur tour,
Comme une prière,
Ces mots pleins d'amour
     Ave Maria.

Ta vive tendresse,
Ton nom, ton pouvoir,
Dans notre détresse,
Sont tout notre espoir.
     Ave Maria.

Des pièges du monde
Sauve tes enfants ;
De l'esprit immonde
Rends-les triomphants.
     Ave Maria.

L'enfer en furie
Veut perdre nos cœurs :
Grâce à toi, Marie,
Ils seront vainqueurs.
Ave Maria.

Si le Seigneur lève
Son bras contre nous,
Détourne le glaive
Du divin courroux.
Ave Maria.

L'orphelin réclame
Pour vivre un appui,
Veille, ô Notre-Dame,
Tendrement sur lui.
Ave Maria.

Que de pauvres mères
Répandent des pleurs !
Entends leurs prières,
Calme leurs douleurs.
Ave Maria.

Brille, ô douce étoile,
Pour le pèlerin,
Et guide la voile
Du pieux marin.
Ave Maria.

Quand pour sa patrie
Lutte le soldat,
Protège sa vie
Au fort du combat.
Ave Maria.

A notre agonie
Viens nous secourir ;
En tes bras, Marie,
Puissions-nous mourir !   J.
Ave Maria.

MARIE PROTECTRICE

O Marie,
Je t'en prie,
Ah ! daigne me protéger.
Sous ton aile
Maternelle
Cache-moi dans le danger.

Sur l'océan de ce monde
Mon esquif vogue au hasard :
Le vent souffle, la mer gronde
Pour m'engloutir sans retard.

Tous les démons avec rage
S'acharnent autour de moi :
Si ta voix ne n'encourage,
Que va devenir ma foi ?

Dieu commande : à son empire
Tout cœur doit être soumis ;
Mais, hélas ! le mien conspire
Avec tous ses ennemis.

Souviens-toi de ta tendresse,
Entends mes cris, vois mes pleurs,
Prends pitié de ma détresse,
Et soulage mes douleurs.

Que répondrai-je au grand juge,
Quand viendra mon dernier jour ?
Je n'ai point d'autre refuge
Que ton indulgent amour.   J.

AU CIEL !

J'irai te voir un jour;
De ce vallon de larmes
Finiront les alarmes ;
La joie aura son tour.

J'irai te voir un jour,
Célébrer tes louanges,
En chœur avec les anges
Qui composent ta cour.

J'irai te voir un jour,
J'en ai la confiance,
Jouir de ta présence
Au céleste séjour.

J'irai te voir un jour,
T'exprimer, ô ma mère,
Bien mieux que sur la terre,
Tout mon ardent amour.

J'irai te voir un jour,
Aussi, douce patronne,
Je te voue et te donne
Tout mon cœur sans retour. J.

LITANIES

1er REFRAIN

O divine Marie,
Dont le nom est si doux,
Dans la sainte patrie,
Priez, priez pour nous.

Mère de Dieu lui-même,
Votre maternité
Garde le diadème
De la virginité.

Mère du Christ, sur terre
Est-il, est-il aux cieux
Grandeur plus salutaire,
Titre plus glorieux ?

O Mère de la grâce,
Par vos puissantes mains
Le secours du Ciel passe
Dans l'âme des humains.

O Mère toute pure,
De votre chaste cœur
Jamais nulle souillure
N'a terni la candeur.

O Mère aimable et tendre,
En voyant vos bienfaits,
Qui pourrait se défendre
D'être à vous à jamais ?

2° REFRAIN

Vierge Marie,
Au nom si doux,
Dans la patrie,
Priez pour nous.

Mère admirable et grande
Par votre majesté,
Jetez sur notre offrande
Un regard de bonté.

O Vierge très prudente,
Conseillez-nous toujours,
Et que notre âme ardente
En vous trouve un secours.

O Vierge vénérable,
Écoutez nos accents,
Et soyez favorable
A la voix de nos chants.

Vierge, en vous tout est *digne*
D'être à jamais vanté ;
Votre gloire est insigne
Comme votre beauté.

Daignez, *Vierge puissante,*
A qui tout est soumis,
Sauver l'âme innocente
De ses fiers ennemis.

O *Vierge* si *clémente*
Aux pécheurs d'ici-bas,
Le remords nous tourmente :
Ne nous délaissez pas.

Vierge toujours *fidèle*
Aux lois du Dieu sauveur,
Soyez notre modèle,
Rendez-nous la ferveur.

O *Miroir de justice*,
Que n'a souillé jamais
Le souffle impur du vice,
Obtenez-nous la paix.

Temple de la sagesse,
Ecole des vertus,
Enseignez-nous sans cesse
A mieux aimer Jésus.

Cause de notre joie,
O mère du Seigneur,
Menez-nous dans la voie
Qui conduit au bonheur.

Votre cœur, ô Marie,
Vase spirituel,
Montre à l'âme ravie
Tous les trésors du Ciel.

Rose mystique, emblème
De l'amour pur et fort,
Que notre âme vous aime
A la vie, à la mort.

Tour de David, image
D'un pouvoir indompté,
Sauvez-nous de la rage
D'un monde révolté.

Brillante *Tour d'ivoire*,
Malgré nos passions,
Donnez-nous la victoire
Dans les tentations.

Maison d'or, doux symbole
Qui peint la charité,
Nos cœurs à votre école
Apprendront la bonté.

Belle *Arche d'alliance*,
Du céleste courroux
Calmez la violence,
Et détournez les coups.

Porte du Ciel, Marie,
Nous pouvons espérer
Qu'un jour dans la patrie
Vous nous ferez entrer.

Ravissante lumière,
Etoile du matin,
Soyez dans la carrière
Notre guide certain.

De ceux qu'un mal oppresse,
O Salut des souffrants,
Apaisez la détresse
Et les cris déchirants.

Daignez, pour le coupable,
Refuge des pécheurs,
Du juge redoutable
Adoucir les rigueurs.

Tendre *Consolatrice*
Des pauvres *affligés*,
Soyez la protectrice
De vos fils outragés.

Quand notre foi chancelle,
O Secours des chrétiens,
Soyez toujours pour elle
Le meilleur des soutiens.

Souveraine des anges
Qui forment votre cour,
Ils disent vos louanges,
Ils chantent votre amour.

Reine des saints antiques,
Patriarches pieux,
Leurs éternels cantiques
Vous célèbrent aux Cieux.

O *Reine des prophètes*,
Votre nom fait encor
De ces saints interprètes
Frémir les harpes d'or.

O Reine des apôtres,
Au séjour des splendeurs,
Leurs voix mieux que les nôtres
Exaltent vos grandeurs,

Des vierges Souveraine,
Les vierges au cœur pur,
Dans les bras de leur reine,
Trouvent un abri sûr.

Reine des martyrs, calmes
Et forts dans les tourments ;
Ils vous offrent leurs palmes,
Leurs vœux et leurs serments.

O Reine immaculée
Dès la conception,
Guidez l'âme exilée
Vers la sainte Sion.

Les cœurs sans défaillance,
Reine des confesseurs,
Vous doivent leur vaillance
Devant les oppresseurs.

Du Ciel la troupe élue,
Reine de tous les saints,
Sans cesse vous salue
Avec les séraphins.

Reine du saint rosaire,
Les Avé cent fois dits
Sont. sublime prière,
La clef du Paradis.   J.

BB

Les livrets édités à l'usage des pèlerins sont les suivants :

I

a devote et solemnelle procession quy se fait en la Ville de Valencienne, le huictiesme iour de Septembre, avec les Vies, les Festes, et la maniere d'honnorer les Saincts, les Reliques desquels se trouvent es Eglises de la Ville, ou certes sont apportees de dehors, pour decorer ladite Procession.

A Valencienne, de l'Imprimerie de Iean Vervliet, à la Bible d'or. 1614.

Cet opuscule, le premier en date des livrets connus sur la procession, est du P. Guillaume Marc, célèbre par ses prédications et son zèle pour l'instruction de la jeunesse. Il est l'organisateur de l'École dominicale de Valenciennes qu'il dirigea pendant de longues années. L'ouvrage est le premier sorti des presses de J. Vervliet, comme le pieux imprimeur le dit dans sa dédicace : « Pensant à part moy à quoy ie pourrois estrenner ma presse, faire iouer mes caracteres, et consacrer le premier fruit de mon Imprimerie, ie n'ay sceu trouver meilleur suiet que de mettre au iour tous les Thresors de vostre Ville, et vous remettre en memoire le signalé benefice que fit un iour il y a ores longues Annees à la Ville de Valencienne, la Glorieuse Mere tousiours Vierge Marie, encor que vostre Procession si belle et si devote que vous faictes tous les ans, le huictieme de Septembre, le iour de sa Saincte Nativité vous en fasse assez souvenir. Esperant que le bon Dieu, la Vierge Mere, à qui iay dedié ma Presse, seconderont mes desseins, à ce que tout sorte à leur plus grande gloire et honneur, et au proufit, bonheur et advancement spirituel de toute la Ville. » (I. Vervliet.)

Le livre est divisé en quatre parties dont voici les titres :

I. La devote et solemnelle Procession qui se faict en la Ville de Valencienne le huictiesme jour de Septembre.

II. Les Sainctes Reliques qu'on apporte de dehors la Ville, pour decorer ladite Procession.

III. Les Reliques des Saincts qui se trouvent et sont honorees es Eglises de la Ville.

IV. Plusieurs beaux Exercices, par lesquels on peut honnorer les Reliques des Saincts.

L'opuscule du P. Marc n'a pas eu grande vogue , si nous en croyons P. d'Oultreman qui en parle ainsi dans la *Cour Saincte* pour justifier l'opportunité de son propre ouvrage :

« Un de nos Peres mit au jour l'an 1614 un livret de ceste mesme matiere, mais, oultre ce qu'il n'est pas assorti de toutes ses pieces, de plus (comme il arrive à semblables livrets), il n'a pas eu longue vie, ny n'a pas volé fort loing. »

Le P. Marc s'étend longuement sur la réception des reliques de S. Severin et de son compagnon données à l'église des P. Jésuites de Valenciennes.

II

La cour Saincte de la glorieuse Vierge Marie à Valentiennes, ou discours moraux et historiques tant sur la feste et les mysteres de la Nativité de N.-Dame que sur l'origine et les pieces les plus considérables en la solemnelle et devote Procession qui se fait en ceste Ville annuellement, par le commandement de la mesme Vierge le jour de sa feste, par le P. Pierre d'Oultreman, de la Compagnie de Jésus. A Valentiennes, chez Jean Boucher, Imprimeur Juré, au Nom de Jésus, MDCLII.

L'ouvrage est divisé en VII parties dont voici les titres :

I. De la peste de l'an Mil huict en Valentiennes et de sa delivrance ; II. Du secours donné par la V. Marie à la ville de Valenciennes ; III. La B. Vierge doit estre honorée ; IV. Des Processions ; V. Des Confreries ; VI. Des Corps Saincts et reliques qui sont portés à la Procession de Valentiennes, et reverés pendant l'Octave dans l'Eglise de N.-Dame.

VII. La maniere d'honnorer les Saincts, dont les corps reposent en l'Eglise de N.-Dame pendant l'Octave de la Nativité de la B. Vierge.

Cet ouvrage, très riche en citations de l'histoire sacrée et profane, contient, au milieu de beaucoup de digressions, le recit du miracle séculaire, le programme de la procession et l'histoire des saincts dont les reliques formaient « la Cour Saincte » de Marie. On y trouve un certain nombre de pièces de vers qui ne dénotent pas chez l'auteur un bien grand talent poétique.

Il renferme, ainsi que plusieurs livrets, entre autres prières, les litanies des saints dont on portait les reliques à la procession.

III

Le cordon miraculeux de la Reine des Anges avec quelques prières a la Ste Vierge, ensemble les indulgences des Royers.

Valenciennes, chez Iean Boucher, au Nom de Jésus, 1668.

IV

Abrégé de l'Histoire du miraculeux Cordon de la Reine des Anges donné et conservé à Valenciennes, dans la principale Châsse de N.-Dame la Grande, avec quelques points de morale fort touchans et instructifs, et de controverses sur l'invocation et la confiance relative qu'on peut et qu'on doit avoir en la Mère Vierge ; et avec des prières fort dévotes à Jésus et à Marie, par Dom F. Blancart, Religieux de Maroilles. A Cambray, chez Nicolas-Joseph Douilliez, Imprimeur du Roy. 1713.

V

La solennelle et dévote Procession qui se fait tous les ans le huit Septembre en la ville de Valenciennes, avec quelques prières à Notre-Seigneur Jesus-Christ, à la Ste Vierge et aux Saints spécialement honorés à Valenciennes ; de plus les Indulgences et Règles pour les Confrères et Associés à la Confrérie de Notre-Dame du Saint-Cordon, dite des Roye{, érigée en l'Eglise de Notre-Dame la Grande.* A Valenciennes, de l'Imprimerie de J.-B. Henry, Imprimeur-Libraire au Marché aux Poissons. 1755.

VI

Abrégé de l'Histoire du Miracle arrivé l'an mil huit en faveur de la Ville de Valenciennes, avec le détail de l'établissement de la procession générale qui se fait chaque année, le 8 septembre, Fête de la Nativité de la Sainte Vierge, avec quelques prières à N.-S. J.-C., à la Ste Vierge, pour chaque jour de la neuvaine et autres aux usages de la Confrérie dite des Roye ; de plus les indulgences et règles pour les confrères et consœurs associés à ladite confrérie érigée en l'église de Notre-Dame-la-Grande. A Douay, chez Derbaix, imprimeur-libraire ; sans date, mais le permis d'imprimer placé à la fin du volume est du 11 aout 1768.

La même année, un travail analogue au précédent a été composé. Le manuscrit qui existe encore n'a jamais été imprimé. En voici le titre :

Abrégé de l'Histoire du Cordon miraculeux qui se conserve dans l'église de N.-D. la Grande.

Ce recueil est tiré des plus anciens mémoires, des archives de la Confrairie des Royés et anciens livres imprimés pour l'édification du publique, augmenté de plusieurs circonstances qu'on avait omises dans les impressions précédentes.

VII

Procession religieuse qui se fait chaque année à Valenciennes dans le mois de Septembre, en l'honneur de la Ste Vierge. Valenciennes, Prignet, 1849.

VIII

Notice sur Notre-Dame du Saint-Cordon, suivie des cantiques chantés dans la Procession. Valenciennes, G. Giard (1876). — Souvent réimprimé.

IX

Recueil de prières et de cantiques à l'usage des Pèlerins de Notre-Dame du Saint-Cordon. Valenciennes, G. Giard, (1881.) — Trois éditions successives.

32

CC

Liste des 68 personnes exécutées révolutionnairement à Valenciennes
du 23 Septembre au 13 Décembre 1794

23 Septembre, *Fusillés comme émigrés ayant servi à l'étranger.* — 1 Raigecourt, de Grosieux-lez-Metz (40 ans), soldat au régiment de La Tour ; 2 Ducroisié, de Nion (34 ans), soldat au régiment de La Tour ; 3 Devel, de Bruxelles (20 ans), soldat au régiment de La Tour ; 4 Tourville, de Romans (20 ans), soldat au régiment de Ligne ; 5 Grandmaison, de Macon (20 ans), soldat au régiment de Ligne.

3 Octobre (12 Vendémiaire an III), *Fusillés pour le même motif.*— 6 Clément, de Mayence (53 ans), musicien au régiment de Ligne ; 7 Bon Hayez, de Valenciennes (44 ans), huissier ; 8 Armand Lecerf, de Maing (26 ans), chirurgien ; 9 Lalinière, de Le Vigan (32 ans), officier de cavalerie.

13 Octobre, (22 Vendémiaire au III), *Guillotinés comme émigrés rentrés ou déserteurs.* — 10 P. Hubert Pavot, de Poix (32 ans), Récollet de Bavai ; 11 P. Martial Godez, de Valenciennes (36 ans), Capucin, de Valenciennes ; 12 D. Larivière, d'Iwuy (44 ans), Bénédictin ; 13 Brunet, de Vendegies-sur-Ecaillon (32 ans), sergent ; 14 Pelsez, de Landrecies (32 ans), chasseur ; 15 Hamel, de Morangelez-Paris, domestique du prince de Lambesch.

15 Octobre, *Guillotinés comme déportés rentrés.* — 16 Th. Libert, de Jenlain (66 ans), curé de Sebourg ; 17 P. Damas Bétrémieux, de Watrelos (63 ans), Récollet de Valenciennes ; 18 P. Landelin Guyot, d'Onnaing (63 ans), provincial des Récollets ; 19 Jean-François Lecoutre (P. Charles), de Beuvry en Artois (58 ans), Chartreux de Valenciennes ; 20 D. Benoît Selosse, de Wambrechies (50 ans), religieux d'Hasnon,curé de N.-D. la Grande ; 21 Antoine-Joseph Ledoux (D. Bernard), de Brebières (42 ans), Chartreux de Valenciennes ; 22 D. Delplace (Chrysogone Honoré), de Vermelles (59 ans), Chartreux de Valenciennes, vicaire de son ordre.

17 Octobre, *Guillotinés comme émigrés et déportés rentrés.* — 23 Mère Natalie Vanot, de Valenciennes, (66 ans), Ursuline ; 24 Mère Laurentine Prin, de Valenciennes (47 ans), Ursuline ; 25 Mère Augustine Desjardins, de Cambrai (35 ans), Ursuline ; 26 Mère Marie-Louise Ducret, de Condé (38 ans), Ursuline ; 27 Mère Ursule Bourla, de Condé (48 ans), Ursuline ; 28 Louis-Philippe Cagnot, de Valenciennes (39 ans), prêtre de St-Géry, à Valenciennes ; 29 Charles Vienne, du Cateau (30 ans), vicaire de N.-D. de la Chaussée ; 30 Luc-Antoine Paniez, d'Armentières (56 ans), curé de Saint-Vaast-là-Haut.

19 Octobre, *Guillotinés comme émigrés rentrés.* — 31 J.-B. Dubois (D. François),de Renly (59 ans), Chartreux de Valenciennes ; 32 Mabille, de Taisnières-sur-Hon (42 ans), curé d'Onnaing ; 33 D. Pierre-Joseph Pontois, de Valenciennes (48 ans), Bénédictin, curé de Haspres ; 34 Gosseau, de Valenciennes (52 ans), chanoine et curé de l'église collégiale et paroissiale de St-Géry ; 35 P. Anchin,

de Seclin (5o ans), Prémontré de Vicoigne, curé de Curgies ; 36 Malaquin, de Bermerain (66 ans), curé d'Escarmain.

23 Octobre, *Guillotinés comme émigrés rentrés.* — 37 Laisney (33 ans), vicaire d'Escarmain ; 38 Druez. de Berlaimont (39 ans) curé de Quarouble ; 39 Mère Clotilde Paillot, de Bavai (53 ans), supérieure des Ursulines ; 40 Mère Joséphine Leroux, de Cambrai (47 ans), Ursuline, ancienne Urbaniste ; 41 Mère Scholastique Leroux, de Cambrai (45 ans), Ursuline ; 42 Mère Marie-Cordule Barrez, de Sally (40 ans), Ursuline ; 43 Mère Anne-Marie Erraux, de Pont-sur-Sambre (42 ans), Ursuline, (anc. Brigittine) ; 44 Mère Françoise Lacroix, de Pont-sur-Sambre (42 ans), Ursuline (anc. Brigittine) ; 45 Joseph Saudeur, de Douai (46 ans), frère-lai Capucin de Valenciennes ; 46 Bruslé, prêtre d'Evreux.

27 Octobre, *Guillotinés comme émigrés rentrés.* — 47 Lecerf, né à Maing (3o ans), prêtre ; 48 P. Hennequand, du Cateau (66 ans), curé de Poix ; 49 O. Brisson, de Gommegnies (58 ans), prêtre bénéficier ; 5o Preux, de Montay (63 ans), curé de Catillon ; 51 Richez, de Solesmes (49 ans), curé d'une paroisse du Hainaut ; 52 Breuvart d'Arras (34 ans), vicaire de Saint-Jacques.

6 Novembre, *Emigrés et déportés rentrés.* — 53 Lanceau, de Solesmes (79 ans), curé du Jolimetz ; 54 F. Paul Hansart, de Monchecourt (62 ans), frère-lai Capucin de Valenciennes ; 55 P. Levêque, d'Inchy-Beaumont (53 ans), Récollet de Valenciennes ; 56 Danjou, de Montay (34 ans), vicaire à Condé ; 57 Huvelle, du Quesnoy (61 ans), curé de Preux-au-Sart.

13 Novembre. — 58 Largillère, du Quesnoy, prêtre, régent au Collège du Quesnoy ; 59 Eloi Delahaye (P. Paul), Récollet de Valenciennes, gardien ; 6o Duconseil, prêtre du diocèse d'Arras, curé de Planques ; 61 Pierre Trouillet, de Maroilles, marchand de vin ; 62 Boulanger, de Dourlers, marchand bijoutier ; 63 Chastenet, de Tours (21 ans), noble étudiant ; 64 Peugnier, de Devrancourt (25 ans), mulquinier ; 65 Peugnier, de Devrancourt (26 ans), mulquinier ; 66 Bridet, de Vaux (32 ans), charpentier ; 67 Pierre Dey, de Paris (27 ans).

13 Décembre. — Pierre Nancy, de Prisches (39 ans).

DD

Monsieur,

ENSIBLE au zéle du corps municipal de cette commune, pour tout ce qui concerne le culte religieux, je m'empresse de m'acquitter envers les citoyens qui le composent, de mes devoirs de gratitude, en leur annonçant que Dimanche prochain, 16 Prairial, XI° an, correspondant au 5 juin 1803, je me propose d'entrer dans l'église paroissiale de Notre-Dame, ci-devant l'Hôpital des malades de cette ville, après en avoir fait la bénédiction prescrite par les rites de l'Eglise. Je vous prie donc, Monsieur le Maire, de faire, conformément aux pieuses lois de la République française, disposer dans le chœur de cette nouvelle Eglise, pour toutes les autorités tant civiles que militaires, les places qui à chacune d'elles respectivement leur appartiennent, pour les jours et les moments où elles voudront se rendre dans le lieu saint.

J'ai l'honneur d'être, etc.,

G. G. Lallemand, curé de N.-D.

Val. 14 *Prairial, an* XI°, 3 *juin* 1803.

EE

Sujets de vitraux de la Chapelle Saint Jean-Baptiste

NON EXÉCUTÉE

PREMIÈRE FENÊTRE

MISSION DE S. J.-B.

1º *Zacharie et l'archange.* Luc, IV, 5-21. On voit l'autel des parfums.
2º *Visitation de la T. S. Vierge.* — Ste Elisabeth et Marie.
3º *Naissance de S. Jean*
4º *Circoncision de S. Jean.*
5º *S. Jean et Jésus enfants.*
6º *S. Jean dans le désert.* Sujet de Raphaël. S. Jean est dans une grotte.
7º *Prédication de S Jean.* Luc, III, 3-15.
8º *S. Jean interrogé sur le caractère de sa mission.* JEAN, IV, 19-27.
9º *J.-C. parle de S. Jean.* Luc, VII, 19-28. Un roseau est aux pieds de N. S.
10º *Baptême de N.-S. par S. Jean.*

DEUXIÈME FENÊTRE

MARTYRE DE S. J.-B.

1º *S. Jean devant Hérode.* — Hérode sur son trône écoute les paroles de S. Jean qui lui reproche sa conduite scandaleuse.
2º *S. Jean dans sa prison.*
3º *La danse de Salomé.* Hérode est à table, Hérodiade à ses côtés, Salomé danse, vis à vis d'elle, un singe imite ses mouvements. (Détail iconographique qu'affectionnaient les artistes du moyen âge. V. à Amiens, à Nevers, etc.)
4º *Hérode ordonne de décapiter S. Jean.*
5º *Décapitation de S. Jean.*
6º *La tête de S. Jean présentée à Hérode dans un bassin.*
7º *Les disciples de S. Jean viennent enlever son corps.*
8º *Le corps est mis en sépulture.*
9º *S. Jean entrant dans les limbes en société de Moïse, de David et des prophètes.*
10º *Mort d'Hérodiade.* D'après une tradition conservée par quelques écrivains des premiers siècles, elle périt dans un étang glacé. La glace s'entr'ouvrit, et se rapprochant lui coupa la tête.

TROISIÈME FENÊTRE

LES TROIS BAPTÊMES

1º *J.-C. donne à S. Pierre les clefs du royaume des cieux.*
2º *J.-C. envoie les apôtres prêcher et baptiser.*
3º *Baptême de l'Eunuque de la reine d'Ethiopie.*

4º *Baptéme de l'empereur Constantin par le pape S. Sylvestre.*

5º *Néophyte introduit dans l'Eglise.* Il a une robe blanche ; un prétre le tient par la main.

6º *Le martyre.* Un chrétien est percé de flèches auprès d'une idole qu'il a refusé d'adorer.

7º *L'enfant prodigue.* Ce modèle du pénitent est à genoux devant son père.

8º *Madeleine.* Elle baigne de ses larmes les pieds du Sauveur.

9º *L'absolution.* Un prètre reconcilie un pécheur.

10º *La récompense.* Deux chrétiens, l'un, vétu d'une robe blanche et tenant un lis, l'autre ayant une robe brune et tenant en main un instrument de pénitence, paraissent devant le trône de J.-C. Le Sauveur donne à chacun une couronne.

FF

Les établissements religieux situés sur la paroisse Notre-Dame sont les suivants :

Résidence des PP. Maristes (1).

Institution Notre-Dame (2).

Ecole de Sœurs de Ste Thérèse.

Ecole des Filles de la Sagesse.

FIN

---

(1) V. *Un chapitre des annales valenciennoises du XIXe siècle.* Lille. Cainne (1881).

2) V. *Biographie de M.S. Neuwe,* par M. l'abbé J. Lasne, Valenciennes. J. Giard (1861).

TABLE DES MATIÈRES

TABLE DES GRAVURES

Les Photo-Lithographies ont été tirées d'après les clichés de J. Delsart.